DREAMBOOKS★

DREAMBOOKS★

DREAMBOOKS

ORIGINAL FANTASY STORY & ADVENTURE

사도연 판타지 장편소설

두 번 사는 랭커 7 미후왕의 궁전

초판 1쇄 인쇄 2019년 10월 10일
초판 2쇄 발행 2020년 11월 30일

지은이 사도연
발행인 오영배
편집 편집부
일러스트 우문
표지·본문 디자인 오정인
제작 조하늬

펴낸 곳 (주)삼양출판사 · 드림북스
주소 서울시 강북구 도봉로 173
대표 전화 02-980-2112 **팩스** 02-983-0660
편집부 전화 02-987-9393 **팩스** 02-980-2115
블로그 blog.naver.com/dreambookss
출판등록 1999년 3월 11일 제9-00046호

ISBN 979-11-283-9666-3 (04810) / 979-11-283-9659-5 (세트)

+ 이 도서의 국립중앙도서관 출판시도서목록(CIP)은 서지정보유통지원시스템홈페이지(http://seoji.nl.go.kr)와 국가자료종합목록 구축시스템(http://kolis-net.nl.go.kr)에서 이용하실 수 있습니다. (CIP제어번호 : CIP2019038759)

사도연 판타지 장편소설

ORIGINAL FANTASY STORY & ADVENTURE

7

두 번 사는 랭커

| 미후왕의 궁전 |

dream books 드림북스

목차

Stage 25.
오행산

연우는 순간 뭔가 자신이 착각을 했나 싶었다.

그의 상식으로 칸은 절대 여기에 있을 수가 없었다. 도일과 함께 다음을 기약하겠다면서 리타이어를 했던 녀석이, 여기서 나타나는 건 있을 수 없는 일이었으니까.

튜토리얼이 새롭게 열렸다는 말도 듣지 못했다.

그래서 기질이 비슷한 녀석인가 싶었지만.

『카인! 카인 맞지?』

반갑게 자신을 부르며 달려오는 녀석은 칸이 분명했다.

『음? 뭐야? 막내 녀석이 아는 사람이었어?』

『으흐흐. 그럼 더 좋은 거 아냐? 더 많이 부려 먹을 수 있단 뜻인데.』

두 사람을 지켜보던 다른 목소리들이 가볍게 웃음을 터뜨렸다. 그들이 무슨 말을 하는지 이해할 수 없었지만 상관없었다. 이미 연우의 정신은 칸에게 쏠려 있었다.

『정말 카인 맞네. 야! 너 어떻게 여기에 온 거야? 이야아. 뭐야. 때깔도 좀 좋아졌는데?』

칸은 연우의 주변을 뱅글뱅글 맴돌면서 크게 웃음을 터뜨렸다.

연우는 살짝 눈살을 찡그렸다. 경망스러운 태도를 보니 칸이 확실했다. 정신 사납게 만드는 건 여전했다.

그러다 어떻게 녀석에게 말을 건네야 하나 잠깐 고민했다.

어기전성. 의념을 실어서 전달하는 어떤 방법이 있는 것 같은데, 원리만 알면 어려울 것 같지는 않았다.

초감각은 안에만 내재되어 있는 육감을 밖으로 방출하는 행위. 자아를 해방하는 것과 같기 때문에 의념을 내보는 것도 가능할 것 같았다.

연우는 감각을 세밀하게 조절해서 칸에게 집중시키고, 거기다 의념을 구체화해서 실으려고 했다.

칸은 그런 연우의 기색을 느꼈는지 너무 무리하지 말라며 달랬다.

『야. 야. 보니까 이제 의념 형성을 깨달은 것 같은데. 이걸 구체화하려면 좀 어렵…….』

『이렇게 하는 게 맞나?』

『……지만 너는 해내네. 그렇지. 너는 원래 그런 놈이었지.』

칸은 어느새 어기전성을 구현하고 있는 연우를 보면서 어이없다는 표정을 지었다.

[의념을 집중시켜 의사를 전달하는 방법을 터득했습니다. 스킬 '어기전성'이 생성되었습니다.]

[어기전성]

숙련도: 0.0%

설명: 의념을 집중해서 특정 대상에게 의사를 전달할 수 있다. 숙련도에 따라서는 다양한 변칙적 활용도 가능하다.

연우는 메시지를 아래로 내리고, 칸을 확인했다.

산발처럼 마구 헝클어뜨린 머리칼. 거적때기 같은 옷. 날이 다 빠진 검.

얼마나 오랫동안 이 산에 있었던 건지 전체적으로 꾀죄죄한 모습이었지만, 그 속에는 날카로운 기세가 숨겨져 있었다.

뷰토리얼에서의 모습과는 사뭇 달랐다. 그때는 자신을 제어할 줄 모르는 미숙함이 숨겨져 있었다면, 지금은 자신을 잘 갈무리할 줄 아는 여유가 있었다.

『오랜만이군.』

칸은 다시 반가워하는 얼굴이 되어 연우를 얼싸안았다.

『그러게. 크! 언젠가 만나지 않을까 하고 생각은 했었는데. 이렇게 갑자기 만날 줄은 몰랐다고, 브로(Bro).』

브로. 녀석이 심심하면 입에 담던 단어. 확실히 칸이 맞았다.

『너 그동안 제법 많이 유명해졌더라? 튜토리얼에서도 사고 많이 치고 다니더니. 어? 여기 와서도 사고 치고 다니고. 크크.』

쫑알쫑알. 말도 여전히 많다.

연우는 집중이 흐트러질까 봐 감각을 세밀하게 조절했다. 어기전성을 능숙하게 사용하려면 아직 시간이 조금 더 필요할 것 같았다.

『그런데 네가 어떻게 여기에 있는 거지? 도일은 어디에 있고?』

『그게…….』

칸이 조금 묘한 표정으로 뭐라고 설명을 하려는데.

『흐흥. 막내야. 너만 인사 나누고, 우리는 소개 안 시켜 주려고?』

콧소리가 살짝 섞인 간드러지는 목소리. 애교가 가득한 여자인 것 같았다.

하지만 칸은 가증스럽다는 듯이 인상을 팍 찡그리면서 고개를 위로 들었다.

『할망구. 애한테 무슨 되도 않는 짓을 할 거면 안 하는 게 좋을 것 같…… 으갸갸갹!』

칸은 말을 하다 말고 갑자기 하늘에서 떨어진 벼락을 맞고 비명을 질렀다.

벼락은 그 뒤로 몇 번 더 내리쳤다.

우르르, 콰쾅!

『그, 그만! 그만하라고!』

『호호호. 쓸데없는 소리 한 번만 더하면 그 주둥이를 찢어 놓을 줄 알아라. 알겠니?』

『……넵!』

칸은 재빨리 허리를 쭈뼛 세우면서 우렁차게 대답했다.

연우는 그 모습을 보면서 눈을 크게 떴다. 초감각을 열어 놓은 상태인데도 불구하고 갑자기 떨어진 낙뢰. 비록 위력을 조절했지만, 그 속에 담긴 힘은 절대 가볍지가 않았다.

'룬 마법.'

신대 문자인 룬어를 사용한 마법은 아주 까다로울 텐데.

그걸 이렇게나 말끔하게 사용하는 사람은 탑에서도 몇 명 되지 않았다.

『아무튼 이리로 데려오렴.』

칸은 연우에게 눈치를 줬다. 같이 좀 가 달라는 신호.

연우는 자기도 모르게 피식 웃음을 터뜨렸다. 역시 녀석은 여전했다.

*　　*　　*

초감각이 열린 뒤로, 더 이상 움직이는 데 불편한 점이 없었기 때문에 빠르게 칸의 뒤를 쫓을 수 있었다.

그의 성격상 그냥 가자고 하면 가지 않았을 테지만. 다섯 번째 산에 머무는 사두들이 어떤 사람들일지 내심 궁금하기도 했다.

'그나저나. 이 녀석, 꽤 강해졌는데.'

연우가 칸의 뒷모습을 보면서 느낀 생각은 딱 하나. '어떻게?' 라는 것이었다.

사실 연우가 봤을 때, 지금 칸이 이룬 성취는 말이 안 될 정도였다.

잘 갈무리된 기세 속에 웅크려진 힘은 아주 날카로웠다. 지금은 검집에 담겨 있는 것처럼 조용하지만, 한 번 검집을 나오면 크게 휘몰아칠 것 같았다. 혈검이라는 별칭이 아깝지 않을 만큼.

튜토리얼에 있을 때와는 비교도 할 수 없을 정도로 강해진 성취. 그건 분명히 좋은 일이었다.

칸은 그에 못지않을 정도로 높은 향상심을 갖고 있었으니까.

하지만 용종의 축복이라는 어드밴티지를 갖고서 빠른 성장을 이룬 자신과 다르게, 칸은 사실 그런 것이 없었다.

그런데도 이만한 성취를 이뤘다면?

그만큼 각고의 노력을 했다는 뜻이겠지.

물론, 칸이 지금 연우보다 강하다는 건 아니었다. 하지만 최소한 판트와는 겨뤄 볼 만할 정도로 성장한 건 분명했다. 아니, 어쩌면 판트가 위험할지도 모르겠다는 생각이 들었다.

그토록 판트와 에도라를 꺾어 보고 싶어 하더니.

자신이 모르는 사이에 새롭게 열린 튜토리얼을 통과하고, 쉬지 않고 탑을 공략하면서 부단히도 수련을 했을 게 분명했다.

층계를 이렇게 빨리 통과해서 연우보다 먼저 20층에 와 있던 건, 연우가 11층에 발이 묶여 있는 동안에 이뤄진 것일 테고.

그래도 바깥일에서 완전히 관심을 거둔 건 아니었는지, 연우가 그동안 무슨 일을 했는지는 알고 있는 것 같았다.

『야. 근데 넌 그동안 대체 뭘 먹고 살았기에 이렇게 강해진 거야? 뭘 읽을 수가 있어야지. 혹시, 어디서 용이라도 잡아먹은 거 아냐?』

연우가 칸을 보면서 신기해하는 만큼, 아니, 그 이상으로 칸은 연우를 신기한 동물 보듯이 위아래로 훑었다.

질려 하는 기색도 역력했다.

「흐흐. 저 느낌이 뭔지 내가 아주 잘 알지.」

샤논이 실실 웃어 댔다. 녀석은 칸이 나타날 무렵에 검은 팔찌가 아니라 그림자 속으로 숨은 상태였다. 연우가 감지한 사두들이 궁금하다는 이유로.

연우는 속으로 샤논에게 쓸데없는 소리 말라고 한마디 쏘아붙이고, 칸에게 말했다.

『반쯤 용이 되긴 했지.』

『……재미없거든? 하여간 예나 지금이나 농담할 줄을 몰라.』

칸은 연우가 한 말이 진실인지도 모르고 고개를 절레절레 흔들었다.

그사이, 두 사람은 정상에 다다를 수 있었다.

정상에는 이미 연우가 올 걸 느끼고 있었던지, 곳곳에 흩어졌던 사람들이 모여 있었다.

연우를 맞은 사람들은 둘. 칸을 포함하면 셋이었으니, 연우가 처음 감지한 다섯 사람 중 절반은 모여 있는 셈이었다.

『흐응. 가면?』

『호오. 그런데 옷차림이 아주 평범한걸. 수련을 쌓을 생각으로 왔나?』

한 명은 새하얀 은발을 발목까지 늘어뜨린 여인이었다. 전체적으로 몸매의 굴곡이 심하고, 가슴이 풍만해서 요염함을 띘다. 주요 감각을 닫아 제대로 보이지 않는데도, 가슴이 덜컥 내려앉을 만큼 색기가 강하게 흘렀다.

그녀를 따라 갖가지 마법이 상시적으로 돌아다니는 중이었다. 룬 마법. 방금 전에 칸에게 떨어졌던 벼락을 부른 마법사가 분명했다.

반면에 다른 한 명은 키가 아주 작은 남자아이였다. 방실방실 웃는 모습이 귀여웠다.

하지만 연우는 달리다 말고 아주 잠깐 흠칫거렸다.

연우가 초감각을 열었을 때 감지했던 두 하이 랭커. 그중 한 명이었다.

남자아이는 악동 같은 모습을 하고 있었지만, 그 속에는 맹렬하게 사나운 뭔가가 담겨 있었다. 맹수 같았다.

다만, 무왕과 차이점이 있다면, 무왕은 들판을 호령하는 백수(百獸)의 왕 같다면 남자아이는 그것과 정반대로 혼자서 숲 속을 나돌며 먹이를 찾는 야수에 가까웠다.

아니, 흉포함만 따진다면 악마에 가깝다고 할 수 있지 않을까.

억지로 눌러 담긴 했지만, 맹렬한 기세는 가다듬어진 구석이 전혀 없었다.

마기(魔氣).

흔히 악마들이 주로 다룬다는 기운. 그것이 도사리고 있었다. 웃고 있는 낯이 싹 사라진다면, 마기가 바로 튀어나올 게 분명했다.

'붉은 신목(神木) 빅토리아와 역귀 킨드레드.'

연우는 일기장을 토대로 두 사람이 누군지 단번에 알아차렸다.

빅토리아는 룬 마법에 능통한 마법사 겸 주술사였다. 신의 문자라고 불리는 룬은 사용하기가 아주 까다로운 편이었다.

뜻이 박힌 글자를 통해 법칙을 구성하기 때문에, 획에 조금이라도 실수가 있으면 마력 유동이 쉽게 흔들리고, 룬의 조합이 잘못되면 큰 부작용이 따를 때도 많았다.

하지만 반대로 통달을 하게 되면 여러 방면으로 쓸 수 있었다.

대부분의 아티팩트 제작자나 버퍼들이 룬을 중시하는 편이었다. 그리고 이것을 자유자재로 다룰 정도로 통달하게 된다면?

보통 마법사들보다 더 많은 것들을 해낼 수가 있었다. 빅토리아가 바로 그런 케이스였다.

명성은 자자했지만, 동생과는 이렇다 할 접점이 없어서 여기에 있는 게 신기한 랭커였다.

반면에 킨드레드는 달랐다.

이름도 모를 마신을 신봉한다는 광신도 집단, 마군(魔軍). 녀석들은 마신의 뜻을 집행한다는 대주교 아래에 9명의 주교로 구성되어 있었다.

녀석들은 저마다 마신을 떠받드는 방식이 달랐다.

킨드레드는 그중 세간에 잘 알려지지 않은 2번째 주교로, 주로 20층에 오랫동안 머물면서 뭔가를 계속해 찾는 중이었다. 마군 출신인 친구 녀석 말로는 어떤 성유물과 관련이 있다고 했었는데, 단순한 추측일 뿐, 정확한 내막은 그 외에는 아무도 모른다고 했다.

다만, 한 가지만큼은 확실했다. 그 물건을 찾기 전까지 킨드레드는 절대 20층을 벗어날 생각이 없다는 것.

우리가 통과하고, 나설 때까지. 마군과 전쟁을 치를 때까지도 녀석은 얼굴 한 번 내비친 적이 없었으니까. 정체를 알게 된 것도 우연한 계기가 전부였었다.

'그런데 아직도 있단 말이지. 알려진 것만 벌써 10년이 넘을 텐데. 이렇게 불편을 겪으면서까지 찾는 물건이 뭘까?'

연우는 킨드레드에게 깊은 생각이 미쳤다. 하지만 겉으로 드러내지는 않았다. 녀석이 마군의 주교라는 건 비밀인데다가, 괜히 이상한 낌새를 눈치채게 했다가는 앞으로의 계획이 꼬일 수 있었다.

그래서 연우는 되도록 킨드레드에게 눈길을 주지 않았다.

『반가워, 잘생긴 오빠.』

와중에 고맙게도 빅토리아가 적극적으로 나섰다. 그녀는 연우가 근방까지 오자 한쪽 눈을 찡긋거렸다. 그녀 역시 앞이 안 보일 텐데도, 마치 앞이 보이는 듯 자연스럽게 행동하는 중이었다.

바람을 타고 희미한 박하 향도 섞여 왔다. 뭇 남자들을 두근거리게 할 만한 향기였지만.

칸은 그게 영 마음에 안 들었는지 인상을 팍 찡그렸다.

『가면 쓰고 있는데 뭘 보고 잘생겼다는 거야? 그리고 애랑 할망 나이 차이를 알기나 하…… 쿠엑!』

칸은 갑자기 눈앞에서 터진 불덩이에 얻어맞고 산비탈을 따라 데구루루 굴러갔다.

『호호. 너는 다른 건 다 좋은데 그 쓸데없는 주둥이가 문제라는 걸 알아야 해. 알겠니?』

빅토리아는 송곳니를 살짝 드러내면서 웃었다. 그녀를 따라 사라진 룬의 잔상이 작은 입자가 되어 퍼지고 있었다.

그 모습을 본 연우는 다시 눈을 반짝였다.

역시나 이번에도 미처 마법이 발동되는 것을 감지하지 못했다. 룬이 사라진 순간, 곧바로 법칙이 뒤틀리면서 마법이 발현되어 칸을 후려친 것 같았다.

'미리 룬을 준비해 두고 있다가, 필요할 때마다 꺼내 쓰는 건가?'

연우는 감각을 세밀하게 좁혀 빅토리아의 오른쪽 손목에 감긴 팔찌를 살폈다. 팔찌의 표면에는 아주 작게 룬 문자가 빼곡하게 적혀 있었다.

분명 불덩이를 소환할 때 즈음, 그녀는 검지로 팔찌를 훑었다. 그러자 팔찌에서 글자 하나가 사라지면서 마법이 발현되었다.

보통 마법사들이 위기 시에 빠른 마법 발현을 위해 미리 숙지해 놓는 스킬, 메모라이즈를 응용한 아티팩트인 것 같았다.

'확실히. 빅토리아는 룬 마법에 능통한 만큼, 뛰어난 아티팩트도 잘 만든다고 알려져 있으니까.'

듣기로 세공술 하나만으로도 헤노바와 같이 5대 명장에 꼽힌다고 들었던 것 같았다.

'메모라이즈 방식으로 미리 저장해 놨다가, 필요할 때마다 자유롭게 꺼낼 수 있는 마법이라. 저런 거라면 나도 괜찮을 것 같은데.'

여러 전투를 겪고, 매번 시련을 공략하면서 느낀 점은 단순히 스킬이나 육체적 능력에만 의존할 건 아니란 점이었다.

때에 따라서는 마법이나 정령술이 필요하다고 느낄 때도 많았다. 마력회로의 사용도 무공에만 국한하기에는 너무 낭비였다.

다만, 무공에 집중하기에도 너무 바빠서 마법에까지 손을 댈 엄두가 나지 않았었는데.

그런데 만약 저런 방식으로 마법을 사용할 수 있다면 무공에도 큰 도움이 될 것처럼 보였다.

'언젠가 마도공학에 대해서 공부를 해야 했기도 하고. 현자의 돌이든, 회중시계든, 수리를 하려면 더 많은 지식을 필요로 하니까.'

그래서 어떻게 훔쳐 배울 수라도 없을까 싶었는데.

『흐흥. 잘생긴 오빠. 탐구심이 많은 건 좋은데, 자꾸 그렇게 뚫어져라 쳐다보면 내가 부끄럽다구.』

『……!』

연우는 갑자기 바로 코앞에 빅토리아가 싱긋 웃으면서 나타나자 화들짝 놀라 크게 떨어졌다.

방금 전 연우가 있던 자리에 빅토리가 요염하게 웃으면서 서 있었다. 그러지 말라며 한쪽 눈을 다시 찡긋거리기까지 한다.

연우는 등골이 오싹해졌다.

'날, 읽었어.'

룬 마법의 작용을 확인해 볼 수 있을까 싶어 의식을 집중했었는데. 그것을 눈치챈 것 같았다.

하긴 연우보다 더 예민할 게 분명한 육감을 넓게 퍼뜨리고 있는 사람인데. 그걸 파악하지 못하는 게 이상한 건지도 몰랐다.

하지만 연우의 간담을 더 서늘케 하는 건, 자신의 감각이 읽혔다는 것보다 상대가 너무 쉽게 근처까지 접근했다는 점이었다.

그녀를 따라 또 다른 룬이 사라지고 있었다. 블링크(Blink). 좁은 거리를 단번에 이동시켜 주는 마법이었다.

초감각을 열었어도 그것을 아주 쉽게 가르면서 나타난

다. 마법은 이런 점이 무서웠다. 법칙을 직접 건드리기 때문에, 언제 어디서 어떻게 발현될지 짐작할 수가 없었다.

막을 방법은 단 하나. 마법이 펼쳐지기 전에 마법사를 빠르게 제거하는 수밖에는 없었다.

하지만 빅토리아를 보니 그것도 쉽지 않을 것 같았다. 그녀를 따라 감도는 이질적인 기운들. 위험한 상황에서 자동적으로 발현될 방어용 결계가 틀림없었다.

문제는 이런 빅토리아마저도 다섯 번째 산에 있는 다섯 사두 중에서 칸을 제외하면 가장 약한 힘을 품고 있다는 점이었다.

여기는 괴물들이 득실거리는 마굴이 분명했다.

그나마 좋은 점을 꼽으라고 한다면, 딱 하나.

이런 괴물들이 머물고 있을 만큼, 이곳이 수련하기에 알맞은 장소라는 것. 연우는 바로 여기에 당분간 머물면서 음검을 수련할 생각이었다.

하지만 그 전에 먼저 와 있는 세입자들에게 잘 보여야겠지. 이런 사람들 틈에 섞여 있으면, 그들이 지나가면서 툭툭 던지는 한두 마디도 큰 도움이 될 게 분명했다.

『죄송합니다. 룬 마법은 처음 보는 것이라 신기해서 그만.』

연우의 사과에 빅토리아는 가볍게 코웃음을 흘렸다.

『흐흥. 그런 거라면야. 그래도 앞으로 조심하라구. 여기 있는 사람들, 다 극단적인 개인주의자들이라서 자기들 훔쳐보는 거에 되게 예민하거든. 그런데 룬 마법에 흥미가 있나 봐?』

『예. 조금.』

『그럼, 가르쳐 줄까?』

이렇게 쉽게 가르쳐 주겠다는 말이 나올 줄 몰랐기에 눈이 살짝 커졌다.

하지만 대체 무슨 꿍꿍이일까. 연우는 이유 없는 선의는 없다는 것을 잘 안다. 빅토리아의 저의가 의심스러웠다.

빅토리아도 그런 연우의 생각을 읽었는지, 걱정 말라는 듯이 씩 웃었다.

『물론, 공짜로는 안 되지. 딱 한 가지 조건이 있긴 해.』

『뭡니까?』

『여기서 이야기하긴 좀 그렇고.』

빅토리아의 눈이 반짝거렸다. 그런데 그 모습이 맛있는 먹이를 노리는 뱀처럼 강렬했다.

『혹시 우리 집에서 라면이라도 먹으면서, 천천히 이야기 나누지 않을래?』

맹렬하게 반짝이는 눈. 남자를 유혹하는 눈빛이었다. 웬만한 남정네들이라면 가슴이 두근거릴 만하지만.

'이 세상에 라면이란 게 있었나?'

연우는 별 쓸데없는 생각을 했다. 만약 있다면 먹어 보고 싶긴 하다는 생각도 같이. 한국 음식이 귀한 아프리카에서 연우가 가장 애타게 찾던 음식이 라면이었다.

『으으. 아파 죽겠네. 야! 카인, 그 할…….』

『씁!』

『……누님한테 속지 마. 아마 뜨거운 밤을 같이 보내자고 해 놓고, 바로 묶어 놓은 다음에 너를 실컷 모르모트로 부려 먹을걸?』

칸이 시커멓게 탄 얼굴로 다시 올라오면서 말했다. 빅토리아의 도끼눈에 도중에 말까지 바꾸면서.

빅토리아가 농염하게 웃었다.

『거짓말을 한 건 아니잖아? 뜨거운 밤은 보냈었다고.』

『그리고 황천 갈 뻔했지.』

칸은 고개를 절레절레 흔들었다. 그러면서 연우더러 저 겉모습에 절대 속지 말라고 신신당부했다.

연우가 가볍게 피식 웃었다.

『너는 당했었나 보군.』

『크흠! 그런 건 대충 넘어가고.』

칸은 가볍게 헛기침을 하면서 연우의 말을 흘리고, 고개를 돌려 빅토리아를 바라봤다.

『하여간 다들 이 친구는 괴롭히지 마. 나한테는 은인이기도 하니까.』

빅토리아가 살짝 눈을 크게 떴다. 유혹하는 눈빛이 사라지고, 이번에는 호기심이 자리 잡았다.

『흐응? 그럼 설마 이 오빠가?』

『어. 맞아. 그때 말했던…….』

바로 그때였다.

여태껏 나무 꼭대기에 앉아 말없이 묵묵히 세 사람을 지켜보고 있던 남자아이, 킨드레드가 가볍게 나뭇가지를 박차면서 연우가 있는 쪽으로 날아들었다.

쐐애액—

연우는 자기도 모르게 반사적으로 뒤로 멀리 물러섰다.

'갑자기 왜? 내가 누군지 들키지는 않았을 텐데?'

초감각의 옵션으로 달성되어 있는 자동방어기제 덕분에 자체적으로 움직이는 것이다.

동시에 여태껏 봉인시켰던 마력회로가 가동되었다. 360개의 코어가 맹렬하게 돌아가면서 마력을 한껏 방출시켰다.

화아악—

연우를 따라 마력 폭풍이 동심원 모양을 그리면서 산자락 전체를 뒤덮었다. 초감각의 영역 안쪽 곳곳으로 파고들었다.

마력과 초감각이 한데 뒤섞이면서, 더 세밀하고 위압적인 힘으로 변질되었다.

그리고 다섯 번째 산을 뒤덮고 있던 영역 안에서.

연우는 여태껏 자신이 경험했던 것과는 비교도 할 수 없을 정도로 선명한 세상을 직관할 수 있었다.

마치 자신의 내부를 보는 것처럼 모든 게 선명했다. 마나가 흐르는 것이 피부로 느껴질 만큼 아주 세밀했다. 그리고 그 안에서 벌어지는 모든 것들이 세세하게 읽혔다.

칸은 연우의 감각이라고만 알고 있었던 것이 훨씬 더 무거워지자 경악했다.

여태 마력이 실리지 않았을 거라고는 생각도 못 했던 것이다. 게다가 지금 마력 속에 섞인 열풍은 대기가 지글지글 끓을 정도였다.

빅토리아는 다시 한번 더 블링크를 써서 그들이 있는 곳에서 멀찍이 떨어졌다. 마력 폭풍이 너무 놀라웠던 건지, 아니면 그 뒤에 벌어질 일이 무엇인지 눈치챈 건지, 방어용 결계를 다섯 겹이나 두르면서 충격에 대비했다.

연우 앞까지 다가온 킨드레드는 살짝 놀란 기색이었다.

그러다 곧 재미나다는 듯이 송곳니가 훤히 드러나라 웃고, 마치 고양잇과 짐승처럼 다섯 손가락을 가볍게 구부리면서 크게 휘둘렀다.

처음에는 간단하게 시험해 보기만 할 생각이었지만, 이런 정도라면 조금 더 실력을 확인해 봐도 되겠다는 생각이 들었다.

공간이 찢겨져 나갔다. 찢긴 다섯 개의 틈 사이로 붉은 칼바람이 불면서 연우의 전신을 날려 버리려 했다.

그런 갖가지 행동과 생각들이 속속들이 읽혔다. 그들이 내뿜는 사념도 엿보였고, 행동 방향도 보였다.

그런 갖가지 정보들이 한데 뒤섞이니, 그다음에는 곧이어 무슨 일이 벌어질지 저절로 '예측'이 되었다.

예측이라.

연우는 이것이 바로 초감각이 주는 가장 큰 효과라는 것을 알 수 있었다.

상대와 환경을 전부 한꺼번에 읽어 내면서 다음 상황을 추론한다. 이것은 달리 말하자면.

'역으로 선점할 수도 있다는 뜻이니까.'

다음 공격을 짐작하기 힘든 허초를 파훼하기 위해서는 육감을 깨달아야 한다고 귀에 못이 박히게 들었는데, 그보다 월등히 뛰어난 초감각은 더 세밀한 계산이 가능했던 것이다.

이것이 바로 연우가 이곳에서 터득한 넘버링 스킬이었다.

그리고 한편으로는 그런 생각도 들었다.

지금 이 순간에도 이런 느낌인데. 만약에 남은 오감까지 전부 개방하게 된다면 어떤 느낌일까.

'살기는 없어. 그냥 날 시험하려는 거야. 그렇다면!'

팟—

예측은 끝났다. 역공을 위한 계산도 끝났다. 전투 의지를 이용한 신속한 판단, 그 뒤에 이어질 마력회로를 이용한 과감한 공격까지. 전부 연우가 자랑하는 주특기였다.

연우를 따라 퍼져 나간 시뻘건 열풍이 아지랑이와 함께 푸르게 변하면서 불의 날개가 되어 그를 감싸 안았다.

동시에 크라슈나의 단검을 상수로 쥐면서 옆으로 크게 휘저었다.

성화가 화려하게 폭발했다.

콰아앙!

킨드레드가 내리그었던 공격이 갑자기 부서져 흩어졌다. 하지만 그는 오히려 재미있다는 듯이 지체하지 않고 허공에서 몸을 팽이처럼 뒤틀면서 오른손으로 연우의 정수리를 내리찍었다.

연우는 옆으로 몸을 틀면서 크라슈나의 단검을 연거푸 찔러 넣었다.

팔극권의 숙련도가 50%를 넘으면서 어느새 갖가지 연계기(連繫技)도 가능해진 상태였다.

쉬쉬쉭—

퍼퍼펑!

연우가 빠르게 휘몰아친 검이 킨드레드의 손날과 연거푸 부딪치면서 폭발도 같이 일어났다.

워낙에 강렬한 성화가 섞여 있어서 그런지, 폭발과 함께 일어나는 불똥 때문에 칸은 훨씬 더 멀리 뒤로 떨어져야만 했다. 빅토리아는 한 겹 더 결계를 둘렀다.

콰아앙!

그러다 킨드레드가 쳐올린 어퍼컷을 옆으로 쳐 내는 것과 함께 연우의 몸뚱이가 뒤로 크게 주르륵 밀렸다.

우웅, 웅—

연우는 이를 악물었다. 이미 오른손은 크게 찢어져 피가 뚝뚝 떨어지고 있었다. 크라슈나의 단검도 금방이라도 부서질 듯 크게 휘었다.

그만큼 킨드레드가 휘두른 공격에 포탄이라도 연속으로 얻어맞은 것처럼 정신이 없었다. 땅이 내내 울리는 마당에 몸을 가누기도 힘들었으니까.

만약에 초감각으로 단련된 투로 예측과 전투 의지를 이용한 사고 가속이 아니었다면 진즉에 무너졌을 게 분명했다.

하지만 버틸 수 있는 건 여기까지. 이 이상으로 가게 된다면 자신의 밑천을 전부 내보여야만 했다. 그리고 설사 그런다고 해도 승리를 장담할 수가 없었다.

반면에 킨드레드는 재미난 놀이라도 하는 것처럼, 씩 이가 훤히 드러나도록 웃어 댔다.

분명 겉보기엔 귀여운 모양이었지만, 연우는 왠지 모르게 등골이 오싹했다. 마치 탐욕스러운 악마가 혀로 입맛을 다스리는 것처럼 보였다.

상대는 강해도 너무 강했다.

「저 정도면 한령의 전성기 때라고 해도 안 될 것 같은데. 킨드레드가 이렇게 강했었나?」

그림자 속에서 연우의 싸움을 지켜보던 샤논이 작게 중얼거렸다.

그때, 킨드레드가 입을 열었다.

『기습을 펼쳤는데도 막을 뿐만 아니라, 반격까지? 호오. 제법이로구만.』

시험은 끝났다.

그래도 연우는 이상하게 안심할 수가 없었다. 조금만 빈틈을 보이면 킨드레드가 자신을 잡아먹을 것 같다는 느낌을 강하게 받았다.

아니나 다를까.

킨드레드는 줄줄 흘려 대는 투기를 전혀 거두지 않은 채, 눈을 가느다랗게 좁히면서 물었다.

『그런데 자네, 검무신과 무슨 관계인가?』

전혀 생각지도 못한 말.

연우는 아주 잠깐 킨드레드와 검무신 사이에 어떤 연관이나 접점이 있나 생각해 봤다. 하지만 일기장에 그런 내용은 전혀 없었다.

『그게 무슨 말씀이십니까?』

『아니라고는 못 할 텐데. 자네가 펼치던 검술. 조금씩 변형된 부분은 있어도 분명 검무신의 것과 똑같았어.』

연우는 그제야 킨드레드가 무슨 말을 하는지 깨달았다. 그는 착각을 하고 있었다.

『잘못 알고 계십니다.』

『무슨…….』

『제 스승님은 무왕이십니다.』

이번에는 킨드레드가 눈을 크게 떴다. 이제 상황이 끝났나 싶어 이쪽을 보고 있던 빅토리아와 칸도 놀란 얼굴이 되었다. 여태 연우가 보였던 실력보다 더 놀란 눈빛.

『무왕? 설마 외뿔부족의?』

『그렇습니다.』

『흠. 그렇다면 말은 되는군. 원래 검무신, 그놈도 무왕에게서 진전을 이었으니까. 하지만 '그놈' 이후로 다시는 제자를 거두지 않을 거라고 큰소리치던 놈이 새로운 제자라…….』

연우는 킨드레드가 말한 '그놈'이 무왕이 말하지 않았던 두 번째 제자가 아닐까 하고 생각했다.

무왕에 대해서 잘 알고 있는 것 같은데. 무슨 관계일까. 친분? 악연? 지금 킨드레드의 태도로 봐서는 어떤 관계인지를 알 수가 없었다.

킨드레드는 아주 잠깐 고민에 잠기다가 자세를 풀고 뒷짐을 졌다.

투기는 가라앉았지만, 그래도 여전히 잔재 기운은 남아 대기 중에 둥둥 떠돌아다녔다. 보통 사람이라면 바로 까무러쳤을 만큼 살벌했다.

『의념을 이제 막 깨우쳐서 얼마나 실력이 있을까 싶었었는데. 아무래도 기본기는 있는 모양이군. 막내가 침이 튀도록 칭찬할 만해.』

킨드레드는 칸이 뭔가를 말하자마자 곧장 연우에게 달려들었다. 대체 칸은 그동안 연우에 대해서 뭐라고 얘기했던 걸까?

『너도 혹시 이곳 오행산에서 수련을 할 생각이냐?』

아무래도 이 다섯 번째 산에서 실질적인 우두머리 역할을 하는 건 킨드레드인 것 같았다.

어쩌면 그에게서 뭔가를 배울 수 있을지도 모르기에, 연우는 공손하게 대답했다.

『예. 그렇습니다.』

『좋아. 합격.』

킨드레드는 그 말만 남기고 자리를 훌쩍 떠났다.

다행히 같이 머물러도 된다는 허락은 받았지만. 빅토리아와 킨드레드를 겪어 보니 아무래도 이곳에서의 생활이 그리 쉽지는 않겠다는 생각이 들었다.

* * *

『어중이떠중이면 아마 받아들이지도 않았을걸? 저 양반, 자기 성에 안 차면 바로 쫓아 버리거든.』

칸은 연우에게 그가 머물 만한 곳을 소개해 주겠다면서 다른 곳으로 이동했다.

헤어지기 전에, 빅토리아는 생각이 바뀌면 언제든 연락하라고 말했었다. 정말 뜨거운 밤을 같이 나눠 보자면서. 물론, 연우는 아무 대답도 하지 않았지만.

『사두들은 원래 다 저런가? 내가 알고 있는 것과는 많이 다른데.』

칸은 연우가 무슨 말을 하려는지 알고 가볍게 웃었다.

『아니. 아마 네가 생각하고 있는 이미지가 맞아. 개인주의적이고, 금욕적이면서, 외부와는 일절 관계하고 싶어 하지 않는. 대부분 자기 수련에나 집중하지, 다른 사람들 일에는 개입하고 싶지 않아 해. 나타나지 않은 다른 두 사람만 봐도 알잖아?』

『그럼, 킨드레드와 빅토리아는?』

『두 사람도 같아. 원래 오지랖 넓게 안 굴어. 자기들이 간섭받는 것도 엄청 싫어하고. 다만, 저 두 사람은 여기 너무 오랫동안 있었던 터줏대감들이라. 조금 심심한지, 신입으로 보이는 사람들이 있으면 그때만 잠깐 관심을 가져.』

『그렇군.』

『어. 다만, 킨드레드는 근처에 수준 낮은 수행자가 오는 걸 극도로 혐오해. 꼴통이 옆에 있으면 자기도 같이 꼴통이 된다나? 그래서 꽤 많은 놈들이 쫓겨났었지.』

덕분에 내가 지금 막내 생활을 하고 있는 거고. 칸은 그렇게 작게 중얼거렸다.

'정확하게는 어중이떠중이가 와서 방해받는 게 싫은 거겠지.'

연우는 킨드레드에 대한 말을 속으로 삭였다.

『그래도 다들 나쁜 사람들은 아니니까 걱정 마. 방해만 하지 않으면 얼마든지 친인으로 지낼 수 있을 테니까. 게다가 지나가면서 던져 주는 조언들도 도움이 될 때가 많아. 나도 덕분에 꽤 빨리 강해질 수 있었고.』

연우는 칸이 왜 이렇게 갑자기 빠른 성장을 이룰 수 있었는지 이유를 알 것 같았다. 확실히 저런 사람들 사이에 부대끼다 보면 발전을 하지 않을 수가 없을 테지.

『탑에는 언제 들어온 거지?』

『음. 얼마 안 됐어. 대략 두 달 전쯤? 여기 올라올 때쯤엔 네가 한창 레드 드래곤에 들어가서 뛰어다닌다는 말을 들었었고.』

연우가 탑에 들어온 지도 벌써 제법 시간이 흘렀다. 예상했던 대로 전쟁에 집중하는 동안, 새로운 튜토리얼이 열렸었던 모양이다.

『야. 근데 네가 남긴 기록들은 죄다 말이 안 되더라. 명예의 전당에 비공개라고 적힌 1위 기록들. 그거 전부 너 맞지?』

연우는 말없이 고개를 끄덕였다. 칸은 고개를 절레절레 흔들었다.

『그 때문에 올라오는 내내 기록을 갱신할 생각은 하지도 못했어. 그냥 올라가는 데에만 집중했지. 도중에 한 번 너 찾아서 인사라도 해 볼까 싶었었는데…… 방해가 될 것 같아서. 언젠가는 만날 것 같다는 생각도 들었고.』

확실히 그의 말마따나 지금 만나긴 했다.

『그동안 잘 지냈었냐?』

『그럭저럭. 너는?』

『니야 늘 똑같지, 뭐. 사실 그때 리타이어하고 나서 많이 고민했었다. 어떻게 하면 강해질 수 있을지. 길을 찾고 싶었거든.』

연우가 F구획에서 그들을 구해 줬을 때, 칸은 큰 충격을 받았다. 그동안 자신이 알고 있던 세상은 우물처럼 너무 좁다는 것을 깨달았다. 그래서 그 좁은 우물을 어떻게든 깨고 싶었다.

그래서 죽기 살기로 탑을 꾸준히 올랐고, F구획에서 봤던 연우를 쉴 새 없이 떠올리면서 자신을 혹독하게 밀어붙이다가 우연찮게 이곳을 찾을 수 있었다.

칸은 단언할 수 있었다.

연우가 자신의 세계관을 확 뒤집어 놓았다면, 이곳은 뒤집힌 세계관을 다시 다져 준 고마운 장소였다.

『도일은?』

그러다 연우가 그동안 피하고 싶었던 질문을 던졌을 때, 칸은 쓰게 웃을 수밖에 없었다.

하긴 궁금하겠지. 연우가 떠날 때까지만 해도 두 사람은 친형제 못지않게 항상 껌딱지처럼 붙어 다녔었으니까.

『없어. 여기엔.』

하지만 칸은 답답한 속내를 최대한 드러내지 않고자 했다. 비록 감정은 연우의 초감각에 다 읽혔겠지만, 그래도 최대한 내색하고 싶지는 않았다.

『나, 그놈이랑 갈라선 지 꽤 오래됐어.』

칸은 쓴웃음을 지었다.

『자세한 건 묻지 말고.』

연우는 묵묵히 고개를 끄덕였다. 친형제보다 더 각별한 사이처럼 보이던 두 사람이 찢어진 게 안타까웠지만, 자신이 개입할 문제는 아니었다.

어디까지나 두 사람 간의 개인사였으니까.

『그래도 뭐, 제 앞가림은 잘하는 놈이니 어디서 잘 살겠지.』

확실히 폭시 테일이라고 불릴 만큼 영민한 아이였으니까. 연우는 언젠가 도일도 만날 수 있지 않을까 하는 생각이 들었다.

『앞으로 여기서 머물면 될 거야. 안에 기본적인 가재도구는 다 있으니까 적당히 쓰면 될 거고.』

칸이 안내한 곳은 산에서 갈라져 나온 지류 중턱에 위치한 어느 움막집이었다.

이미 먼저 머물고 살던 사람들이 있었는지 생활하는 데 필요한 것들은 모두 갖춰져 있었다.

조촐하게 만들어진 뒷마당에는 장작더미가 수북하게 쌓여 있었고, 따로 수련을 할 수 있는 연무장도 있었다.

무엇보다 울창한 숲 속에 있어서 그것이 가장 마음에 들었다.

이런 곳이라면 길을 잃은 플레이어들이 흘러 들어올 가능성도 아주 적을 테니까.

『식량이나 식수가 없으면 알아서 구해야 하긴 하지만 필요하다 싶으면 언제든 찾아와. 궁금한 거 있으면 바로 묻고.』

칸은 그 외에도 연우가 크게 불편하지 않도록, 수련에만 집중할 수 있도록 많은 편의를 봐줬다.

다만, 주의할 점에 대해서도 몇 번씩이나 신신당부를 했다.

절대 타인의 일에 간섭하지 말 것. 이곳에 있는 사람들은 전부 연우처럼 개인 수행을 위해 온 것이니 절대 방해하지 말라고 언급했다.

만약 가벼운 대화라도 나누고 싶으면 미리 양해를 구하라는 말도 함께.

『다만, 이따금 심심하면 사람들끼리 모여서 노가리를 까기도 하니까. 너무 삭막하지는 않을 거야.』

연우도 개인 수련에 집중할 수 있겠다는 생각에 흡족하게 고개를 끄덕였다.

* * *

『그럼 열심히 해라. 나도 여기 있으면서 꽤 많이 달라졌거든. 답답한 생활이긴 하지만, 그만큼 얻는 것도 많을 테니까. 너라면 나보다 더 많은 걸 가져갈 수 있겠지. 이따금 시간 나면 나랑 대련도 좀 해 주고.』

칸은 수고하라며 연우의 어깨를 두들겼다. 오랜만에 만나서 그런지 둘은 한참 동안 많은 이야기를 나눴다.

주로 떠드는 쪽은 칸이고, 연우는 듣기만 했을 뿐이지만. 그래도 두 사람은 서로 그동안 어떻게 지냈는지를 알 수 있었다.

칸은 그동안 맹목적으로 수련에만 미쳐 있었다. 강해지겠다는 열망. 더 높은 경지로 올라가고자 하는 열의. 그 모든 것들에만 집중하면서 계속 검을 갈고 닦았다.

그전까지 자기애가 강해서 잘난 척이 심했던 칸의 모습은 찾아볼 수가 없었다.

경망스러운 모습은 그대로였지만, 그 속에는 진중함이 자리 잡고 있었다.

혈검이 탑에 들어왔다는 소문이 안 퍼진 것도 이해가 되었다.

철저하게 자신을 숨기면서, 유명세는 신경도 쓰지 않은

채, 조용히 자기 할 일만 묵묵히 했을 뿐이었다.

칸도 연우가 어떤 일을 겪었는지를 알았다. 자세한 내막까지는 말해 주지 않았지만, 그래도 두 거대 세력 간의 전쟁에서 벌어진 일들을 듣고 아주 즐거워했다.

연우는 그런 대화가 즐거웠다. 정말 오랜만에 친한 친구를 만난 기분이었으니까. 아니, 친한 친구가 맞았다. 위험한 전장에서 서로의 등을 맞댄 사이가 친구 사이가 아니면 또 무엇이 친구일까.

대화가 끝날 무렵에는 시간이 한참 흐른 뒤였다.

칸은 미뤄 둔 자기 수련을 마저 해야겠다면서, 다음에 보자는 말을 남기고 훌쩍 떠났다.

연우는 잠시간 움막 주변을 둘러봤다. 인트레니안에 식량과 식수를 챙겨 두긴 했지만, 그래도 만약을 대비해 조달할 곳을 미리 파악하는 게 좋을 것 같았다.

다행히 이전의 주인이 주변 환경까지 고려해 장소를 고른 듯, 물을 길어 올 만한 개울이 얼마 떨어지지 않은 곳에 있었다. 작은 텃밭도 발견할 수 있어서 식량 걱정도 할 필요는 없을 것 같았다.

연우는 주변 확인이 전부 끝나자 산자락에 걸쳐서 넓게 뿌렸던 마력을 다시 거둬들였다.

'수련을 하려면 마력은 일단 최대한 감춰야겠지.'

킨드레드와 검을 겨뤄 보면서 확신할 수 있었다.

20층 시련의 테마는 '자기와의 싸움' 이다. 스스로에게 최대한 많은 제약을 걸면 걸수록, 불편을 겪으면 겪을수록, 그만큼 돌아오는 성취도 커진다.

그래서 다시 마력회로를 봉인해 둘 참이었다. 덕분에 초감각의 세밀함이 많이 줄었다. 그것으로도 모자라 탐색하는 범위도 확 줄여 자기 자신에게로 한정시켰다.

그러자 다시 갑갑한 느낌이 들었다. 아무것도 감지되지 않아 스스로를 어둠 속에 유폐시킨 느낌이었지만, 도리어 그렇기 때문에 편했다.

이제부터는 정말 본격적인 수련에 맹진할 수 있었으니까.

연우는 가부좌를 틀었다. 몸을 움직여서 음검을 익힐 수 있다면 좋겠지만, 안타깝게도 음검은 이해를 해서 '의(意)'를 먼저 깨달아야만 하는 무공이었다.

사실 더 이상 육체적인 수련으로 오를 수 있는 경지에도 한계가 있었다.

그렇다면 당장 연우에게 중요한 것은 하나.

명상.

[전투 의지]

사고 가속이 시작되었다. 초감각까지 걸어 잠그니 정말 어둠 속에 갇힌 느낌이었다. 시간이 얼마나 느려졌는지 알 수도 없었다.

주변 환경은 신경도 쓰지 않은 채, 음검의 구결에 잠겼다.

*　　*　　*

연우가 음검의 구결을 보면서 느낀 점은 웬만한 방식으로는 절대 풀어낼 수 없다는 것이었다.

겉보기에는 단순한 신화나 전승으로만 보이는 구결들. 하지만 그 속에 숨겨진 의미는 도저히 짐작하기가 힘들었다.

외뿔부족이 지난 수천 년간 두 팔을 걷어붙이고 달려들었지만 도저히 해석할 수 없었던 구결.

그동안 연우가 봤던 외뿔부족 중 젊은 사람들은 대개 과격하고 호탕한 면모가 강했지만, 나이가 들수록 사물의 이치를 궁리하는 현학자나 철학자에 가까웠다. 가지고 있는 학식도 대단했었다.

그런 이들도 해결하지 못한 문제를, 하루아침에 연우가 극복하기란 요원한 일.

'그렇다면 편법이라도 써야지.'

연우가 생각한 편법은 바로 용의 지식이었다.

이미 외뿔부족이 오랫동안 연구했다던 여러 이론은 에도라로부터 전해 들어서 기억해 둔 상태. 여기에 용의 지식을 덧대어 여러 각도에서 풀어 볼 생각이었다.

'외뿔부족의 연구 총아와 용의 지식이 더해진다면…… 어떻게든 방법을 찾을 수 있을 거야.'

외뿔부족은 절대 시도할 수 없었던 방법.

아마 분석하는 와중에 연우가 얻게 될 부산물도 상당할 테지. 그것만 한데 모아도 팔극권에 버금가는 뛰어난 심득을 얻을 수 있을지 몰랐다.

하지만 연우는 그런 부산물보다 태극혜 반고검으로 간다는 음검을 습득하고 싶었다.

어떻게든 해석을 해야만 했다.

그때부터, 연우는 외뿔부족의 연구를 토대로 용의 지식을 더하면서 음검을 해석하는 데 몰두했다.

바깥일에는 전혀 신경 쓰지 않았다. 사고에 사고를 거듭하면서, 오로지 분석에만 집중했다. 시도 때마다 방식도 달랐다.

'어떤 암호 방식으로 숨겨진 다른 구결이라도 있는 걸까?'

가장 먼저 떠오른 건, 겉으로 드러난 구결은 진짜 구결이 아니고 진짜는 교묘한 방식으로 숨겨져 있는 게 아닌가 하는 것.

그래서 글자의 순서를 뒤집어서 보기도 하고, 장(章)의 순서를 다양하게 바꿔 보기도 했다. 나중에 가서는 한 글자 한 글자마다 파자(破字)를 해서 새롭게 의미를 구성해 보려고도 노력했다.

이런 여러 방법이 통하지 않자, 그다음에는 장을 잘게 쪼개서 숨겨진 의미를 찾아보려고도 했다.

하지만 이런 시도는 계속 불발로 그쳤고, 결국 남은 방법은 해석을 하는 것밖에는 없었다. 그러나 언제나 그랬듯이 해석은 되어도 '의'는 도출될 기미를 보이지 않았다.

혹시 철학적인 의미가 숨겨져 있나, 외뿔부족 역사와 관련된 뭔가가 있지 않을까 하는 생각도 하면서 더 깊게 파고들었다.

하지만 시도를 하면 할수록. 그리고 그때마다 결과가 실패로 돌아올수록.

연우는 마치 아무런 준비도 없이 가파른 절벽을 오르는 것처럼, 그 모든 게 까마득하게만 느껴졌다. 도무지 끝이 보이지 않았다.

*　　*　　*

「주인? 이봐, 주인! 정신 차려, 인마!」

대체 얼마나 생각에 잠겨 있었던 걸까. 연우는 자신을 강하게 부르는 소리에 정신을 차렸다.

닫혔던 초감각이 살짝 열리면서 자신을 흔들어 깨우고 있는 샤논이 감지되었다.

녀석의 사념이 크게 흔들리고 있었다. 뒤에 한령도 잔뜩 굳은 사념을 풍겨 댔다.

「정신이 들어? 어?」

샤논의 목소리는 아주 절박했다. 연우는 뒤늦게 자신의 실수를 눈치챘다.

'내가 얼마나 이러고 있었던 거지?'

명상에 잠긴 채, 사고 가속으로 음검에만 몰두한 지 얼마나 시간이 흘렀던 걸까. 외부는 일절 신경도 쓰지 않았더니 시간이 얼마나 흘렀는지 짐작도 가질 않았다.

다만, 허기가 지고 심한 갈증이 느껴지는 것으로 봐서 꽤 오랜 시간이 지나지 않았을까 하고 짐작하는 게 전부였다.

「얼마나 있었냐고? 그걸 말이라고 하는 거야? 주인, 너 조금만 더 있었으면 뒈졌을지도 모른다고!」

'내가?'

「그래! 명상에 집중하는 것도 하루 이틀이지, 어떻게 한 달씩이나 그러고 있을 수가 있어? 미친 거 아냐?」

'한 달?'

연우는 처음으로 소스라치게 놀라고 말았다. 전혀 예상치도 못한 긴 시간이었으니까. 시간 감각이 없어도 너무 없었다 싶었다.

하긴. 한 달씩이나 되니 웬만해서는 꿈쩍도 않을 용체로도 허기와 갈증을 느끼겠지.

연우는 재빨리 인트레니안을 열어 식수를 꺼내 부족한 수분을 채우고, 육포로 허기를 달래면서 인상을 찡그렸다.

'이런. 헤노바와 비스터에게 연락도 못 했는데.'

헤노바와 약속했던 시간은 열흘가량. 말도 없이 너무 많은 시간이 흘러 버렸다. 그의 성격상 연우가 위험에 빠지지 않았나 노심초사하고 있을 게 분명했다.

비스터도 마찬가지. 통신용 아티팩트를 확인해 보니 이미 몇 번씩이나 통신을 걸어 온 흔적이 있었다.

연우는 가볍게 혀를 찼다. 브라함의 행방이라도 찾아낸 걸까.

「지금 그게 중요하냐? 으휴.」

연우는 쓰게 웃었다. 하긴 비스터야 바로 연락을 넣으면 되는 거고, 헤노바도 에도라에게 따로 이야기를 잘 전달해 달라고 부탁하면 되었다. 외뿔부족과도 연락망을 갖고 있었다.

그래도 내친김에 서둘러 끝내자는 생각에 연우는 아티팩트를 매만졌다.

비스터에게 연락을 넣으니 아티팩트 너머로 소스라치게 놀라는 감정이 고스란히 전해졌다.

『카, 카인 님?』

『도중에 일이 생겨서. 브라함의 행방은 찾았나?』

『예. 그, 금방 연락 오실 거라고 생각해서 계, 계속 위치를 파악하고 있는 중이었습니다.』

『어디지?』

『23층이었스, 습니다.』

『23층?』

혹시 50층 이후에 있으면 어떻게 해야 하나 걱정했었는데. 의외로 가까웠다.

'23층이면 악마의 숲인가? 확실히 그런 곳이라면 있을 만하긴 해.'

23층은 악마를 잉태한다는 나무, 악마수(惡魔樹)가 숲을 이룰 정도로 빽빽하게 들어선 스테이지였다. 악마들의 고향, 마계와 가장 흡사한 환경을 가지고 있어서 다른 층계에서는 보기 힘든 생태계를 갖고 있기로도 유명했다.

연단술과 연금술의 대가인 브라함이라면 충분히 흥미를 가질 만했다.

『그, 그렇습니다. 그곳에 머문 지도 꽤, 꽤 오래된 듯 보였습니다.』

『그럼 계속 파악해 둬. 만약 다른 층계로 이동한 듯한 흔적이 있으면 즉각 알려 주도록 하고.』

『아, 알겠습니다!』

비스터는 연우의 용건이 끝나자마자 곧바로 통신을 두절시켰다. 그만큼 연우를 부담스러워한다는 뜻이었겠지.

연우는 굳이 서둘러서 브라함을 찾을 필요는 없겠다는 생각에 조금 안도하면서, 이번에는 에도라에게 연락을 넣었다.

에도라는 연락이 안 되던 연우에게서 갑자기 연락이 오자 크게 놀라면서 어디 다친 데가 없는지 물었다. 연우는 자초지종을 설명하고 헤노바에게 사정을 잘 전달해 달라고 부탁했다.

『이미 이곳에 몇 차례나 다녀가셨었다고요. 칫.』

생각했던 대로 연우가 걱정이 되어 그새 외뿔부족을 찾았던 모양이었다. 그리고 에도라는 한동안 헤노바가 자신들의 마을에서 머물고 있다는 말도 덧붙였다.

연우는 곧 찾아가겠다는 말을 남기고, 모든 연락을 끝냈다. 그리고 오랫동안 씻지 않아 먼지가 수북하게 쌓인 머리를 쓸어 올리면서 인상을 살짝 찡그렸다.

한 달. 결코 짧은 시간이 아니었다. 사고 가속으로 보내는 시간이 많을 때는 현실의 몇십 배는 된다는 것을 감안한다면, 생체 시계로 족히 일 년이 넘는 시간을 음검에다 투자를 한 셈이었다.

「급한 불은 끈 것 같으니 자세한 거나 이야기 나눠 보자고. 얻은 건?」

샤논이 진지한 어투로 물었다. 뒤에서 한령도 연우를 빤히 쳐다봤다. 음검에 대한 건 둘에게도 중요한 사안이었다. 외뿔부족의 비원. 무술을 단련한 수행자로서 관심을 안 가질 수가 없었다.

연우는 고개를 가로저었다.

'없었어.'

「뭐? 그렇게나 집중했었는데도?」

샤논이 크게 놀랐다. 한령도 같은 사념을 풍겼다.

'이것저것 꽤 많은 시도를 해 봤었는데. 실마리조차 얻을 수 없었어.'

「말도 안 되는…….」

샤논은 연우가 가진 무기를 알고 있었다. 외뿔부족의 연구 결과와 용의 지식. 거기다 각성을 통해 이룬 뛰어난 사고 능력까지.

그 모든 것들을 한데 집중시켰는데도 불구하고 풀 수 없었다고? 샤논이 가진 상식으로는 그런 게 있을 거라고는 도저히 상상도 할 수가 없었다. 한령도 같은 생각이었다.

「그거, 혹시 사기는 아니…….」

'아니. 사기는 아니야. 진짜인 건 확실해.'

연우도 샤논과 같은 생각을 안 해 본 건 아니었다.

여러 시도를 거듭해 봤지만 아무런 단서도 찾을 수 없었을 때. 어쩌면 음검은 그냥 단순한 신화가 아닐까 하고. 불신이 드는 게 당연했다.

하지만 시간이 지날수록, 연우는 확신을 가질 수 있었다. 이건 진짜였다.

이미 짐작했던 대로 다양한 방식으로 음검을 해석하면서 떨어진 부산물들이 아주 많았고, 그 과정에서 연우는 무공에 대해 더 깊은 이해를 가질 수 있었다. 새롭게 심득을 정리해 두기도 했다.

다만, 정작 음검에 대한 실마리는 얻지 못했다.

풀 수 있는 방법을 아무도 얻지 못했기 때문에 아직까지 열리지 않았을 뿐. 한 번 열리기 시작한다면 판도라의 상자처럼 아주 많은 것들을 쏟아 낼 게 분명했다.

문제는 그 실마리를, 열쇠를 찾을 길이 보이지 않는다는 것이지만.

「하긴. 외뿔부족의 늙다리들이 집단 치매라도 걸린 게 아닌 이상에야, 그렇게 오랫동안 붙잡고 늘어졌을 리가 없겠지.」

샤논은 가볍게 혀를 찼다. 그도 음검의 실체를 보고 싶은 건 마찬가지였다.

'어디서부터 접근을 해야 할지를 모르겠어.'

안갯속을 헤매는 기분. 처음 무공에 입문했을 때에도 이렇게 답답하지는 않았었는데. 그때와는 비교도 할 수 없을 정도였다.

그때, 여태 말이 없던 한령이 말했다.

「아무리 안갯속을 헤매고 다녀도 도무지 길이 보이지 않는다면, 처음부터 차근차근히 밟아 보는 건 어떻겠습니까?」

'어떻게?'

「어렵다고 해도, 음검이란 것도 결국 검술입니다. 그렇다면 순서상 먼저 검에 통달해야 하지 않겠습니까?」

'기초를 탄탄하게 쌓자는 말이군.'

「그렇습니다.」

샤논도 옳다는 듯이 고개를 끄덕였다.

「그래. 한령의 말도 일리는 있어. 이론으로만 박식해지는 것보다, 실제 몸으로 움직여야만 터득할 수 있는 것도 있으니까. 우선 검술부터, 달인 급이 될 때까지 수련을 쌓는 것이지.」

흔히 무술가들은 무술에 통달한 고수를 크게 3등급으로 나누곤 했다.

기예를 극한까지 단련해서 완성을 이룬 달인(達人).

완성한 정도를 넘어서, 기예를 새로운 단계로 탈바꿈시킨다는 명인(名人).

그리고 다시 그마저도 뛰어넘어 이치를 통달했다는 진인(眞人).

연우가 팔극권을 꽤 숙련도 있게 다룰 만큼 발전했다지만, 아직까지 무공을 통달했다고 할 정도로 뛰어난 성취를 이룬 건 아니었다.

'달인 급부터 되어야 한다라.'

무술에 있어서는 샤논과 한령이 그보다 훨씬 몇 수는 위였다. 그렇다면 귀담아들을 필요가 있었다.

'달인 급이라면, 보통 어느 정도면 되지?'

「오러(Aura)를 만들 정도면 됩니다.」

오러. 마력을 고밀도로 농축시키고, 그 속에 의념을 불어넣어 칼날의 형태로 만드는 힘.

확실히 그 정도면 달인 급이라고 지칭해도 괜찮을 것 같았다.

그리고 다행히 연우에게는 오러를 만들 수 있는 명확한 기준선이 있었다.

팔극권의 8대 비기.

여태껏 미뤄 뒀던 팔극권의 오의부터 완성해야 할 것 같았다.

나에게 오러는 여러 가지로 만들기가 어려운 에너지 형태였다.

고농도로 농축시킨 마력은 보통 흩어지려 하거나, 폭발하는 성질을 갖고 있었고, 이것을 유지하기 위해서는 강한 '의념'을 필요로 했다.

의념이라니. 실체도 없는 정신적 에너지를 이용해서, 마력을 일정한 물리적 형태로 만든다는 개념 자체가 나로서는 도무지 이해가 불가능할 정도로 어려웠다.

하지만 레온하르트나 발데비히는 곧잘 다루는 걸 봐서는 불가능한 것도 아니어서…… 나는 머리만 쥐어짤 뿐이었다.

사실 연우는 오러에 대해서 잘 알지 못했다. 일기장에 기초적인 개념에 대해서는 적혀 있었지만, 말 그대로 개념적인 내용이 전부였다.

동생이 유일하게 접근하지 못한 분야가 오러였기 때문이었다.

동생이 타고난 특성은 만통(萬通). 세계에 구성되어 있는 모든 요소들과 근본적으로 가까워질 수 있었기 때문에, 녀석은 지구 출신이면서도 마나를 곧잘 다뤘다.

그래서 마력 다루는 법을 빠른 속도로 터득할 수 있었고, 그것으로도 모자라 튜토리얼을 통과할 때 즈음에는 아르티야 내에서 마력을 가장 잘 다루는 실력자가 되었다.

그러다 나중에는 마법, 정령술, 강체술 등, 단 한 가지만 파고들어도 대성하기가 힘들다는 여러 분야에 능통해질 정도였다.

헤븐윙이라는 별칭을 가져다 준 '하늘 날개' 스킬도, 그렇게 마력을 이용한 여러 기예들의 조합으로 탄생한 것이었다.

마력을 가장 순수한 의미에서 접근해, 근본부터 자유롭게 다루기 때문에 가능한 일이었다.

하지만 반대로 근본을 다루기 때문에 오러에는 접근을 할 수가 없었다.

오러도 마력을 이용한 응용 기술 중 하나였지만, 그보다는 가공된 에너지에 가까웠으니까.

게다가 동생은 물리적인 실체를 띠지 않는 '의념' 이라는 개념을 너무나 어려워했다. 도무지 종잡을 수가 없기 때문이었다.

그래서 연우도 본격적으로 무공을 배우기 시작했지만, 정작 오러를 다루겠다는 생각까지는 가지 않았다.

이미 그가 익힌 무공 수준만 해도 부족하지 않은 데다가, 오러 말고도 집중할 무기가 많았기 때문이었다.

성장 방향과 숙련도가 보이는 다른 스킬들과 다르게, 그런 것이 전혀 없는 오러는, 제대로 익히기 위해 얼마나 많은 시간을 투자해야 할지 감도 잡히질 않았다.

아니, 무엇보다 순수한 마력을 다루는 마력회로로 오러를 구성하는 게 힘들지 않을까 하는 생각도 했었다.

하지만 이제는 그런 생각 따윈 전부 버려야 할 것 같았다.

이미 인체에 어울리지 않던 마력회로를 코어라는 개념을 더해 알맞게 고쳤다. 오러도 어떻게든 해내야만 했다.

샤논과 한령의 말마따나 우선 검술을 최소 달인 급까지 끌어 올려야만, 다시 음검에 도전할 만한 자격이 생길 것 같았으니까.

다행스러운 것은 성취가 비약적으로 상승할 수 있는 20층에서 수련하게 되었다는 점.

그리고 그에게는 뛰어난 스승이 둘이나 있다는 점이었다.

샤논은 랭커는 되지 못했어도 검술에 있어서만큼은 달인 급의 실력자였다.

한령도 마찬가지. 아홉 자루의 칼을 이용한 변화무쌍한 무예는, 무예 자체만 따진다면 검무신도 한 수 접어 줘야 할 정도였다. 명인 급과 진인 급 사이. 배울 게 아주 많았다.

다만, 둘의 차이점이 있다면.

샤논은 레드 드래곤 내에서 체계적인 무술 지도로 정도를 걸어왔던 것과 다르게, 한령은 어렸을 때부터 전장을 전전하면서 경험으로 무술을 몸소 터득하는 사도를 걸었다는 점이었다.

정도와 사도. 두 상반된 특징을 가진 기예와 경험을 동시에 전수받을 수 있는 것이다.

그리고 그것을 바탕으로 팔극권의 비기를 완성하는 데까지 노력한다면.

'어떻게든 오러를 만들어 낼 수 있을지도.'

동생은 만통이라는 특성 때문에 오러를 습득할 수가 없었지만, 이미 무공에 완전히 익숙해진 연우라면 이야기가 다를 것이다.

연우는 크라슈나의 단검을 꽉 쥐었다.

결국 남은 건 수련밖엔 없었다.

*　*　*

「사실 오러라는 건, 쉽게 설명을 하면 육감을 터득한 후에 단계적으로 얻을 수 있는 힘이야.」

'육감을 얻은 후에?'

「육감은 머릿속, 그것도 무의식중에만 내재되어 있던 의념을 밖으로 끄집어내는 과정이지. 오러는 그것을 마력이라는 기반을 이용해서 물리적 실체로 바꾼 형태야.」

샤논이 던져 준 한마디로, 연우는 머릿속이 탁 트이는 것 같았다.

방출한 것과 형상화한 것의 차이.

이미 육감보다 더 위의 단계인 초감각을 깨달은 연우였기 때문에, 더욱 쉽게 개념을 잡을 수가 있었다.

확실히 초감각의 영역 내에 있는 것들은 전부 자신의 내부를 들여다보는 것처럼 훤하게 볼 수가 있었으니까.

「하지만 무형적인 것을, 유형적인 형태로 바꾸는 것이기 때문에 마력과의 적절한 배합이 필요한 것입니다. 이때의 마력 또한 아주 강해야 하지요.」

한령이 덧붙인 설명이었다.

연우는 마력을 고농축으로 압축시키는 건 걱정하지 않았다. 마력을 다루는 데에 있어서만큼은 다른 사람들과 비교할 게 아니었으니까. 용종이 괜히 마나의 축복을 받은 종족인 게 아니었다.

결국 한 가지 사안만 해결하면 되는 거였다.

'그럼 의념이란 건 뭐지?'

문제는 여기서 둘의 대답이 엇갈린다는 점이었다.

「강해지고자 하는 의지.」

「이기고자 하는 집념.」

샤논은 말했다. 검술이란 자기 자신과의 싸움이라고. 자신이라는 인격체를 칼처럼 날카롭게 갈고닦는 과정이라고 말이다.

하지만 한령은 여기에다 두고 다르게 이야기했다.

아무리 좋은 미사여구를 갖다 붙인다고 해도, 결국 검이란 건 상대를 해하는 무기다. 검과 검이 부딪치는 자리에서 어떻게든 상대를 꺾고 이길 생각을 해야지, 진다면 어쩌겠느냐고 말이다.

결국 한령은 승리하는 것만이 검술의 모든 것이라고 딱 잘라 설명했다.

쉽게 말해, 향상심과 승부심의 차이인 것이다. 정도와 사도의 다른 시각차가 바로 여기서 보이고 있었다.

둘 다 틀린 말은 아니기 때문에, 연우는 두 가지 논점을 끌어안고 깊은 고민에 잠겼다.

그렇다면 연우에게 가장 알맞은 의념은 무엇일까?

결론은 금방 나왔다.

'모든 걸 부수고 싶은 힘.'

연우는 되도록 자신이 만드는 오러가 이 세상 모든 것을 부술 수 있는 파괴적인 힘을 내포했으면 좋겠다는 생각이 들었다.

그에게 있어 의념이란 자기 자신을 위한 수양도, 누군가를 꺾어 이기고 싶은 열망도 아니었다.

그저 남을 죽이지 않으면 내가 죽는, 반드시 그에게 필요한 생존 도구였다.

그렇게 한 번 방향이 잡히고 나자, 연우는 곧바로 연습에 들어갈 수 있었다. 어차피 팔극권의 모든 초식을 익히고 있으니 연습은 어렵지 않았다.

'팔극권에 있어 비기란, 수십 수백 개로 구성된 초식들을, 8괘의 단 8가지 형태로 규합시키는 것. 보다 빠르고 날렵하게 단련해야 해.'

쉬쉬쉭—

연우는 움막집의 전 주인이 만들어 놓았던 연무장을 잘 써먹었다. 잠에서 깨어나기만 하면 움막을 나서서 검부터 휘둘렀다.

보다 빠르게. 보다 날렵하게. 모든 초식들이 하나로 뒤섞일 수 있게 연습에 연습을 거듭했다.

하지만 단순히 휘두르는 데에만 집중하지는 않았다.

연우가 봤을 때, 8대 비기라는 것은 단순히 연습만으로 통달할 수 있는 영역이 아니었다.

마치 건물을 쌓기 위해서 건축 도면을 따라 정교하게 벽돌을 쌓아야 하듯, 비기를 완성하려면 여러 초식들을 순서에 맞게 정립해야만 했다.

고도의 계산을 필요로 하는 작업이었다.

그래서 이번에도 전투 의지를 사용, 사고 가속으로 철저하게 초식들을 분석하면서 빠른 연산 처리로 틀을 구성했다.

그런 철저한 계산 덕분인지 밖에서 볼 수 있는 검의 움직임은 마치 처음부터 하나였던 것처럼 정교했다.

그리고 시간이 갈수록 형태는 더더욱 정교해져 갔다. 조금씩 보이던 군더더기들도 빠르게 사라졌다.

「검 끝에 정신을 집중한다는 생각으로. 모든 의념을 쏟아붓는다고 생각하면서 검술을 연습해.」

「의념은 추후에 영력이 흘러야 할 길입니다. 의념만 잘 활용할 수 있어도, 오러와 마력을 이용한 다양하고 변칙적인 공격이 가능해집니다.」

물론, 형태에만 집중해서는 안 되기 때문에, 샤논과 한령의 충고에 따라 빠르게 움직이는 검 끝에 감각을 집중시켰다.

빠르게. 더 빠르게.

날렵하게. 더 더 날렵하게.

언제부턴가 의식 시간과 실제 시간, 분리된 두 개의 시간차가 얼마나 벌어졌는지 짐작도 가질 않았다.

한 차례도 쉬지 않고 계속 검을 휘두르다 보니, 겨우 복구했던 몸이 다시 메말라 갔다. 보통 때였으면 마력이 돌아가면서 피로를 꾸준히 쫓아냈겠지만, 지금은 그것도 아니었다.

피로는 겹겹이 쌓이며 육체를 무거워지게 만들었다. 거기다 계속된 사고 가속으로 심력 소비도 장난이 아니었다. 연우는 각성하고 난 뒤에 처음으로 뇌에서 뜨거운 열기를 느꼈다.

하지만 그만큼 감각도 검 끝으로 단단하게 뭉쳤다. 그리고 분명히 걸어 잠갔는데도 불구하고, 어디서 흘러나왔는지 모를 소량의 마력이 그쪽으로 스며들었다.

연우는 그게 의념이 아닐까 하는 생각이 들었다.

그러다 점점 정신력도 메마르기 시작하면서 한데 뭉쳤던 의념도 흐트러지려고 할 무렵.

쑥—

갑자기 연우는 모든 정신이 갑자기 아래로 움푹 꺼지면서 검 쪽으로 빨려 들어간다는 느낌을 받았다.

마치 한 점으로 모든 사고 능력이 밀집되는 느낌. 그리고 여태껏 철저한 연산 아래 구성했던 비기가 단단하게 압축되었다. 검이 저절로 앞으로 튕기듯이 쏘아졌다.

쾅!

커다란 궤적과 함께 어마어마한 폭발 소리가 일어났다.

연우는 퍼뜩 정신을 차렸다. 자신 앞으로, 울창했던 숲 사이로 보이지 않던 길이 넓게 나 있었다. 좌우의 나무들이 바깥쪽으로 꺾여 있었다.

연우는 분명히 느꼈다. 한데 몰렸던 정신. 압축되었던 의념. 그리고 하나로 규합된 초식들.

이것이 의미하는 바는 간단했다.

'단천(斷天).'

8대 비기 중 첫 번째. 무왕이 보여 줬던 것처럼 해를 가르거나 한 건 아니었지만, 그래도 첫 시범치고 이 정도면 충분히 대단한 성과였다.

'실마리를 잡았다.'

아직 오러에 대한 단서를 잡은 건 아니었지만, 그래도 이제 가야 할 길은 언뜻 보이는 것 같았다.

['팔극권'의 비기에 대한 실마리를 얻었습니다. 의념을 다루는 법을 터득했습니다.]

['팔극권'의 스킬 숙련도가 대폭 상승했습니다. 62.1%]

* * *

[바깥 세계와 완전히 분리된 사고 세계에서 자아를 유지하는 법을 터득했습니다.]

[특성 '수도자'를 획득했습니다.]

……

[오랜 시간 동안 외부 세계와 내부 세계의 극명한 시차를 극복하는 데 성공했습니다.]

[단 한 차례의 휴식도 없이 수도자로서의 부단한 끈기와 노력을 거듭합니다.]

[누구도 쉽게 이루지 못할 업적을 달성했습니다. 추가 공적치와 보상이 제공됩니다.]

[공적치를 5,000만큼 획득했습니다.]

[추가 공적치를 3,000만큼 획득했습니다.]

[추가 보상으로 '전투 의지'의 진화가 이뤄집니

다. 플레이어의 특성과 능력치를 산정하여 새로운 스킬을 탐색합니다.]

[특성 '수도자'의 영향을 받습니다.]

[상위 스킬 '시차 괴리'가 생성되었습니다.]

눈 깜짝할 새에 석 달이라는 시간이 훌쩍 흘렀다.

아니, 만약 샤논과 한령이 말해 주지 않았더라면, 연우는 세 달이라는 시간이 흘렀다는 것도 알지 못했을 것이다.

그동안 전투 의지로 사고 가속을 거듭하며 팔극권을 몇 번씩이나 분해했다가 합쳤고, 비기를 완성시키고자 노력했다.

정신과 육체가 맞는 시간이 너무 달라져 이따금 위험해질 때도 있었지만, 그때마다 연우는 강한 정신력으로 극복해 냈다.

그리고.

그 결과는 새로운 넘버링 스킬의 탄생이었다.

[시차 괴리]

넘버링 75

숙련도: 0.0%

설명: 특성 '수도자'의 영향을 받아 탄생한 상위 스킬. 뛰어난 집중력을 바탕으로 어떤 환경 속에서도 민첩한 사고 활동을 통해 판단 및 추론이 가능해진다.

* 사고 가속

외부 세계의 시간 간섭에서 완전히 벗어나 자유로운 사고 활동이 가능해진다. 숙련도가 높아질수록 사고 능력에 적용되는 시간 배율도 비례해서 늘어난다.

* 병렬 연산

한 번에 사고 기능을 여러 개로 나누어 연산 능력을 동시에 병행할 수 있게 한다. 숙련도에 따라서 동시 병행이 가능한 연산 개수도 늘어난다.

시차 괴리는 전투 의지가 마스터리 스킬이 되면서 새롭게 열린 상위 스킬이었다.

시차(時差)가 괴리된다는 직설적인 명칭만큼, 이 스킬이 가동되는 동안에는 실제 시간의 간섭에서 벗어나 자유로운 사고 활동이 가능했다.

물론, 그렇다고 해서 완전히 분리되어 무한대의 시간을 얻는 건 아니었지만, 그래도 이전에 비해서 효율이 아주 좋아져 뇌가 받는 과부하의 위험이 현저히 준 건 사실이었다.

하지만 효과가 더 좋아진 만큼, 외부와 내부의 시차 간격도 커질 수밖에 없어서, 거기서 생기는 후유증과 페널티는 오롯이 연우의 몫이었다.

다행히 용의 육체가 그것을 버티지 못할 정도로 약하지는 않았다.

덕분에 연우는 스스로 느끼기엔 연 단위에 필적할 시간을 투자해 팔극권의 비기를 세 개나 완벽하게 습득하는 데 성공했다.

그리고 그 과정에서 팔극권이 아주 정교해져서 각 초식의 구분도 거의 사라졌다.

[검술이 달인 급의 경지를 엿보기 시작합니다. 이에 영향을 받아 '팔극권'의 스킬 네임이 '팔극검'으로 변경되었습니다.]

['팔극검'의 스킬 숙련도가 상승했습니다. 71.2%]

이것으로 검술도 뛰어나다고 할 만큼 높은 실력을 갖추게 되었고, 넘버링 스킬만 총 5개나 가지게 되었다.

바토리의 흡혈검. 성화. 불벼락. 초감각. 그리고 시차 괴리까지.

아직 정식으로 랭커가 되지 못한 몸으로 엄청난 업적을 이룬 셈이었다.

하지만 여전히 연우는 목이 말랐다.

오러에 대한 실마리를 얻었지만, 여전히 그 뒤가 손에 잡히질 않았다. 마력을 응축시키고 의념으로 덧씌우는 것까지는 가능한데, 이상하게 형체가 계속 유지되질 않았다.

샤논과 한령은 그걸 두고 이제 검술은 어느 정도 단련되었으니, 오러를 만드는 것에 집중하면 될 것이라고 충고했다.

그리고.

다시 한 달이라는 시간이 더 흘렀을 무렵.

[축하합니다! 달인 급의 경지에 올랐습니다. 대단한 업적을 이뤘습니다. 추가 보상이 제공됩니다.]

[공적치를 3,000만큼 얻었습니다.]

[추가 보상으로 힘이 10만큼 올랐습니다.]

[민첩이 8만큼 올랐습니다.]

……

[오러를 터득했습니다. 하지만 아직 미완전한 오러입니다. 더 많은 연습을 통해 오러를 완전히 숙지하세요.]

웅, 우웅—

크라슈나의 단검을 따라 불그스름한 광채가 실게 솟아니 잘게 떨렸다. 금방이라도 모양이 흐트러질 것처럼 위태로워 보였지만, 용케 형체를 유지하면서 날카로운 예기를 드러냈다.

오러 블레이드.

오러의 가장 기초적인 형태를 완성하는 순간이었다.

「호오! 드디어.」

「붉은색이라. 역시 화 속성이 맞는 모양입니다.」

연우는 크라슈나의 단검 위로 올라온 오러 블레이드를 보다가, 힐끗 샤논과 한령에게로 고개를 돌렸다.

'오러의 색에도 어떤 차이가 있나?'

샤논이 피식 웃으면서 고개를 가로저었다.

「크게 없어. 무슨 색을 띤다고 해서 위력 차이가 크게 나는 것도 아니고. 어차피 오러는 숙련도의 차이라.」

'그런데?'

「다만, 시전자의 무의식을 살짝 엿볼 수는 있지.」

'이를테면?'

「주인이 가진 붉은색 오러. 그건 아마 주인이 성화를 품으면서 전체적인 육체의 속성이 화 속성으로 넘어가서 생긴 결과가 아닐까 싶어.」

'음.'

「근데 이렇게 보니까 꼭 불이 타오르는 것처럼 보이기도 하네. 아닌가. 핏빛처럼 보이기도 하는 것 같은데?」

연우는 샤논의 말에서 어쩌면 두 가지가 전부 옳을지도 모른다는 생각이 들었다.

사실 붉은색은 지구에서도, 탑에서도, 가장 많이 봤던 색깔이었으니까.

폭발. 불길. 핏자국. 어딜 가더라도 진동하는 탄내까지. 연우는 어쩌면 이 색에서 영원히 벗어나지 못하는 게 아닐까 하는 생각이 들었다.

연우는 초감각으로 오러 블레이드를 주시했다. 모든 것을 가를 수 있다는 힘. 외뿔부족에서는 이걸 두고 '검기'라고 불렀었다.

「자, 그럼 계속 이어서 하자고. 오러를 만든 건 축하하지만, 이제 첫발을 뗐을 뿐이니까. 조금만 집중이 흐트러지면 다시 깨질걸? 완전히 익숙하게 다룰 수 있을 때까지 계속 연습해야지.」

연우는 고개를 끄덕였다.

「다만, 이번에는 방식을 조금 바꾸자.」

'어떻게?'

「뭐긴 뭐겠어? 이제는 실전이 가장 중요한데.」

샤논이 한령에게 눈짓을 줬다. 둘은 이미 나눈 이야기가 있는 듯, 아공간에서 자신들의 무기를 꺼냈다. 샤논은 소드 브레이커를, 한령은 적당한 길이의 시미터 한 자루를.

샤논은 얼굴도 없는 주제에 히죽 웃었다.

「대련이지.」

*　　*　　*

채채챙!

달인 급의 실력에 올랐다지만, 여전히 연우는 여러모로 갈 길이 멀었다.

평범한 플레이어들의 눈에는 충분히 고수의 위치에 올랐다지만, 그렇다고 해서 진짜 고수들의 눈에 차기까지는 아직 많은 것이 부족했다.

연우가 가진 힘과 검술은 전혀 별개의 영역이었다. 검술은 기예의 한 분야. 그것을 통달하기 위해서는 그만큼 각고의 노력을 필요로 했다.

하지만 연우에게는 많은 시간이 주어진 게 아니었다. 그래서 주어진 시간을 가장 효율적으로 다루고자 했다.

그렇게 수련 장소로 선택한 곳은 여전히 20층이었다. 또

한, 부족한 시간을 만회하기 위해, 사고 가속으로 몇 년 단위가 될 시간을 홀로 체감했다. 웬만한 정신력으로는 절대 불가능한 일. 미쳤어도 벌써 몇 번이나 미쳤을지 모르는 자기 자신과의 싸움이었다.

그리고 연우는 여기에 한 가지를 더했다.

대련.

오로지 검술만으로 샤논, 한령과 대련을 펼쳤다. 아직까지 형태로만 익힌 비기를 완벽하게 숙지하고, 오러를 능숙하게 다루기 위해서였다.

샤논은 말했다.

이제야 겨우 기초적인 자격이 갖춰졌다고.

연우도 아직 자신이 많이 부족하다는 것을 알기 때문에, 초감각으로 상대의 움직임을 읽는 한편, 시차 괴리로 빠르게 판단을 이어 가면서 투로를 예측했다. 그리고 그보다 먼저 자신의 검을 깊게 찔러 넣었다.

까가강!

쇠와 쇠가 세게 부딪치면서 불똥이 튀었다.

「크! 역시 재미있어! 이 맛이지!」

샤논의 유쾌한 웃음소리가 쩌렁쩌렁하게 울렸다.

탁.

탁.

뒤에 앉아 있던 한령이 지루하니 빨리 끝내라는 듯, 시미터로 애꿎은 땅바닥을 연거푸 두들겨 댔다.

*　　*　　*

『으음. 역시 이것도 아닌데.』

빅토리아는 속이 많이 답답한 듯 머리를 손으로 쓸어 올렸다. 아무 감각도 느껴지질 않으니 씻을 필요를 못 느껴 손끝이 조금 찝찝했지만, 당장 그녀는 그런 걸 신경 쓸 겨를이 없었다.

술식 구조가 또 어딘가 어긋났다.

분명히 몇 번씩이나 재검토를 거듭하면서 계산에 문제가 없다는 것을 확인했었는데. 자신만만했던 것과 다르게 마법은 이번에도 불발이었다.

대체 이게 몇 번인 건지. 아니, 몇 년인 건지 모르겠다.

다른 생각을 하기 싫어 고행의 산으로 들어왔고, 빠른 성취를 이루면서 새로운 경지를 개척할 수 있었다지만.

여전히 그녀의 비원은 멀기만 할 뿐, 도통 가까워질 생각을 하지 않았다.

『계산은 틀리지 않았어. 그건 확실해.』

빅토리아는 방대한 술식 구조 속에서 착오가 생긴 곳을

중심으로 다시 한참 동안 역산을 해 보았다. 하지만 결과는 이상 무.

그렇다면, 이유는 딱 하나만 남은 셈이다.

『경우의 수.』

하아. 지랄 맞네 진짜. 빅토리아는 간만에 욕지거리를 내뱉었다.

룬 마법은 항상 이런 점이 문제였다.

별다른 영창 없이 즉석에서 사용할 수 있고, 순수한 힘을 다루기 때문에 위력도 강하다. 그녀처럼 워 메이지가 되고자 하는 이들에게는 더할 나위 없이 매력적인 학문이었다.

하지만 반대로 그렇기 때문에 룬 마법은 큰 단점을 지니고 있었다.

문자. 아주 단순한 구조로 되어 있어 큰 효력을 발휘하지만, 조금이라도 복잡한 구성이 되어 버리면 곧바로 불발이 된다는 점이었다.

가령, '얼어라'는 단순한 명령은 가능하다. 하지만 '얼어서 깨져라'라는 명령은 불가능하다. 두 개의 명령이 이어지다 보니, 두 문자가 서로 충돌을 벌이기 때문이었다.

빅토리아는 이런 단점을 아티팩트로 보완해 왔다. 세공술로 룬 문자를 특수 제작한 팔찌 안쪽에 새겨 놓고, 필요할 때마다 하나씩 지우면서 발동시키는 것이다.

하지만 이런 건 횟수에 제한이 있을 뿐더러, 룬 문자를 새길 때마다 상당한 양의 보석을 필요로 했다. 미법을 발동시키는 팔찌의 수명도 길어야 고작 일주일이기 때문에 아주 비효율적이었다.

그래서 빅토리아는 아티팩트를 영구화하기 위한 방법을 마련하고자 했다.

아티팩트의 내구도를 복구시키고, 소모된 룬을 그때그때 회복시킬 수 있는 룬의 조합식을 마련하고자 했던 것이다. 빅토리아는 그것을 '만능 조합식'이라고 불렀다.

말도 안 되는 짓인 것 같았지만, 그래도 오랜 연구 끝에 어느 정도 이론은 완성할 수 있었다.

하지만 그걸로 끝.

이론과 거기에 따른 구조 술식 계산은 완벽했지만, 막상 제작에 들어가면 매번 불발로 그쳤다.

빅토리아는 조급해졌다. 이대로라면 비원을 못 이룰지도 모른다는 생각이 강하게 들었다.

룬 마법이 가진 한계 때문에 그녀는 한동안 층계 공략을 시도하지 못했고, 이대로 있다가는 죽을 때까지 같은 층에 발목이 묶일지도 모르는 일이었다.

그나마 다행이라면 매번 조합식이 왜 실패했는지 대충 짐작은 할 수 있었다.

경우의 수가 너무 많기 때문이었다.

아티팩트가 훼손될 방법은 너무 많았다. 그때마다 필요한 조합식은 서로 다를뿐더러, 소모된 룬 문자 하나를 복구시키기 위해 들어가는 룬의 조합식도 아주 방대했다.

문자가 한두 개가 아닌 만큼 조합식의 분량도 많아질 수밖에 없으니.

다시 거기서 여러 상황들이 겹친다면 또다시 필요해지는 조합식도 많아, 결국 경우의 수는 무한대로 뻗어 나갈 수밖에 없었다.

최대한 간략화한다고 해도, 결국 새로운 경우의 수가 튀어나와 아티팩트를 망가뜨리면 그것으로 바로 끝이었다.

그렇다면 방법은 하나밖에 없었다. 각 돌발 상황에 맞게, 탄력적으로 조합식을 재구성할 수 있는 조합식을 만드는 것.

그리고 이것을 위해서는.

『능동적인 어떤 사람의 사고 패턴을 도식화하면 돼. 그리고 그걸 조합식으로 치환한다면…….』

같은 마법사들도 쉽게 이해할 수 없을 복잡한 이론들이 빠르게 머릿속을 스쳐 지났지만, 쉽게 말하면 딱 하나였다.

어떤 사람을 모방하면 된다.

그 사람의 사고 패턴을 아티팩트에 녹여낼 수 있다면, 어떤 돌발 상황에서도 자체적으로 빠른 대처와 수복이 가능해질 테니까.

다만, 이때 필요한 사고 패턴의 주인은 반드시 능동적이고, 빠른 학습 능력을 갖고 있어야만 했다. 되도록 빠른 임기응변을 주로 삼는 무술가 계통이 좋을 것 같았다.

그리고 다행히 빅토리아는 그런 사람 하나를 알고 있었다.

'카인.'

처음에는 칸을 주시했다. 젊은 데다가 아주 의욕적이었으니까. 하지만 칸은 언제나 수련보다는 명상에 잠겨 있는 시간이 많았다. 녀석도 그녀처럼 뭔가를 연구하는 것 같았다.

반면에 연우는 달랐다.

첫 한 달만 명상에 빠졌을 뿐, 그 뒤부터는 계속 몸을 움직였다. 저렇게 혹사를 하다가 망가지는 게 아닐까 싶을 정도로.

그리고 빠르게 발전했다. 검술에 있어 문외한인 그녀가 보기에도 저럴 수가 있나 싶을 정도로 하루하루가 달랐다.

마치 하루 사이에 연우 혼자만 몇 달에 해당하는 삶을 사는 것 같달까. 그만큼 오랜 사고와 깊은 생각을 해야만 녹일 수 있는 성취가 매일 같이 보였다.

『부디 부탁을 들어줬으면 좋겠는데.』

조금 문제라면, 자신의 사고 패턴을 조사하겠다는 데 흔쾌히 받아들일 사람은 없다는 점이었다.

자칫 자신이 가진 모든 약점을 내보일 수도 있었으니까.

킨드레드를 비롯한 두 하이 랭커는 후보군에 두지 않는 이유이기도 했다. 말을 꺼낸 순간 머리부터 날아갈 테니까.

그래도 비원을 이루고자 하는 빅토리아의 염원은 아주 컸고, 웬만한 선에서는 대가를 치를 생각이었다.

일단은 부딪쳐 보자.

생각을 정리한 빅토리아는 천천히 자리에서 일어났다. 그녀는 감각을 돌려 연우가 있는 곳을 찾았다.

다행히 언제나 머무는 움막 주변이었다.

팟—

블링크가 새겨진 룬을 지우자, 몸이 아래로 꺼지면서 빠르게 움막 쪽으로 이동했다.

그리고 이동할수록, 빅토리아는 조금씩 놀라고 말았다.

'뭐야, 이건?'

움막에서부터 연우가 있을 것으로 짐작되는 장소까지. 숲이 온통 폐허가 되어 있었다.

마치 헤르메스의 권속, 보아뱀이 크게 훑고 지나간 것처럼. 지면이 무언가로 크게 눌린 채 아주 길게 길이 나 있었다.

땅거죽이 완전히 뒤집히고, 나무는 죄다 부러져 아무렇게나 널브러졌다.

문제는 이런 무지막지한 광경이 펼쳐졌는데도 불구하고, 주변에 마력의 흔적이 거의 없다는 점이었다.

'그럼 이걸…… 전부 순수하게 힘으로만 해냈단 말이야?'

애초 킨드레드를 상대로 마력을 방출했을 때부터 대단하다 싶긴 했지만. 이건 그것과는 비교도 할 수 없었다.

빅토리아는 곳곳에 남은 흔적을 바탕으로 연우의 움직임을 빠르게 예측했다. 그리고 더더욱 확신을 얻을 수 있었다.

그러다 숲의 끝자락에 위치한 연못에 다다랐다.

연우는 거기서 몸을 씻고 있었다. 물길 사이로 드러난 연우의 몸은 아주 탄탄했다. 군더더기 하나 없는 근육들. 실전으로 다져진 근육이었다.

빅토리아는 자기도 모르게 흐뭇하게 웃으려다가 살짝 인상을 굳혔다. 근육 위로 나 있는 크고 작은 상처들이 보였던 것이다. 대체 이 남자는 여태 무슨 일을 겪었기에……?

『무슨 일이십니까?』

그때, 연우가 별로 놀라는 기색도 없이 빅토리아 쪽으로 어기전성을 보냈다.

빅토리아는 얼굴색을 회복하면서 능글맞게 웃었다.

『외간 여자가 훔쳐보러 왔는데 별 놀라지도 않네?』

『어차피 보이지도 않으니까요. 그래도 옷은 입어야 하니 잠시 기다려 주시겠습니까?』

『그럼 그냥 나신으로 있어도 되지 않아?』

연우는 그 말을 무시하고 반대쪽 숲으로 들어갔다. 벗어 둔 옷을 가지러 가기 위해서였다.

『재미없기는.』

빅토리아는 피식거리면서 웃다가 다시 눈을 가늘게 좁혔다.

'마력의 잔향이 아주 미세하게 남아 있어. 어둠의 기운? 20층에는 언데드 몬스터가 없을 텐데? 카인이 숨긴 힘인가?'

단순히 육체적인 능력만 가진 게 아닌 걸까. 호기심이 들었지만 물을 수는 없었다. 여기서는 서로 간에 대해 간섭하지 않는 게 불문율이었으니까.

그때, 부스럭대는 소리와 함께 곧 연우가 돌아왔다.

『이제 말씀하시지요.』

* * *

『그러니까 제 사고 패턴을 도식화하는 작업을 하고 싶다, 이 말씀이십니까?』

연우는 빅토리아에게서 자초지종 설명을 듣고 물었다. 한창 샤논, 한령과의 대련을 끝내고 잠시 몸을 씻으면서 휴식 시간을 갖고 있었는데. 그때 빅토리아가 찾아온 것이다.

『맞아.』

빅토리아는 순순히 고개를 끄덕였다.

『검사에게 있어 그게 얼마나 무례한 부탁인지는 잘 아실 테고요.』

『그것도 알아. 그래서 거래를 제안하고 싶어.』

『거래라.』

다섯 번째 산에서 긴 시간을 머무는 동안, 빅토리아와 간간이 대화를 나누면서 친분을 쌓긴 했다. 하지만 그게 전부. 이렇게 무례한 부탁을 할 정도는 아니었다.

하지만 연우는 갑자기 찾아온 이 거래가 나쁘지는 않을 것 같다는 생각이 들었다.

'무슨 수를 쓰더라도 내 사고 패턴을 모방할 수는 없을 테니까.'

연우는 정신 면역에 있어서는 누구보다 자신이 있었다.

오랫동안 갈고닦은 특성 냉혈은 정신계 마법에 있어 천적이나 다름없다. 용체를 각성하면서 부쩍 강화된 정신력도 마찬가지. 그가 가진 무의식은 용의 것과 다를 게 없었다.

빅토리아가 연우의 사고력을 분석하려면, 용종의 정신을

해석하는 것만큼이나 큰 어려움이 따른다.

한때 신, 악마와도 비등했다던 용의 정신 체계를 분석한다고? 절대 불가능한 일이었다. 빅토리아는 번번이 실패만 할 게 분명했다.

반면에 연우는 시치미를 떼기만 하면 그녀에게 요구할 게 많았다.

룬 마법. 사용하기 간편하고, 기습적으로 발휘할 수 있는 저 마법 체계를 배울 수만 있다면.

'블링크와 헤이스트, 그리고 마력 강화. 특히 이 세 가지 마법은 어떻게든 손에 넣고 싶어. 이왕에 다른 마법들도 익힌다면 좋을 테고.'

갑작스럽게 위치를 변환할 수 있는 블링크. 빠른 기동성을 주무기로 삼는 연우에게 날개를 달아 줄 헤이스트. 그리고 마력의 위력을 증폭시킨다는 마력 강화까지.

무엇보다, 룬 마법이라면 아직 기초 마법만 전부인 부에게도 상당히 큰 도움이 될 것이다.

『원한다면 악마 서약서라도 내놓을 테니까. 부탁할게.』

악마 서약서는 고위 악마를 소환해서 한 가지 소원을 빌 수 있는 주술. 아주 비싼 값에 거래되었다. 그만큼 빅토리아가 처한 상황이 진지하단 뜻이었다.

연우는 깊이 고민하는 척하다가 고개를 끄덕였다.

『알겠습니다. 그럼 대신에 저는 룬어를 배우고 싶은데. 괜찮겠습니까?』

『룬어를?』

빅토리아의 눈이 살짝 커졌다. 자신을 맘껏 부려 먹을 수 있는 이용 언약까지 염두에 두고 있던 그녀로서는 너무 낮은 조건이었다.

게다가 룬어는 배운다고 해서 바로 써먹을 수 있는 게 아니었다. 신대 문자는 그만큼 다루는 게 어려웠다.

연우가 용의 지식을 갖고 있다는 사실을 모르는 그녀로서는 호구가 걸렸다는 생각에 화사하게 웃으면서 손을 내밀었다.

『좋아. 일대일 과외로 해 주지. 잘 부탁해.』

『잘 부탁드리겠습니다.』

연우는 악수를 하면서 웃었다. 역시나 진짜 호구를 만났을 때 짓는 웃음이었다.

맞잡은 손길에 서로 힘이 들어갔다.

* * *

그리고 그 시각.

[던전, '미후왕의 궁전'에 최초로 입장했습니다.]

킨드레드는 다섯 번째 산의 꼭대기에 위치한 어떤 동굴에 들어서고 있었다.

여태껏 아무도 찾지 못했던 동굴. 그가 십 년이 넘는 세월 동안 20층에 머물러야만 했던 이유가 드디어 눈앞에 나타나고 있었다.

물로 가득한 호수. 그리고 그 너머에 위치한 문. 황금색으로 찬란하게 반짝이며 어두운 동굴 내부를 환하게 비추고 있었다.

"찾았다. 여의봉."

킨드레드는 송곳니가 훤히 드러나도록 크게 웃었다.

*　　*　　*

『으아악! 정말 이게 말이나 되는 일이냐고! 어떻게 이럴 수가 있는 거지?』

빅토리아가 자신의 머리를 마구 헝클어뜨리면서 악다구니를 질러 댔다. 그녀의 눈가에는 갖가지 감정이 스쳐 지나갔다. 짜증. 분노. 의문. 노파심. 초조함.

히스테리가 자꾸 치솟았다. 그럴 수밖에 없었다. 금방 끝날 거라고 생각했던 연우의 사고 패턴 연구는 아직 제대로 발걸음조차 떼지 못하고 있었다.

벌써 스무 일째였다. 연우와 약속했던 시간은 한 달. 별다른 소득도 없이 반절 넘는 시간이 훌쩍 지나고 말았다.

『너 정신 방어 같은 걸 거는 건 아니지?』

그래서 빅토리아는 의심 가득한 목소리로 연우를 노려봤지만.

『그런 게 있었다면 빅토리아가 진작 알아챘겠죠. 혹시 모르니 걸치고 있는 복장을 모두 해제하라고 했던 것도. 디스펠 마법진 위에서 하루에도 몇 번씩 복잡한 실험을 반복했던 것도. 전부 빅토리아였습니다. 하지만 그런 건 없었잖습니까?』

『…….』

빅토리아는 손톱을 잘근잘근 깨물었다. 이렇게 한다고 해도 별다른 느낌이 있는 건 아니었지만, 초조함이 들 때 자기도 모르게 나오는 버릇이었다.

이렇게라도 하지 않으면 답답한 머릿속이 풀리지가 않을 것 같았다.

사실 연우가 했던 말은 속속들이 옳았다. 그가 계약 사항을 불성실하게 수행했다면 모를까, 연우는 언제나 적극적으로 협조했다. 도리어 매번 복잡하고 무리한 사항들을 요구한 건 그녀였다.

그래서 빅토리아는 더 미쳐 버릴 것만 같았다.

정말 갖가지 방법을 다 썼다. 온갖 시약을 다 먹였고, 마법진이며 아티팩트를 계속 사용해 연우의 정신을 분석해 보고자 했다.

하지만 그때마다 돌아오는 결과는 에러(Error). 분석이 도저히 불가능했다.

처음에는 무술가의 정신 체계가 복잡한 건가 싶었다. 흔히 무술을 수련하는 자들은 정신력도 같이 깊어지기 때문에 접촉을 하기가 많이 까다로울 때가 많았다.

그래서 동의하에 정신 무장을 해제하고, 서서히 자아를 조사해야 했다.

연우에게도 똑같은 방법을 썼다. 아니, 더 복잡한 방법을 썼다. 갖가지 신경계와 뉴런의 움직임도 파악할 생각이었으니까. 아예 몸을 마취시킬 때도 있었다.

하지만 그걸로 끝이었다.

파악할 수가 없었다. 아니, 분명히 파악은 가능했다. 하지만 그 범위가 아주 좁다는 게 문제였다.

'이렇게 크고 넓은 정신 체계를 가지고 있는 사람이라니. 들어 본 적도 없어. 의식 세계 자체가 보통 사람들과 달라. 깊어도 너무 깊다고!'

빅토리아는 자신의 정신 체계도 아주 깊다고 생각했다.

그만큼 많은 학식을 쌓았고, 연구를 거듭했으니.

하지만 그런 자신조차도 연우의 정신 체계에 비하면 바다 앞에 놓인 호수에 불과했다. 그만큼 방대하고, 끝을 모를 만큼 깊었다.

보통 인간의 육체로 저런 정신을 유지하려면 금세 미쳐서 붕괴되고 말 텐데…… 연우는 그때마다 무슨 문제가 있냐는 식으로 아무렇지 않게 반문했다.

'이 아이, 혹시 초월종이나 지고종은 아닐까? 그런 게 아니라면 도무지 말이 되질 않잖아!'

물론, 빅토리아는 자신의 추론이 얼마나 말이 안 되는 헛소리인지를 잘 알고 있었다.

만약 그렇게 뛰어난 존재였다면 애초 이런 짓을 허락지도 않았겠지. 오만하기로는 둘째가라면 서러워할 그놈들은 자신들이 하찮다고 여기는 이들이 그들의 몸에 손을 대는 걸 아주 혐오했다.

결국 빅토리아는 별다른 성과도 없이 이십 일 내내 헛삽만 펐고, 대가로 소중한 룬어만 계속 빼앗기는 중이었다.

게다가 무술가 주제에 얼마나 학식이 깊은지, 수업을 듣는 내내 이따금 툭툭 내던지는 질문들은 너무 뾰족해서 간담을 서늘케 할 정도였다. 진도도 너무 빨라서 룬어와 룬마법의 기초 체계는 거의 뺏기다시피 했다.

빅토리아는 이를 악물었다. 남은 시간은 열흘. 그 안에 어떻게든 수단을 강구해야만 했다.

*　　*　　*

「흐흐. 사기꾼, 오늘도 한탕 잘하고 왔냐?」

'한탕은 무슨. 거래대로 한 것뿐이지.'

「그 거래란 게 순전히 사기니까 그러지. 크으. 우리 주인, 겉보기엔 참 융통성 없을 것 같은데 말이야. 이런 데는 머리가 잘 돌아간단 말이지?」

연우는 움막으로 돌아오자마자 샤논이 불쑥 던지는 말을 귓등으로 흘렸다.

대꾸할 필요는 없었다. 자신도 애초 말도 안 되는 거래 내용이란 걸 잘 알고 있었으니까.

하지만 빅토리아와의 계약은 마나에 대한 언약으로 맺어졌고, 제대로 이행되지 않는다면 마력이 전부 폐쇄되거나 심하면 격이 떨어질 수 있는 위험을 품고 있었다. 연우로서는 두 손을 들고 환영할 일이었다.

빅토리아가 가르쳐 준 룬 마법에 대한 지식은 그동안 연우의 머릿속에 잠재되어 있던 용의 지식들을 한껏 깨워 줬다.

마치 잠깐 잊었던 옛 기억을 떠올리듯. 선명하게 지식 체계를 확립할 수 있었고, 지금은 그보다 더 한발 나아간 응용 체계까지 정리해 두고 있는 중이었다.

'기인' 이라는 특성과 '마력의 축복을 받은' 이라는 칭호가 주는 혜택도 아주 컸다.

하지만 연우는 룬 마법을 따로 익히지는 않았다. 필요에 의해서 기초 지식만 쌓아 둘 뿐, 당장은 팔극검의 비기를 완성하고 음검을 해석하는 것만 해도 정신이 없었다.

룬 마법을 알아야 할 사람과 마법을 사용할 용처는 따로 있었다.

'부.'

스르르—

「부르. 셨습니까?」

부가 턱 관절을 딱딱 부딪치면서 고개를 숙였다.

연우는 녀석과의 연결 고리를 통해 오늘 정리해 둔 룬 마법의 지식들을 고스란히 전달했다.

[부(리치)에게 룬 마법에 대한 지식을 사념으로 전달합니다. 룬 마법의 지식이 스킬로 치환되어 적용됩니다.]

['룬 마법'의 스킬 숙련도가 올랐습니다. 12.1%]

['룬 마법'의 스킬 숙련도가 올랐습니다. 14.8%]

……

그동안 연우는 이런 식으로 정리한 마법 개념들을 부에게 전달했다. 용의 지식이 더해진 마법 체계는 당연히 부에게 큰 도움이 될 수밖에 없었고, 이제는 아예 새로운 스킬 항목까지 생성해 내는 데 성공했다.

아마 실전에 돌입해도 절대 약하지 않으리라 자신할 수 있었다. 다른 스킬들도 룬 마법의 영향을 받아 더 강해진 상태였다.

'이 정도라면 블링크를 조합할 수 있겠지?'

부는 한참 동안 고개를 푹 숙인 채로 아무 말도 하지 않았다. 그러다 천천히 고개를 들었다. 눈덩이 사이로 비치는 푸른색 불꽃이 화려하게 타올랐다.

연우가 전달한 룬 마법을 전부 습득했다는 뜻. 깊이도 한층 깊어진 것 같았다.

연우는 지체 없이 상의를 벗어 등을 부에게 내보였다.

순간, 부의 눈동자가 격랑을 쳤다.

연우의 등을 따라 낙인처럼 새카맣게 남은 여러 룬 문자들이 보였다. 그동안 부가 룬 마법을 익힐 때마다 연우에게 남겼던 것들이었다.

연우는 룬 마법을 익히지 않은 대신에, 이런 식으로 부를 시켜서 필요한 마법 조합식을 따로 만들어 인체에 새겼다.

빅토리아가 봤다면 크게 놀랐을 것이다. 그녀가 만든 룬 아티팩트의 방식을 모방하고 있었으니까.

이렇게 해 둔다면 따로 문자를 쓰거나 영창을 할 필요 없이, 단순히 등에 새긴 문자 쪽으로 마력을 흘리는 것만으로도 마법을 발동하는 게 가능했다.

주로 육탄전을 벌이는 연우에게는 더할 나위 없이 좋은 방법인 것이다.

다른 점이 있다면 딱 하나.

빅토리아가 주로 쓰는 마법 금속을, 연우는 자신의 몸으로 대체했다는 점이었다. 그리고 당연한 말이었지만, 용의 인자를 잔뜩 머금은 연우의 육체 쪽의 효율이 월등하게 높았다. 마력 전도율부터가 달랐다.

사실 연우도 처음에는 많은 고민을 했었다. 헤노바에게 배운 야금술을 바탕으로 아티팩트를 만들까 싶은 마음이 들었으니까. 하지만 그런다고 해도 초보인 그가 만드는 이상, 몇 글자 새겨 넣기도 힘들었다. 효율도 꽝이었다.

하지만 자신의 육체에 생각이 미치고 어떻게 할지 방법을 강구한 순간, 생각이 180도 바뀌었다.

빅토리아의 아티팩트는 효율이 좋지 않은 만큼 내구도도

좋지 않고, 일회성이 전부였다.

하지만 연우는 영구적이었다. 내구도는 말할 것도 없다. 거기다 연우가 깊은 고민 끝에 찾아낸 '새로운 방법' 만 있으면 얼마든지 재사용이 가능했다.

빅토리아가 그렇게 만들고 싶어 했던 무기가, 어처구니없게도 다른 곳에서 떡하니 만들어진 셈이었다. 빅토리아가 멍청해서가 아니었다. 사실 연우가 아니면 못 해낼 방법이기 때문이었다.

「주인. 님.」

'왜?'

「가능은. 합니다. 하지만. 블링크는. 여태. 했던 마법들과. 깊이가. 다릅니다.」

부는 본격적인 '작업' 에 들어가기 전에 아주 잠깐 머뭇거렸다. 연우의 안전을 고려하는 그로서는 부담스러울 수밖에 없었다.

그동안 부가 새긴 마법 조합식은 총 세 개.

마력 강화. 헤이스트. 스트랭스.

아주 기초적인 마법들이었지만, 그마저도 얼마나 고통스러운지 웬만한 고통에는 눈 하나 깜빡하지 않던 연우도 힘들어할 정도였다.

그런데 블링크는 그 이상일 게 분명했다. 아주 작은 거리라고 해도 공간을 왜곡하는 마법이었고, 여기에 들어가는 조합식은 아주 방대했다. 앞선 세 가지 마법을 전부 합쳐도 부족할 정도였다.

자칫 룬을 새기는 중에 연우가 기절이라도 한다면 모든 게 엉망이 될 수 있었다.

하지만 그런데도 연우는 눈 하나 깜빡하지 않았다.

'그냥 해.'

「알겠. 습니다. 최대한. 빨리……!」

'느려도 확실하게.'

「……명심. 하겠습니다.」

부가 묵묵히 고개를 끄덕였다.

「하여간 저 고집은.」

「우리도 어서 시작하지.」

샤논과 한령은 좌우로 와서 연우의 양팔과 다리를 단단히 붙잡았다. 고통으로 연우가 몸부림을 쳐서 문자가 어긋날 수 있는 것을 사전에 차단하기 위해서였다.

「시작. 하겠습니다.」

부는 왼손으로 검은 구슬을 허공에다 띄우고, 오른손을 연우의 등에다 갖다 댔다. 그 순간, 검은 빛무리가 튀면서 느릿하게 연우의 등에다 룬 문자를 새기기 시작했다.

치이익—

살갗이 타들어 갔다. 검은빛은 아주 느릿하게 움직였다. 룬 문자는 한 획이라도 어긋나면 마법이 불발된다.

연우와 부가 가장 신경 쓰는 부분이 바로 이 점이었기 때문에 상당한 시간이 소요될 수밖에 없었다.

그러다 한 글자가 끝나고 다음 글자로 넘어갔을 때, 완성된 글자가 이번엔 푸른 불꽃을 띠면서 살갗 안쪽으로 깊숙하게 파고들었다. 피부 아래층과 근육을 녹이고, 혈관까지 통과하면서 뼈에 단단히 새겨졌다.

'큭!'

연우의 허리가 빳빳하게 일어났다. 샤논과 한령은 전력을 다해 연우를 단단히 붙잡았다. 살을 강제로 찢어서 뼛속 깊숙한 곳에다가 글자를 새기는 작업은 그만큼 고통스러웠다.

연우가 새롭게 생각한 방법이 바로 이것이었다.

룬 문자는 한 번 발동하면 존재 가치를 잃고 사라진다. 어떻게 하면 그 가치를 계속 유지할 수 있을까?

용종의 뼈는 세상 모든 물질 중에서 가장 마력 전도율이 뛰어나다. 단단하기 때문에 내구도가 다할 염려도 없고, 주변으로 마력회로가 있어 마력도 풍부하다.

그렇다면 마력회로의 순환로를 일부 뼈 쪽으로 돌려서 룬 문자를 지탱하게 한다면.

존재 가치가 사라지지 않도록 지속적으로 마력을 유통시킨다면, 영구적으로 쓸 수 있을 게 분명했다.

그래서 '헤이스트'라는 마법으로 실험을 해 봤고, 몇 번의 시도 끝에 성공했다.

그때마다 몸이 찢어질 것 같은 고통을 맛봐야만 했지만, 연우는 이를 악물고 버텼다.

그래도 반사적으로 몸이 크게 덜덜 떨릴 때면, 그림자에서 괴이들이 뻗어 나와 연우를 단단히 붙잡았다. 팽팽한 힘싸움이 한참 동안 진행되었다.

그렇게 꽤 오랜 시간이 지난 뒤.

「끝났. 습니다. 수고. 많으셨습니다.」

부는 천천히 손을 거뒀다. 검은 구슬의 빛이 바래져 있었다. 그만큼 부도 상당한 심력을 소비했다는 뜻이었다.

샤논과 한령도 속박을 풀었다. 연우가 바닥에 축 늘어졌다. 식은땀으로 흠뻑 젖은 그는 금방이라도 쓰러질 것처럼 위태롭게 보였다.

하지만 두 눈만큼은 형형하게 빛나는 중이었다. 뼈를 따라 흐르던 마력이 룬 문자에 접촉하면서 고스란히 회로에 녹여내는 중이었다.

찰칵—

찰칵—

이런 유도 과정도 연우가 직접 전부 다 해야 하기 때문에 정신을 놓을 수가 없었다. 힘에 부쳤지만, 시차 괴리로 단련된 정신력으로 극복하는 중이었다.

그리고 모든 게 완성되었을 때.

화아악!

녹아내렸던 등 쪽의 살갗이 다시 아물었다. 그리고 그 위로 검은 글자의 흔적만 잘게 남았다. 멀리서 보면 화상으로 다친 것처럼 보였다.

연우는 가부좌를 틀었다. 룬 문자의 정착은 성공했지만, 피로가 너무 몸을 무겁게 했다. 체력부터 되돌려야 할 것 같았다.

*　　　*　　　*

'마법 무장(魔法武裝).'

짧은 시동어와 함께, 연우의 육체가 푸른 빛무리에 잠겼다가 가라앉았다. 동시에 마력회로가 돌아가면서 불의 날개가 길게 뻗쳐 나왔다.

팟—

연우는 마력 순환을 최소치로 줄이면서, 되도록 강화된 육체적 능력으로만 움직였다.

탄탄해진 근육과 훨씬 빨라진 민첩성. 발을 내디딜 때마다 너무 빨라진 속도 때문에 스스로가 주체를 못 할 정도였다. 여기에 순보까지 섞이자, 이제는 육감으로도 잡히지 않을 만큼 빨랐다.

연우는 이참에 아예 인트레니안에서 비그리드를 뽑았다. 우르드의 신력을 한껏 머금으면서 90%까지 정화가 완료된 비그리드는 어느새 길이가 웬만한 장검만큼 길어진 상태였다. 새하얀 검신을 따라 새겨진 푸른 글씨가 찬란한 광휘를 드러냈다.

거기에다 최소치로 줄였던 마력회로도 한껏 개방했다. 강화된 마력이 비그리드 안쪽으로 힘차게 들어가면서 칼날 위로 붉은색 오러를 크게 드러냈다.

처음 만들었을 때와는 비교도 할 수 없을 정도로 선명하게 빛나는 선홍색.

쩌어엉—

맑은 검명과 함께 블링크를 연속으로 펼쳤다. 시야가 몇 번씩 흔들리다가, 어느새 절벽 끄트머리에 다다랐다. 거기서 연우는 힘차게 비그리드를 옆으로 휘둘렀다.

고행의 산에 들어온 지 딱 6개월. 그동안 스스로가 얼마나 달라졌는지 확실하게 알고 싶었다.

오러 외에 별다른 스킬이나 옵션은 쓰지 않았지만. 비그리드가 훑고 지나간 자리는 모든 것을 갈라 버렸다.

콰르르릉!

맞은편에 위치한 절벽 위로, 벼락이 훑고 지나간 것처럼 아주 날카롭고 짙은 칼자국이 길쭉하게 남았다.

산자락 일부가 무너지면서 아래쪽에 있던 숲이 초토화되었다. 짙은 먼지구름이 하늘 위로 자욱하게 치솟았다.

『깜짝이야! 갑자기 이게 무슨 짓이야?』

『야이 미친놈아! 여기 너 혼자 전세 냈냐!』

『……조용히 해 줬으면 좋겠는데.』

『흠. 오러로만 해낸 건가?』

머릿속으로 다른 사두들이 시끄럽다면서 경고를 날렸지만, 그 속에는 하나같이 놀라워하는 기색이 잔뜩 어려 있었다.

별다른 스킬 없이 오러만으로 해낸 일이란 것을 알았으니까. 만약 다른 스킬이 섞였거나 마력을 최대로 출력시켰다면, 아니면 다른 감각이 모두 깨어 있었다면 이것과는 또 비교도 할 수 없는 광경이 펼쳐졌을 터였다.

반년 전과는 비교도 할 수 없는 빠른 성취에, 다들 하나같이 놀랄 수밖에 없었다.

하지만 연우는 스스로를 더 높게 파악하는 중이었다. 용의 권능은 아예 드러내지도 않았다. 그것까지 전면 개방한다면…….

'어디 가서 맞고 다닐 정도는 안 되겠지.'

연우는 판트나 에도라가 들었다면 기도 안 찬다는 표정을 지을 생각을 하면서 비그리드를 도로 인트레니안에다 넣었다.

'이만하면 됐어.'

사실 지금까지 있었던 것만 해도 계획보다 훨씬 시간이 길어진 상태였다. 비록 음검은 아직 단초도 못 잡았지만, 그에 못지않게 새로운 발전을 여럿 이뤄 낼 수 있었다.

이젠 나갈 차례였다.

'킨드레드가 노리던 게 뭔지 끝까지 알아낼 수 없었던 게 걸리긴 하지만. 어쩔 수 없지.'

사실 밤만 되면 훌쩍 사라지는 킨드레드의 뒤를 조용히 밟아 볼까도 싶었지만, 그랬다가 걸리면 정말 큰일이 나기 때문에 모른 척 무시했다.

거기에 관련된 정보라도 있다면 또 모를까. 그것도 아니었기 때문에 굳이 위험을 자초하고 싶지도 않았다. 10년 넘게 찾을 수 없었던 물건이라면 없을 가능성도 컸고.

그래서 연우는 킨드레드에 대한 생각을 털어 버렸다. 마군과도 본격적인 전쟁을 치를 때가 되면 다시 만나게 될 것이다. 굳이 서두를 필요는 없었다.

도리어 지금은 당장 미뤄 둔 일들부터 해결할 필요가 있었다.

'신수도 이제 부화 직전이라고 했고.'

그렇게 연우가 돌아서려는데.

『가려고?』

그런 연우의 생각을 짐작한 걸까. 칸의 목소리가 울렸다.

연우는 말없이 고개를 끄덕였다.

『……잠시만 기다려 봐.』

칸은 뭔가를 말하려는 듯하다가, 연우가 있는 절벽 쪽으로 빠르게 날아왔다.

타닥—

발로 절벽을 몇 번 걷어찬 것에 불과한데도 아주 쉽게 올라와 착지한다. 연우는 자신이 발전한 것에 못지않게 칸도 크게 발전했다는 사실을 눈치챘다.

그런데 칸의 분위기가 조금 이상했다.

뭔가 말하고 싶어 하지만 섣불리 입 밖으로 꺼내지 못하는 투.

연우는 그게 도일과 관련된 게 아닌가 하고 생각했다.

그동안 칸과 연우는 엎어지면 코가 닿을 만큼이나 가까운 곳에 있으면서도 잘 대면하지 못했다. 원체 연우가 살갑지 못한 성격이기도 했지만, 칸이 연우를 '피한다'는 느낌도 있었다.

연우는 어쩌면 그것이 도일과 관련된 게 아닐까 하고 짐작했다. 칸은 도일과 의견이 맞지 않아 갈라섰다고 했지만, 연우가 봤을 때 두 사람은 그렇게 쉽게 떨어질 만큼 쉬운 우정이 아니었다. 뭔가 있는 게 분명했다.

그래도 자신이 개입할 일이 아니었기에 그동안 모른 척하고 있었던 건데.

이렇게 찾아왔다면 거기에 관련된 이야기를 꺼내려는 게 분명했다. 오늘 연우가 떠나면 또 언제 만날 수 있을지 모르는 일이니.

『사실 도……!』

그래서 칸이 뭐라고 말을 하려는데.

『다들 조용. 큰일이 났어.』

갑자기 칸의 목소리를 덮을 만큼 엄청 커다란 어기전성이 다섯 번째 산자락을 뒤덮었다.

당혹감이 숨겨지지 않은 목소리. 빅토리아는 잠시 말을 멈추고 숨을 크게 들이쉬더니 충격적인 소식을 던졌다.

『방금 전에 킨드레드가 죽었어.』

Stage 26.
미후왕의 궁전

『뭐?』

『그게 무슨 헛소리야?』

연우와 칸의 머리가 빅토리아가 있을 산 중턱으로 홱 돌아갔다. 두 사람만이 아니었다.

산에 머무는 다른 두 사두들도 마찬가지로 그쪽을 보고 있었다. 연우가 머무는 반년 동안 우연히라도 마주치지 못했을 만큼 폐쇄적으로 있는 그들도 놀랄 만큼, 빅토리아가 던진 말은 충격적이었다.

경악에 찬 사념이 산자락을 뒤덮었다. 나무가 요란하게 흔들리면서 부딪쳤다.

『자세한 건 여기서 말해 줄 테니까. 우선 킨드레드의 집으로 다들 와. 오고 싶지 않아도……. 되도록이면.』

빅토리아의 목소리는 거기서 끝났다.

칸은 입을 꾹 다물었다. 큰마음을 먹고 연우에게 말하려 한 것인데, 이제는 타이밍을 완전히 놓치고 말았다.

연우도 칸의 말을 들을 정신이 아니었다. 그만큼 머릿속이 혼잡스러웠다.

'죽었다고? 마군의 주교가? 왜?'

* * *

『하아…….』

빅토리아는 의자에 상체를 기댄 채 깊은 한숨을 내쉬었다. 이런 말을 꺼낸 만큼 충격이 큰 건 그녀도 마찬가지였다.

킨드레드가 누군가. 비록 알 수 없는 이유로 10년 넘게 20층에 틀어박히면서 소문이 많이 쇠했다지만, 그래도 여전히 역귀라고 하면 다들 벌벌 떨 정도였다.

개구쟁이 같은 얼굴로 웃으면서 사람을 찢어 죽이고, 피로 칠갑을 하면서 노래를 부른다는 자. 그와 대적을 해 본 사람이라면 누구나 벌벌 떨었다.

거기다 빅토리아는 킨드레드의 숨겨진 정체도 알고 있었

다. 마군의 주교. 포악하기로는 둘째가라면 서러워할 정도였고, 강하기도 아주 강했다.

그래서 빅토리아도 처음에 이곳에서 킨드레드를 만났을 때 두려움에 잠겨야만 했다. 혹시라도 눈 밖에 나서는 안 되니까.

하지만 이곳에서 머무는 시간이 길어질수록. 킨드레드에 대한 생각은 조금씩 바뀌었다.

킨드레드는 예의를 알았다. 성정이 사나운 편이긴 했지만, 절대 타인에게 자신의 주관을 강요하지 않았고, 종교에 대한 이야기도 일절 꺼내지 않았다.

오히려 빅토리아가 진행하던 연구가 막혀 끙끙 앓을 때면 옆에서 도움을 주는 경우도 많았다. 필요한 것이 있으면 챙겨 주고, 이웃으로서 이야기를 나누기도 편했다.

그저 사람 사이에 있을 적정한 선만 지킨다면, 든든한 사람이었다.

그리고 빅토리아는 일견 그에 대한 두려움은 가지고 있으면서도, 지금은 '가까운 지인' 이라고 할 수 있을 정도는 된다고 생각했다. 그리고 그건 킨드레드도 마찬가지였을 것이다.

그러니 갑자기 죽기 전에 이런 부탁도 한 거겠지.

—내 행방을 바로 알 수 있는 마법, 있지?

—전 그런 거 붙이지 않았……!

—네가 했다는 게 아냐. 할 수 있냐고 묻는 거지. 아무튼. 할 수 있지?

—예.

—그럼 뭐 하나만 부탁하자.

여태껏 5년 동안 이웃으로 지내면서 킨드레드가 그녀에게 '부탁'을 한 적은 단 한 번도 없었기에, 빅토리아는 크게 놀라야만 했다.

부탁 내용은 간단했다.

자신의 행방을 추적할 수 있는 마법을 걸고, 만약 신호가 끊어진다면 시체를 수습해 줄 것.

빅토리아는 킨드레드가 '죽음'을 입에 올린다는 게 도무지 이해가 되질 않았지만, 킨드레드는 자세한 건 묻지 말라고 확실하게 못을 박았다.

자신이 죽고 나면 확실하게 이유를 알 수 있을 것이라고.

'자신이 갖고 있는 퀘스트가 바로 나에게로 넘어오게끔 설정을 해 뒀다고 했었지.'

킨드레드는 자신이 갖고 있는 퀘스트가 티어가 아주 높은 것이니 수행해도 좋고, 무시해도 좋을 것이라고 덧붙였었다. 자신의 시체를 수습해 주는 대가라면서.

어쩌면 킨드레드는 자신이 실패할 거라고 예상했는지도 모른다.

'20층에서 죽음이라니. 그것도 하이 랭커가. 대체…….'

물론, 20층에서 희생자가 아예 없는 건 아니었다. 모든 감각이 닫힌 채로 산을 건넌다는 건 그만큼 위험천만한 행동이니까. 간혹 이때가 기회다 싶어서 기습을 노리는 경우도 많았다.

하지만 킨드레드는 달랐다. 76층을 극복했던 사람이 이곳에서 이렇게 쉽게 죽을 리가 없다. 대체 이 퀘스트에 담긴 내용이 무엇일까. 어떤 것이 숨어 있기에 이런 일이 생긴 걸까.

온갖 복잡한 생각이 빅토리아의 머릿속을 어지럽게 만들었지만.

그래도 한 가지만큼은 확실했다.

킨드레드가 10년이 넘는 세월 동안 찾고자 했던 것이 있었고, 그것을 찾았지만 손에 넣으려는 와중에 죽었다는 것.

그리고 그런 위험한 곳에서 자신의 힘만으로는 킨드레드의 사체를 수습하지 못할 거란 것.

결국 빅토리아는 생각을 바꿔서 다른 사두들에게 도움을 요청하기로 결심했다.

곧 킨드레드의 집 주변이 어수선해지는 걸 느꼈다.

빅토리아는 천천히 자리에서 일어났다.

* * *

'여기가 킨드레드의 집이었나 보군.'

연우는 조촐하게 가꿔진 주변 조경을 보고 살짝 놀랐다. 자그마한 오두막집 주변에는 조촐하게 마당이 가꿔져 있었다.

나무나 바위 등이 잘 놓여 초감각으로 슬쩍 훑기만 했는데도 속이 트일 정도였다.

마교의 주교에게 이런 취미가 있을 거라고는 생각도 못했다. 어쩌면 이곳에서의 스트레스를 이런 것으로 풀었는지도 모르는 일이었다.

칸도 연우와 비슷한 생각이었는지 살짝 놀란 표정이었다.

그러다 곧 오두막집으로 다른 두 기척이 빠르게 날아와 가볍게 착지했다. 이질적인 기척이었다. 여태껏 반년 동안 연우가 마주치지 못했던 사람들이었다.

한 명은 단발머리를 하고서 표독스러운 눈매를 가지고 있었다. 풍기는 힘도 킨드레드에 비할 바는 아니었지만, 그래도 강렬했다. 연우가 처음에 킨드레드와 함께 포착했던 하이 랭커 급 인사였다.

다른 한 명은 중년인이었다. 다만, 얄팍한 인상에 창백한 피부와 뾰족한 송곳니를 자랑해 전체적으로 싸늘한 분위기를 갖고 있었다. 산 사람이라기보다는 죽은 사람에 가까울 정도였다.

뱀파이어. 언데드 중에서도 높은 지능과 이성을 갖고 있어, 플레이어로서 활동이 가능하다는 종족이었다.

'레베카와 솔 루나.'

보이시한 인상을 지닌 레베카는 케르눈노스라는 사냥의 신을 모시는 사도였다.

또한, 솔 루나는 '귀검'라는 별칭으로 유명한 검사. 귀(鬼)라는 단어가 들어간 것처럼 뱀파이어의 능력을 바탕으로 한 그 검술 실력은 기괴망측하다고 알려져 있었다.

외부에 모습을 비치기는커녕 웬만한 일에는 외출도 일절 하지 않는 두 사람이었지만, 킨드레드의 죽음은 그들을 밖으로 꺼낼 정도로 충격적인 소식이었다.

『너군. 나의 잠을 방해한 것이.』

솔 루나는 연우를 슬쩍 보더니 인상을 살짝 일그러뜨렸다. 퉁명스러운 말투에는 명백한 적의가 담겨 있었다.

연우가 그게 무슨 소리냐고 물으려 했지만, 때마침 오두막집의 문이 열리면서 빅토리아가 나왔다.

『들어와.』

레베카와 칸이 훌쩍 안으로 들어갔다. 솔 루나도 연우에게 한 번 더 적의를 보이고 나서 뒤따라 들어갔다. 연우는 가장 마지막으로 들어가 문을 닫았다.

내부는 외부에서 보던 것과 크게 다르지 않았다. 분재로 키우는 화초나 나무로 가득 차 산뜻한 느낌이 들었다. 마군을 뜻하는 표식 같은 건 어디에서도 찾아볼 수가 없었다.

『적당한 곳에 앉아. 이야기가 길어질 것 같으니까.』

연우와 사두들은 잠시 머뭇거리다가, 곧 중앙에 난 탁상을 따라 하나둘씩 자리를 잡고 앉았다. 연우와 칸은 나란히 앉아 빅토리아를 지켜봤다.

모두의 의념이 빅토리아에게로 쏠리는 가운데.

레베카가 가장 먼저 입을 열었다. 귀검이나 칸은 아무 말도 않고 있었다. 은연중에 레베카가 이들을 이끌고 있는 듯한 모양새였다. 연우는 말없이 가만히 지켜보기만 했다.

『킨드레드가 죽었다는 말을 들었는데. 대체 무슨 일이 벌어진 거야? 놈을 죽일 수 있는 사람이 어디에 있다고?』

『나도 몰라.』

레베카가 인상을 팍 찡그렸다.

『지금 무슨 장난을…….』

『장난 아냐. 제일 당혹스러운 건 나니까.』

빅토리아는 그렇게 말을 하고, 자신이 전날 밤 킨드레드로부터 받았던 부탁에 대해서 설명하기 시작했다.

그리고 얘기를 들을수록 레베카의 표정도 딱딱하게 굳었다.

『그럼 그 말은 킨드레드가 자신의 죽음을 어느 정도 짐작했고, 너는 지금 그 유언을 들어줄지 말지 고민하고 있는 중이다, 이 말이야?』

『맞아. 그리고 이건 킨드레드가 죽으면서 내게로 넘겨진 퀘스트야. 공유할 테니까 확인해 봐.』

빅토리아가 가볍게 손을 흔들자, 다른 네 사람 앞으로 메시지가 떠올랐다.

['빅토리아'가 히든 퀘스트를 공유하고자 합니다. 확인한 뒤에 거절을 해도 피해가 가지 않는 퀘스트입니다. 확인하시겠습니까?]

연우는 속으로 깊은 생각에 잠겼다. 킨드레드가 죽으면서 남긴 퀘스트. 뭔가 찝찝했다.

그렇다고 퀘스트 내용 자체를 확인하지 않을 이유는 없어 승낙을 했다.

그러자 새로운 메시지가 열렸다.

[히든 퀘스트(미후왕의 궁전)이 공개됩니다.]

[히든 퀘스트 / 미후왕의 궁전]

내용: 20층 스테이지, '고행의 산'에는 오래전부터 '오행산'이라는 다른 별명이 붙어 있었다. 오행산은 과거 신화적인 존재 미후왕이 천계에 불만을 품고 반란을 일으키다가, 석가여래에 의해 봉인된 장소였다.

이후, 오행산에는 미후왕의 봉인이 풀린 뒤에도 계속 그 여파가 강하게 남아 고행의 명승지로 유명해졌다. 하지만 수행자들은 미후왕이 직접 스스로의 힘으로 봉인을 풀고 나왔다는 사실에 대해서는 까맣게 잊고 있는 중이다.

미후왕이 남긴 흔적을 찾아 회수하도록 하자. 그럼 그의 유산을 계승할 수 있을지도 모른다.

보상:

1. 칭호 '미후왕의 후예'

2. 여의봉의 단서

3. 72선술 + ???

『이건, 설마?』

레베카가 믿을 수 없다는 듯이 눈을 크게 떴다. 그리고 그건 연우를 비롯한 다른 사람들도 마찬가지였다.

「와! 이런 미친. 이런 게 진짜 있는 거였어?」

「흠.」

검은 팔찌 속에서 연우의 눈을 빌려 퀘스트를 지켜보고 있던 샤논과 한령도 소스라치게 놀랄 정도였다.

'미후왕? 손오공과 관련된 퀘스트라고?'

연우는 속으로 침음을 흘렸다.

신이나 악마가 가지는 힘은 원래 아주 사소한 데에서 비롯한다.

위명(威名).

그 존재가 가지는 가치, 즉, 존재가 쌓은 업을 바탕으로 조성된 신화나 전설이 어떠하냐에 따라 결정되는 경우가 많았다.

그런 면에서 보자면, 미후왕이라는 존재는 여러 신적 존재들에게 있어 이레귤러 같은 존재였다.

연우를 비롯한 일반 사람들에게는 '손오공'이라는 이름으로 더 많이 알려진 존재.

돌원숭이라는 보잘것없는 미물로 태어나 여러 기연과 깨달음을 얻어 신이 되고, 마음에 안 든다며 천계를 제멋대로 휘젓고 다니다가 다시 봉인되어 속죄라는 명목으로 악마들과 싸웠었다.

그리고 마지막에는 진정한 신적 존재로 거듭난 자였다.

어느 신화든 이만한 업적을 가졌던 자는 드물기 때문에, 신이 되고자 하는 이들이 가득한 탑 내에서 미후왕의 명성은 더 클 수밖에 없었다.

「확실히, 20층이 미후왕과 어떤 관련이 있는 게 아니냐는 소문이 얼핏 돈 적이 있긴 했지만…… 으으음. 그게 정말이었나? 가짜라고 하기엔 퀘스트가 걸리고. 와아. 미칠 노릇이구만.」

연우는 샤논의 혼잣말을 듣고 반문했다.

'자세히 말해 봐.'

「응? 뭘?」

'20층이 미후왕과 관련이 있을지 모른다는 소문.'

「아, 그거? 사실 별거 아냐. 그냥 알 수 없는 이유로 오래전부터 20층의 별명이 오행산이니까, 혹시 미후왕이 봉인되었다던 오행산과 어떤 관련이 있지 않을까 하는 소문이 돌았었거든. 퀘스트에 적혀 있는 내용 그대로야. 그래서 꽤 많은 놈들이 덤볐던 걸로 기억하는데…… 아무도 찾지 못했었거든. 그런데 진짜일 줄은 몰랐네?」

샤논은 허탈하게 웃더니 진지한 목소리로 말을 이었다.

「그런데 탑의 시스템이 거짓말을 할 리도 없고. 게다가 여의봉이니 72선술이니 하는 것들도 그럴싸한데. 미쳤네, 이거. 소문 퍼져 나가면 분명 뒤집어져. 아니다. 다들 이제 이거 봤으니 눈이 뒤집혀서 딴생각 못 하려나?」

일기장에는 이와 비슷한 내용이 전혀 없었다. 소문을 듣고도 별것 아니라고 치부를 했던 걸까.

여의봉은 미후왕이 용왕들로부터 빼앗아 부렸다던 그의 신물이고, 72선술은 미후왕을 신적인 존재로 거듭나게 만들어 준 스킬이었다.

'선술이라.'

선술은 무공이나 마법, 주술 따위와는 궤를 달리한다. 그리고 탑 내에 알려진 정보도 거의 없었다.

알려진 것도 '선인들이 부리는 힘' 이 고작이었다.

선인(仙人)은 흔히 지구에서 말하던 신선과 비슷한 존재였다. 인간의 몸으로 격을 뛰어넘어 신의 힘을 가지게 되었다는 초월자들. 하지만 그들이 정말 있는지에 대해서는 의문이었다.

이론상으로 신과 인간 사이에 놓인 존재가 있을 수밖에 없었으니까. 초월종과 지고종도 그들과 비슷할지 몰랐다. 다만, 우리들 중에 실제로 본 자는 없었다. 만약 있다면 하

이 랭커가 거기에 해당하지 않을까?

선인이라는 존재는 미궁에 빠져 있을 수밖에 없었지만, 그렇다고 해도 선술만큼은 진짜였다.

'올포원이 사용한다는 두 시그니처 스킬, 축지와 천리안도 선술과 어떤 관련이 있다고 알려졌으니까.'

그런 선술이 72종이나 있다고 한다. 그것도 미후왕이 썼다고 하는 선술. 하나하나가 파격적일 수밖에 없을 것이다. 샤논의 말마따나 여기에 있는 자들이 탐낼 만한 물건이었다.

그리고 연우는 벌써부터 그런 기질을 읽을 수가 있었다.

언제부턴가 사두들은 말이 없었다.

고요한 정적만 흐를 뿐.

모두의 신경은 오로지 빅토리아가 공유한 퀘스트 창에만 집중되어 있었다.

특히 칸의 눈동자가 알 수 없는 감정으로 번들거리는 중이었다. 언제나 힘을 추구하던 녀석으로서는 당연히 혹할 수밖에 없는 내용이었다.

그런 상황 속에서.

연우는 직감적으로 눈치챌 수 있었다.

'이건 마군의 함정이야.'

연우는 여러 생각에 잠겼다.

'마군의 주교나 되는 작자가 고작 이런 퀘스트에서 죽는다고? 말도 안 되는 소리지.'

연우가 아는 한, 마군의 주교들은 하나같이 음험한 작자들이었다. 뭔가 원하는 한 가지를 얻기 위해서 10년 이상 자신을 숙이는 법을 알았고, 함정을 파서 때를 기다렸다가 먹이를 낚아채는 집요함도 있었다. 그리고 무엇보다 포악했다.

킨드레드도 마찬가지. 아니, 탐욕만 따진다면 웬만한 주교들보다도 더 많을 게 분명했다.

마신에 대한 신실함으로 서열이 매겨지는 마군의 특성상, 두 번째 주교라는 건 그만큼 정상적이지 않은 사고관을 가지고 있단 뜻이었으니까.

'그렇다면 대체 노리는 게 뭘까? 자신의 힘만으로는 퀘스트를 진행하기 어렵다고 판단한 건가? 하지만 딱히 그런 건 아닐 텐데?'

킨드레드의 실력은 여기에 있는 다섯 사람이 함께 덤벼도 못 당해 낼 정도였다.

당연히 힘이 부쳐서 이들을 모두 이용할 생각을 한 건 아닐 것이다. 게다가 설사 힘이 역부족이라고 해도 밑에 있는 수하들을 데려올 생각이 먼저 들 것이다.

그렇다면 대체 뭘 노리는 걸까?

하지만 연우는 도저히 이렇다 하게 미치는 생각이 없었다. 그렇기 때문에 더더욱 의심스러웠다. 킨드레드와 마군이 꾸미려는 함정이.

그리고 그건 연우 외에 다른 사두들도 같은 생각이었다. 그들은 킨드레드가 마군의 주교라는 사실은 몰랐지만, 그래도 최소한 이상한 점이 한두 가지가 아니란 것만은 알고 있었다.

레베카가 이번에도 가장 먼저 대표로 물었다. 아주 직설적으로.

『이거 말만 그럴듯하고, 혹시 살아 있는 거 아냐? 우리를 이상한 함정에 빠뜨리거나, 이용해 먹으려고…….』

빅토리아가 팔짱을 끼며 레베카의 말허리를 잘랐다.

『아니. 죽은 건 확실해. 내 마법을 의심하는 거라면 그건 내가 기분 나쁘고.』

『무슨 마법을 썼는데?』

『'불리는 바람'. 상대의 위치뿐만 아니라, 생체 신호도 알려 주지. 보통 추격할 때에 사용하는 룬 마법이야. 아무리 효과 좋은 디스펠을 써도, 절대 해제할 수 없어.』

'불리는 바람'은 레베카도 아주 잘 알고 있는 룬 마법이었다. 추격자들이 자주 사용하는 마법이었으니까. 다른 부작용은 없지만, 빅토리아의 말마따나 숨기는 건 가능해도, 해제는 불가능하다.

시전자인 빅토리아가 그렇게 느꼈다면 사실이었다.

『그럼 당신이 킨드레드와 짜서 거짓말하는 걸 수도 있잖아?』

『원한다면 마나의 맹약이라도 해 주지. 어때?』

『……!』

빅토리아는 아예 제자리에서 마나의 맹약을 외웠다. 자신의 말에 일말의 거짓이라도 있다면 마력이 역류하게 되는 맹약. 하지만 전부를 외워도 빅토리아에게는 아무런 변화가 없었다.

『으음.』

레베카는 침음을 흘렸다. 다른 자들도 마찬가지였다.

빅토리아가 차가운 어투로 말했다.

『내가 부탁하고 싶은 건 하나야. 퀘스트 지역으로 가서 킨드레드의 사체를 수습하는 것. 사실대로 말하자면, 나도 크게 내키는 건 아니야. 하지만 이건 내가 지난날에 그에게 진 빚이 있기 때문에 반드시 따라야만 하는 유언인 거고, 당신들에게 도와 달라고 간청하는 것도 아니야.』

『그럼?』

『거래를 하고 싶어.』

『거래?』

『원하는 사람이 있다면 퀘스트를 이행해. 나는 던전의 위치를 가르쳐 줄 테니까. 대신에 킨드레드의 사체가 있는 곳까지 날 데려다줘. 그게 내 거래 조건이야.』

사두들은 다시 긴 침묵에 잠겼다.

확실히 빅토리아가 하는 말에 허점은 없었다.

킨드레드가 들어갔다가 죽은 던전에 어떤 위험이 도사리고 있는지 아무도 모른다. 빅토리아는 자신을 보호해 줄 가드(Guard)를 찾고 있는 것이다.

대가는 던전의 위치. 그 뒤부터는 퀘스트를 이행하든지 말든지, 자신은 손을 떼겠다는 것이다.

사두들의 머릿속이 팽팽 돌아갔다.

위험 요소와 의심 짙은 구석이 한두 가지가 아닌 퀘스트. 하지만 그런 위험 요소를 전부 배제한다면, 그 뒤에 있는 과실이 너무 향기로웠다.

퀘스트가 가짜일 걱정은 하지 않아도 되었다. 탑의 시스템은 절대 거짓말을 하지 않으니까. 시스템이 숨기는 건, 퀘스트 안에 어떤 위험이 도사리고 있느냐는 것이다.

그렇기에 사두들은 섣부르게 판단을 내릴 수가 없었다. 그들은 보다 더 강한 힘을 얻고자, 극심한 불편을 감수하면서까지 20층에서 장기 체류 중이었다.

그런데 미후왕의 신물과 힘을 얻을 수 있다는 데 혹하지 않는다면 이상했다.

그리고 이런 달콤한 과실들은 사람들을 이렇게 유혹한다. '너는 다를 것이다' 라고.

'꼭 독이 든 성배 같은데.'

연우는 사두들이 은연중에 풍겨 대는 의념을 읽고 어이가 없어 피식 웃었다.

지금은 이렇게 마음속으로 갈등하고 있다지만, 결국 선택은 정해져 있었다.

「다들 승낙할 분위긴데?」

샤논도 그런 분위기를 읽고 가볍게 혀를 찼다.

'그렇겠지. 여기 오래 있었다고 해서 플레이어들이란 놈들이 어디 다르진 않을 테니까. 너도 막상 저 입장이 되면 그렇지 않을까?'

「하! 뭘 그런 뻔한 질문을 해? 당연히 해야지!」

샤논은 그렇게 말하면서 뭐가 그리 재미난지 낄낄 웃어 댔다. 그리고 그건 한령도 같은 생각이었다.

'역시.'

「우쒸. 그럼 주인은 어떻게 할 건데?」

'나도 당연히 해야지.'

「이 못된 주인 보소. 언제는 안 할 것처럼 이야기하더니?」

'하지만 이유는 조금 달라. 나는 어디까지나 마군이 무슨 함정을 팠는지 확인할 생각으로 가려는 거니까. 그리고 뭔가 꾸미는 게 있는 만큼, 거기서 얻게 될 것도 크겠지.'

「뭐야, 그거. 그럴싸한 미사여구만 덕지덕지 발랐을 뿐이지, 결국 우리랑 똑같구만, 뭘.」

'나도 일단 플레이어니까.'

「으흐흐. 그렇지?」

연우는 아주 잠깐 자신은 뒤로 빠질까 하는 생각을 했었다. 당장 가지고 있는 것도 전부 소화하지 못한 마당에 굳이 새로운 걸 얻겠답시고, 뻔히 위험해 보이는 곳으로 불나방처럼 뛰어들 필요는 없었으니까.

하지만 깊이 생각할수록 조금씩 생각이 바뀌었다.

마군이 어떤 함정을 파면서까지 얻고자 하는 것. 그것을 도중에 가로챌 수 있다면 이보다 더 통쾌한 것이 있을까?

게다가 레드 드래곤과 청화도의 전쟁 이후, 남은 8대 세력들은 발 빠르게 움직이는 중이었다. 하지만 그중에서 마군만큼은 아직 이렇다 할 행보를 보이지 않았다.

하지만 만약 이게 그것과 관련이 있는 것이라면. 직접 눈으로 확인할 필요가 있었다.

비록 어느 정도의 위험 부담은 감수해야겠지만.

'어떤 그림인지 아예 파악하는 게 불가능하다면 모를까,

이미 지금처럼 진행 중인 것이라면. 위험한 만큼 얻을 것도 많겠지.'

아니, 그런 것들을 떠나 마군이 뭔가를 얻게 된다는 사실이 마땅치 않았다. 어쨌거나 녀석들도 언젠가 직접적으로 싸워야 하는 곳이었으니까. 이참에 전력을 파악해 두는 것도 좋을 것 같았다.

그리고 무엇보다.

'칸 녀석도 뭔가 심상찮고.'

처음 도일에 대해 이야기를 꺼내려 할 때부터 지금까지. 칸은 큰 충격을 받고, 뭔가에 쫓기는 것 같은 분위기였다.

대체 왜 그러는지가 궁금했다.

결국 연우가 결정을 내리는 시기와 비슷하게, 다른 사두들도 의견을 내놓기 시작했다.

『좋아. 하겠어.』

『나도.』

레베카와 칸이 동의했다. 연우는 고개를 끄덕이는 것으로 대답을 대신했다.

빅토리아는 솔 루나 쪽으로 고개를 돌렸다.

『넌?』

『흐흐. 난 이 일에서 빠지겠어. 내가 굳이 뱀파이어가 된 이유가 뭔데. 괜히 나대다가 죽고 싶지는 않다고.』

솔 루나는 양팔을 들고 의자를 뒤로 뺐다.

빅토리아는 끝까지 설득할 생각이 없는 듯 고개를 끄덕였다. 대신에 레베카가 갑자기 살의를 드러냈다.

츠츠츠. 발밑에서부터 짙은 넝쿨이 올라오면서 솔 루나의 목을 단단히 옥죄었다.

『어디 가서 함부로 주둥이를 놀린다면.』

『내가 미쳤다고 붉은 신목과 케르눈노스의 사도의 눈 밖에 날 일을 하겠나? 말했지만, 난 내 목숨이 가장 중요하다고!』

빅토리아는 룬 마법사이기 이전에 유명한 워 메이지였고, 레베카는 모시는 신을 닮아 잔혹하기로 유명했다. 솔 루나는 그들에게 찍힐 생각을 전혀 하지 않았다.

레베카는 마음에 들지 않는 듯 인상을 팍 찡그리다가, 결국 녀석을 감싸고 있던 넝쿨을 풀었다.

빅토리아가 주변을 둘러보면서 말했다.

『자, 그럼 이동은 내일 이 시각에 하는 걸로 하고. 그때까지 챙길 것 있으면 다들 챙겨서 와.』

그렇게 자리가 끝났다.

* * *

이튿날.

지시대로 네 명이 모였다. 연우, 빅토리아, 레베카, 칸. 그들은 서로 의심하는 기색으로 상대를 살폈지만, 그래도 크게 드러내지 않았다.

이제부터는 서로를 굳게 신뢰해야만 했다. 킨드레드가 죽은 던전. 어떤 위험이 도사리고 있을지 몰랐다. 한 명이라도 딴생각을 품는다면 그날로 끝이었다.

그들 모두 이런 일에 있어서는 베테랑이었기 때문에 굳이 말로 언급할 필요는 없었다.

대신에 빅토리아는 인원만 체크하고 곧바로 던전에 관한 정보를 제공했다. 말이 새어 나갈 수 있으니 주변에다 마력 장벽을 둘러치는 건 당연했다.

『던전은 다섯 번째 산의 정상에 있어.』

『봉우리? 그곳에 동굴이 있었던가?』

레베카가 인상을 좁혔다.

『아무래도 보이지 않는 결계로 둘러쳐져 있었던 모양이야. 킨드레드도 처음에 찾고 나서 너무 어이가 없어 미치는 줄 알았다고 했으니까.』

『하이 랭커도 찾지 못할 만큼 교묘하게 설치된 결계라…….』

『석가여래나 되는 존재가 만들었다니까. 어떻게 보면 당연한 게 아닐까?』

당연한 말이지만, 신적인 존재들에게도 위계가 있기 마련이었다. 석가여래는 주신 급에 해당하는 최고신(最高神)이었다.

『확실히. 그럴 수도 있겠어.』

빅토리아는 주로 레베카와 대화를 나누면서 이동했다. 연우는 말없이 그들의 대화에 집중했다.

다만, 칸은 무표정을 고수하고 있어 무슨 생각을 하고 있는 건지 짐작하기가 어려웠다. 연우는 이따가 칸을 한 번 떠봐야겠다는 생각이 들었다.

『바로 여기야.』

빅토리아가 도착한 장소는 봉우리 정상에서 조금 떨어진 곳이었다. 비탈길에 위치해 있고, 불룩하게 튀어나온 작은 언덕이 풀숲으로 덮여 있어서 쉽게 찾아내기가 어려웠다.

게다가 언덕을 따라 알 수 없는 기운이 떠돌아다니는 중이었다. 마치 보이지 않는 유리 벽에 가로막힌 것처럼 느껴졌다.

그리고 그 힘은 분명히 위압적이었다. 단순히 의념을 쏘아 훑기만 했는데도 불구하고 등골이 서늘해질 정도였다.

상서롭지만 무겁다는 표현이 옳겠지.

연우는 16층에서 마주했던 우르드를 떠올렸다. 녀석의 기운이 딱 저랬으니까. 물론, 질적인 차이는 비교도 할 수 없었다.

'이런 게 있었나?'

초감각을 깨달은 뒤로 감지하지 못하는 건 거의 없을 거라고 자부했었는데. 아무래도 오만이었던 모양이다. 신적인 존재가 설계했다는 결계는 달랐다.

하지만 연우는 초감각으로 결계를 쉴 새 없이 훑으면서 구성 요소를 최대한 머릿속에 넣어 두고자 했다.

결계는 여러모로 편리하게 쓸 수 있는 마법이다. 언젠가는 터득할 생각이기 때문에 구성 요소를 미리 파악해 둔다면, 룬을 조합해서 얼추 흉내는 낼 수 있을 것 같았다.

빅토리아는 허공을 가볍게 짚으면서 결계를 해제시켰다. 이미 킨드레드에 의해 몇 차례 해제되었다가 다시 만들어진 결계라 이미 내구성이 바닥을 기고 있었다.

화아아—

결계 안쪽에 맴돌고 있던 기운이 바람을 타고 흩어졌다. 으스스하게 등골을 타고 오한이 들었다. 네 사람은 전부 어깨를 쭈뼛 세웠다.

결계가 석가여래의 것이라면, 안에 담긴 힘은 미후왕이 남긴 기운의 잔재가 분명했다. 성질만 다를 뿐, 석가여래의 힘과 비교해도 절대 뒤지지 않을 것 같았다.

『내가 아는 건 여기까지야.』

『좋아. 지금부터는 내가 앞장서지.』

팀에서 가장 큰 전력을 차지하는 레베카가 앞으로 나섰다. 사냥의 신을 모시고 있으니 길을 잘 찾을 수 있는 데다가, 여차하면 곧바로 실력 행사에 나설 수도 있었다.

대신에 연우와 칸은 각각 좌우를, 빅토리아는 중앙을 맡았다. 방어력이 약하지만 딜러 역할에 충실할 마법사를 보호하는 건, 던전 탐색에 있어 가장 큰 기본이었다.

『그럼 움직인다.』

레베카의 지시대로 4명은 언덕을 타고 내려가, 수풀을 가르면서 천천히 이동했다.

그리고 곧 자그마한 동굴 입구가 나타났다.

『겉보기엔 평범한 동굴인데.』

레베카는 결계 안에 놓인 동굴을 발견하고 눈을 가늘게 좁혔다. 의념과 감각을 안쪽으로 밀어 봤지만 여전히 느껴지는 건 없었다.

아니, 오히려 의념이 입구 부근까지만 들어가다가 갑자기 확 하고 흩어졌다. 마치 뭔가를 빨아들이듯이.

'공허.'

연우의 초감각 역시 안쪽 깊숙한 곳까지 탐색하는 건 불가능했다.

결국 몸으로 때우는 수밖에는 없겠다는 생각에, 레베카는 천천히 동굴 안쪽으로 발길을 들였다.

띠링—

[던전, '미후왕의 궁전'에 입장했습니다. 입장한 4인을 파티로 지정합니다.]

플레이어들은 하나같이 헛바람을 들이켰다. 단순히 한 발자국만 들였을 뿐인데도 불구하고, 공기가 확 뒤바뀌었다.

바깥을 따라 돌던 미후왕의 기운이 위압적이었다면. 지금은 모든 걸 빨아들일 것 같은 괴기함을 자랑하고 있었다. 마치 산 사람을 거부하는 것 같은 이질적인 느낌.

그리고 그 속에는 사람의 심장을 꽉 죄게 만드는 뭔가가 있었다.

무섭고, 두려운 원초적인 감각을 저절로 불러일으키는 기운이었다.

차라리 외부 기운을 차단시킬 수 있다면 모를까, 오감이 차단되어 의념으로 모든 걸 판단하고 고스란히 받아들여야만 하는 네 사람으로서는 소스라치게 놀랄 수밖에 없었다.

'억울함, 분노, 두려움…… 보통 한 장소에 오랫동안 갇혔을 때, 아무런 힘도 쓰지 못할 때에 가질 수밖에 없는 기분들이야.'

어쩌면 이 모든 게 미후왕이 남긴 감정의 편린인 걸까.

연우는 마른침을 삼켰다. 부정적인 에너지가 그를 위협할 때마다 검은 팔찌가 잘게 떨렸다.

『……미친 장소로군. 일단 계속 움직이자.』

일행은 레베카를 따라 천천히 동굴로 걸음을 옮겼다.

[미후왕의 사념이 침입자들을 잔뜩 경계합니다.
진입한 파티에 저주를 시도합니다.]

['저주: 공포'가 시도되었습니다.]

[불발되었습니다.]

['저주: 혼란'이 시도되었습니다.]

[불발되었습니다.]

['저주: 중독'이 시도되었습니다.]

……

던전에 입장했을 때부터 계속 이어지는 메시지.

일행들은 하나같이 괴로운 표정을 짓고 있었다. 어떻게든 버티는 중이라지만, 미후왕의 사념이 주는 압박감은 너무 무거웠다.

저주 시도도 횟수에 제한이 없어, 이대로 있다가는 정말 큰일이 벌어질 것 같았다.

빅토리아는 허공에다 가볍게 손을 흔들었다. 그러자 가볍게 빛무리가 터지면서 일행을 압박하던 음울한 기운을 조금씩 몰아내기 시작했다.

『미후왕이 봉인된 기간이 수백 년도 넘는다니까. 그동안 뿜어 댔던 사념은 강렬할 수밖에 없을 거야. 다들 정신 똑바로 차려.』

강한 존재가 뿜어내는 사념은 그 자체만으로도 의지를 가지며, 주변을 자신의 색으로 오염시키려고 한다.

하물며 한때 최고신인 옥황상제도 욕보일 만큼 대단했던 존재가 미후왕이었다. 그런 자가 수백 년에 걸쳐 쏟아 낸 사념은 당연히 강렬할 수밖에 없었다.

그리고 불운은 더 큰 불운을 부르는 법.

미후왕의 사념은 침입자인 연우 일행을 먹잇감으로 여기고, 어떻게든 자신의 색으로 감염시키고자 했다.

그리고 실제로 의식 세계로 가는 통로인 의념이 활짝 열린 만큼, 그곳을 통해 침입을 여러 차례 시도하는 중이었다.

만약 이 자리에 있는 자들이 어기전성을 깨달을 만큼 뛰어난 정신력을 지니지 않았다면, 벌써 감염되어 자신이 미후왕이라고 착각하며 미쳐 버렸을지도 모르는 일이었다.

빅토리아가 마법을 전개해서 보호막을 형성해 사념의 침

임을 일단 막아 내긴 했다.

하지만 연우가 봤을 때는 임시방편일 뿐이었다.

게다가 비단 문제는 그뿐이 아니었다.

『길은? 여기가 맞아?』

『맞는 것 같아. 일단은.』

길잡이를 맡은 레베카는 몇 번씩이나 빅토리아에게 물어보면서 길을 거듭 확인했다.

혹시 뭔가 튀어나오기라도 할까 봐. 이런 곳에는 사념의 영향을 받은 몬스터가 있기 마련이니 걸음도 자꾸만 더뎌졌다.

외부에서 던전 내부를 탐색해 봐도 아무것도 알아낼 수 없었던 것처럼. 안쪽도 마찬가지였다.

아무리 의념을 던져 봐도 번번이 미후왕의 사념에 가로막히기 일쑤였다. 도리어 의념의 끄트머리를 잡아 역습을 시도하기까지 할 정도였다.

결국 일행은 처음 다섯 번째 산에 들어섰을 때처럼, 모든 감각이 닫힌 채로 움직이는 것이나 마찬가지인 신세가 되고 말았다.

물론, 가까운 주변은 알 수 있으니 상황은 조금 더 낫다지만, 그래도 일행이 받는 압박감은 절대 작지 않았다.

우우—

때마침 던전 깊숙한 곳에서부터 귀곡성이 울렸다. 단순한 바람 소리에 지나지 않을지도 모르지만, 마치 사념이 울어 대는 것처럼 생생하게 전해졌다. 청각이 닫혔는데도 불구하고 정말 소리가 들리는 것 같았다.

결국 레베카는 이를 악물었다. 몇 번씩이나 머릿속에 갖가지 생각이 들었다.

이대로 계속 들어가도 되는 걸까? 킨드레드가 마지막으로 보냈다는 생체 신호가 가리키는 곳은 아직도 한참은 더 깊숙하게 들어가야만 한다.

입구에서부터 벌써 이렇게 막막한데, 안쪽은 얼마나 더 험악한 걸까.

처음에는 의심을 했었지만, 킨드레드가 죽었어도 이상하지 않겠다는 생각이 자꾸 들었다. 어쩌면 그처럼 이곳이 자신들의 무덤이 될지도 모르는 일이었다.

그녀가 모시는 신, 케르눈노스는 이성적으로 물러날 때와 나설 때를 철저히 구분 지으라고 항상 말씀하셨다. 레베카의 판단에, 지금은 물러날 때였다.

하지만 도저히 발이 입구 쪽으로 떼어지질 않았다.

미후왕의 유산. 한낱 돌원숭이를 옥황상제와 어깨를 나란히 할 정도로 만들었다는 보물들이 저 안쪽에 있었다. 여의봉과 72선술이 자꾸만 눈에 밟혔다.

'그래. 한 번 해 보자. 설마 무슨 일이 있겠어? 킨드레드는 혼자였지만, 나는 달라. 여차하면…… 이들을 버리거나, 아니면 탈출용 스크롤을 쓰면 되겠지.'

게다가 케르눈노스가 그녀에게 내린 스킬, '신지(神智)'는 위기 시에 아주 탁월하다. 위험에 처한다 싶으면 얼마든지 뒤로 내뺄 자신이 있었다.

아니, 내뺄 자신이 있다고 스스로를 납득시켰다.

그리고 그런 생각을 그녀뿐만 아니라, 다른 사람들도 똑같이 하고 있다는 사실은 전혀 몰랐다.

지금 그들의 모습은 마치 불인 걸 알면서도 뛰어드는 불나방처럼 보였다.

* * *

연우는 뒤에서 천천히 움직이면서 일행들의 면면을 살폈다.

계속되는 미후왕 사념의 공격으로부터, 레베카는 스킬을 사용해서 어떻게든 저항했고, 빅토리아는 계속 룬을 소모하면서 결계를 구축했다.

하지만 연우가 봤을 때, 두 사람은 큰 실수를 하고 있는 중이었다.

'이대로 간다면, 저 둘은 절대 오래가지 못해.'

상세하게 파악할 수는 없지만, 딱 풍기는 분위기가 레베카의 스킬은 상당한 마력과 심력을 소모하는 중이었다. 빅토리아도 룬을 소모하는 속도가 빨라 금세 바닥을 보일 것 같았다.

저대로 둔다면 둘 다 던전의 중앙에 다다를 때 즈음에 마력과 룬이 바닥나 크게 곤혹을 치를 게 분명했다.

반면에 칸은 사정이 조금 나았다.

별다른 스킬을 사용하지는 않았다. 대신에 의념을 넓게 퍼뜨리지 않고, 주변에다 철옹성처럼 탄탄하게 구축해서 사념의 침입을 막는 중이었다.

세 사람 중에서 가장 실력이 달린다는 칸이 오히려 잘 방어를 하고 있는 상황이니.

연우는 조금 헛웃음이 나왔다. 레베카와 빅토리아, 둘은 어쩌면 오랫동안 수행을 하면서 기본기에 대해서는 싹 잊어버린 건지도 몰랐다.

강한 신의 힘과 편리한 룬 마법. 이 두 가지만 깊이 연구했어도, 위험은 전혀 찾아볼 수 없었을 테니까.

기본기가 가장 중요한 것인데도 불구하고.

'그런데…… 이 녀석, 대체 무슨 말을 하고 싶었던 걸까?'

연우는 칸의 표정을 살폈다. 여전히 딱딱한 표정에서는 아무 생각도 읽을 수가 없었다. 슬쩍 말을 걸어 봐도 아무 답변이 없었다. 마치 뭔가에 강하게 집중을 하고 있는 것처럼.

결국 연우는 칸에게서 시선을 거둬들였다. 때가 되면 이야기해 주겠지. 아직은 들을 시기가 아닌 것 같았다.

대신에 초감각의 영역을 조금씩 넓히면서, 일행이 아닌 외곽 지역을 비췄다.

다른 일행들이 미후왕의 사념에 저항을 하느라 전전긍긍하는 동안, 그는 비교적 여유로운 편이었다.

[미후왕의 사념이 감염을 위해 저주를 시도합니다.]

['저주: 정신 오염'이 시도되었습니다.]

['저주: 부정 감염'이 시도되었습니다.]

['저주: 자살 충동'이 시도되었습니다.]

[스턴 상태에 빠집니다.]

['냉혈' 특성으로 이성을 유지합니다.]

[스턴 상태가 해지되었습니다. '정신 오염'에 대한 내성이 생겼습니다.]

['부정 감염'에 대한 내성이 생겼습니다.]

['자살 충동'에 대한 내성이 생겼습니다.]

……

['냉혈' 특성으로 정신 계통의 저주와 공격으로부터 뛰어난 면역력을 지니게 되었습니다.]

[견고한 정신 방벽이 성립되었습니다. 미후왕의 사념으로부터 자유로워지고 있습니다.]

[미후왕의 사념이 적잖게 당황합니다.]

특성, 냉혈.

어떤 상황 속에서도 침착함을 잃지 않고, 이성을 유지케 하는 힘.

연우가 플레이어로 각성했을 때 얻게 되었던 이 특성은, 그동안 여러모로 연우에게 많은 도움을 가져다주었다.

갖가지 위급 상황 속에서도 버틸 수 있는 원동력을 제공하니, 그럴 때마다 뛰어난 내성과 면역력을 지니게 된 것이다.

시차 괴리의 모태였던 정신 집중도 여기서 비롯된 거였고, 멀리 보면 물리 내성도 냉혈 덕분에 얻게 된 스킬이었다.

그리고 연우가 기량이 나날이 발전하면서 한동안 그 힘이 드러날 일이 없다가, 이번에 다시 제대로 작용을 하게 되었다.

덕분에 연우는 뜻하지 않게 특성을 수련할 수 있어 즐거웠다. 처음에는 다른 일행들과 마찬가지로 한 치의 앞도 분간할 수가 없어서 갑갑했지만, 아주 조금씩 사념으로부터 자유로워지면서 침착하게 행동할 수가 있었다.

그때부터 연우는 초감각으로 읽을 수 있는 범위를 넓히기 위해 여러 방법을 시도했다.

당장 의념과 육감이 탐색할 수 있는 범위는 고작 5미터 내외. 이것을 더욱 넓힐 필요가 있었다.

연우는 시차 괴리를 발동, 아주 꼼꼼하게 미후왕의 사념을 살폈다.

미후왕의 사념은 어떻게 보면 해일 같았다. 안쪽에서부터 강풍이 불어오면 격랑을 치는 해일. 그러다 단단한 방파제 같은 것이 있으면 옆으로 비켜서 퍼지는 형태였다.

연우는 바로 이런 특징에 주목했다.

'당장 사념을 억누르거나 없앨 수는 없어. 그렇다면 아주 조금씩 갈라나가면서 영역을 넓혀 나가야만 해.'

연우는 넓게 퍼뜨렸던 자신의 의념을 단단히 뭉치기 시작했다. 그리고 끝부분을 가시처럼 단단하게 세워서 미후왕의 사념을 강하게 찔렀다.

처음에는 바위처럼 단단해서 의념이 파고들 틈이 전혀 없었지만, 여러 차례 시도를 하면서 빈틈을 찾아 단숨에 깊숙하게 파고들어 갈 수가 있었다.

미후왕의 사념은 의념을 타고 거슬러 올라오려 했지만, 여기에도 냉혈 특성이 적용되면서 쉽게 사념을 튕겨 낼 수 있었다. 연우는 빽빽하게 밀어 넣은 다음 단번에 범위를 확장시켰다.

화악—

[의념을 미세하게 다루는 방법에 대해서 터득했습니다. 외부 침입으로부터 정신을 보호하고, 저주를 물리치는 법을 깨달았습니다.]

['초감각'의 스킬 숙련도가 대폭 상승했습니다. 12.8%]

순간, 연우는 깜깜했던 방에 전등이 들어오는 것처럼, 머릿속이 확 밝아지는 느낌을 받았다.

의념이 미후왕의 사념을 갈기갈기 가르고 지나가 동굴 천장과 벽에 다다르고, 이를 타고 사방으로 뻗쳐 나가면서 던전의 대략적인 모양과 정보들이 속속들이 머릿속에 들어온 탓이었다. 초감각이 화려하게 꽃을 틔웠다.

그리고 연우가 계속 걸음을 옮길수록 초감각의 영역도 점차 넓어지면서, 아주 조금씩 미후왕의 사념을 밀어내기 시작했다.

『어?』

『으음?』

『뭐지?』

그리고 사념의 압박에서 한숨을 돌릴 수 있게 된 다른 세 사람이 화들짝 놀랐다.

그러다 그들의 시선이 연우 쪽으로 쏠렸다. 사념을 물리친 근원이 연우에게서 비롯되었다는 것을 깨달은 것이다.

그들의 표정이 경악에 잠겼다. 특히 레베카는 믿기지 않는다는 듯 눈빛에 불신이 가득 풍겼다. 하이 랭커인 자신도 힘들기 짝이 없는 상황을, 일개 저층 구간의 플레이어가 해낸 셈이었으니.

『이런 곳에 탁월한 스킬이 있을 뿐입니다. 이 이상은 저도 힘듭니다.』

세 사람은 말도 안 되는 연우의 변명을 들으면서도 따지지 않고 속도에 열을 올렸다. 의문을 가지기보다는 빨리 던전을 탐색하는 게 중요했다.

연우 덕분에 비교적 여유로워진 레베카와 빅토리아도 필요한 스킬을 발동시키면서 빠르게 이동을 할 수 있었다.

그사이, 연우는 그들이 감지하지 못하는 부분까지 초감각의 영역을 넓혀 나가면서, 던전의 구조를 머릿속에 차곡차곡 담았다.

'던전은 복잡한 미로 형태야. 거미줄처럼 얽혀 있어서 출구를 찾기가 힘들어. 이대로는 돌아간다고 해도…… 입구도 이제는 안 보이겠는데.'

던전은 마치 개미굴처럼 땅속 아주 깊숙하게 이어지면서 복잡하게 얽혀 있는 형태였다. 길을 찾으려면 상당한 시간을 필요로 할 것 같았다.

아직은 보이지 않지만, 곳곳에 트랩도 설치되어 있고, 사념에서 잉태된 유령 계통의 몬스터도 있는 것 같았다.

연우는 컬렉션을 개방해서 괴이들을 전부 밖으로 내보냈다. 유령 계통은 괴이들에게 맛난 영양분이 되니 간식을 즐기는 참에 트랩을 미리 해제해 두라는 뜻에서였다.

어떤 위험이 나올지 몰랐지만, 자신의 의념이 닿는 범위 안이라면 괴이들에게도 충분히 믿고 맡길 수 있었다.

무엇보다 괜한 것에 방해되고 싶지 않았다.

츠츠츠—

[괴이 '찬'이 리틀 데몬98을 처치했습니다. 고유 스킬 '포식'을 사용해서 영혼을 삼켰습니다.]

[괴이 '카'가 레이스13을 처치했습니다. 고유 스킬 '흡착'을 사용해서 영혼을 흡수했습니다.]

[고스트71이 처치되었습니다.]

……

[트랩을 빠른 속도로 해제합니다. 미로의 45%를 해석했습니다. 던전을 빠른 속도로 장악해 나갑니다.]

끼아악!

저 안쪽에서부터 귀곡성이 메아리가 되어 잔뜩 울려왔지만, 일행들은 여전히 미후왕의 사념이 내뿜는 소리이겠거니 하고 대수롭지 않게 넘겼다.

그들을 대신해 골칫거리들이 빠르게 제거되고 있는 중이라는 사실도 모른 채.

그렇게 미후왕의 궁전을 빠르게 파악하던 중, 연우는 이상한 점이 있다는 것을 눈치챘다.

어느 지점에서부터 벽과 천장을 따라 나 있는 이상한 자국들이 보이기 시작한 것이다.

자세히 살피지 않으면 절대 알아챌 수 없는 흔적들. 오랜 세월 동안 풍화로 퇴색되어 평범한 죽순과 석회암으로 보였지만, 초감각으로 예민한 감각을 지닌 연우였기 때문에 알 수 있었다.

곳곳에 아주 깊고 길게 남은 자국들. 그리고 그 속에 단단히 배어 있는 사념.

이 사념은 연우 일행을 계속 괴롭히던 우울한 사념과는 많이 달랐다. 강직하고 호쾌한 성질을 많이 띠고 있었다.

다만, 파편화되어 곳곳으로 흩어져 있어 아무도 찾을 수가 없었을 뿐이었다.

['아주 오래된 칼자국'을 발견했습니다.]

['조금 뒤에 만들어진 창자국'을 발견했습니다.]

['어지럽혀진 발자국'을 발견했습니다.]

……

'이게 뭐지?'

연우는 또 다른 미후왕의 사념을 발견하게 되자 많이 놀랄 수밖에 없었다.

미후왕이 쌍둥이도 아닐 텐데, 어떻게 이렇게 상반된 여러 사념이 남을 수 있을까? 그리고 이 흔적들이 주는 의미는 뭘까?

연우는 의문이 들었지만, 연우의 눈을 빌어 벽을 살펴보고 있던 샤논과 한령은 달랐다.

「와. 이거, 진짜……! 와!」

「……믿을 수 없어. 정말이지. 놀라워. 어떻게 이런 생각을 할 수 있는 거지?」

둘의 반응이 시시각각 전해지자, 연우가 속으로 물었다.

'뭔지 알 것 같아?'

샤논이 펄쩍 뛰는 소리를 냈다.

「주인은 달인 급에 올랐다면서 아직도 모르겠어? 검만 쥐고, 눈은 아직도 초보로 둘래? 제대로 살펴봐.」

타박 아닌 타박.

연우는 조금 짜증이 났지만, 샤논의 말이 틀린 적은 없었기 때문에 다시 초감각에 집중했다.

파편화되어 있는 자극과 의념들이 비쳤다. 겹겹이 쌓여 형태를 분간하기 힘든 것도 있었고, 아주 길쭉하게 이어져 끝을 알 수 없는 것도 있었다.

연우는 대체 이게 뭔가 싶어 골똘히 살펴보다가, 갑자기 확 하고 뭔가가 머릿속에 강렬하게 꽂혔다.

[강한 영감을 받았습니다.]

['초감각' 이 '용마안' 과 연결되어 어지러운 자극들을 추격합니다. 결을 읽어 내기 시작합니다.]

'……!'

여태껏 다르게 분리되어 있던 초감각과 용마안이 처음으로 연결되었다. 연우는 갑자기 의념으로도 결이 보이게 되자, 흠칫 놀랐지만 곧 금세 적응할 수 있었다.

그동안 용마안으로도 볼 수 없었던 것들이, 초감각이 더해지면서 새롭게 보여서 느낌이 달랐다.

그리고 덕분에 동굴을 가득 메운 흔적들이 어떤 것인지를 쉽게 알 수 있었다.

'무공? 아니, 수련인가?'

겹겹이 쌓인 흔적들을 시간상으로 나누고, 가까이 있는 것들을 차례로 연결시키니 어떤 흐름이 보였다.

처음에는 중구난방으로 흩어져 깊이도 제각각이었던 흔적들은, 점차 시간이 지나면서 정교해지고 말끔해져 가고 있었다.

그런 일련의 과정들이 쭉 나열되어 있었다.

한 명의 고수가, 수백 년이라는 시간 동안 더 큰 고수로 거듭나는 과정들이 낱낱이 새겨진 기록.

그리고 그 기록들을 통해, 연우는 이곳에 있었던 수많은 광경들을 엿볼 수가 있었다.

마치 여기에 앉아 미후왕의 변화를 목격한 것처럼.

—미후왕은 이곳에 봉인된 뒤로 울분을 토했다. 그리고 석가여래를 저주했다. 광기에 잔뜩 젖어 마구잡이로 벽을 부숴 댔지만, 봉인은 절대 풀리지 않

았다. 그렇게 미친 상태로 백여 년이 흘렀다.

그러다 문득 그런 생각이 들었다.

이렇게 미쳐 있으면 누가 손해인가. 바로 나다. 그렇다면 어떻게 해야 하는가? 어떻게든 더 강해져서 이 빌어먹을 봉인을 풀어야 한다. 그때부터 미후왕은 오행산을 부술 힘을 얻기 위해 부단히 노력했다.

심득을 정리했다. 알고 있던 것들을 합쳐 나가기 시작했다. 중구난방으로 흩어진 것들을 한곳으로 모으고, 더 높이 쌓기 위해 부단히도 노력했다.

너무 난해한 작업이었다. 미후왕이 잡다하게 익힌 것들은 하나하나가 세상을 오시할 만한 것들이었으니까.

미후왕에게 허락된 건 시간밖에 없었고, 그는 서두르지 않고 차근차근히 정리했다. 그리고 뭔가를 깨달을 때마다 벽에다 시험해 보면서 부족한 부분들을 채워 나갔다.

그동안 세상 무서운 줄 몰랐던 천둥벌거숭이가 침착함을 배웠다.

그는 해내야 할 목표가 있으면 언제든지 자신을 숙일 줄 아는 사람이었다.

그것이 '제천대성'이 가진 장점이자, 세상이 가

장 두려워하는 점이었다.

그리고.

천 년에 가까운 시간이 흘렀을 때 즈음, 완성할 수 있었다. 자신의 봉인지를 부술 수 있는 힘을.

연우는 그 긴 시간을 같이 함께한 것처럼 정신이 멍했다. 만약 시차 괴리로 사고 가속에 익숙해지지 않았더라면, 다른 의미로 미쳤을지도 몰랐다.

「그래. 이거 수련의 흔적이야.」

그리고 샤논의 목소리에 의식을 차렸다. 연우는 정신을 수습하면서 물었다.

'그럼…… 이게 72선술이란 건가?'

「뭐? 72선술?」

샤논이 어이가 없다는 듯한 목소리를 내더니 빽 소리를 질렀다.

「미친놈아. 이건 그딴 거랑 비교도 할 수 없는 거라고!」

'뭐?'

샤논은 답답하다는 듯이 계속 소리쳤다.

「72선술은 미후왕이 배웠다는 여러 기예 중에서도 하나에 불과하다고. 이건 그런 것들을 총망라해서 새롭게 정리한 요체란 말이야!」

'……!'

연우는 그제야 자신이 뭘 보고 있는지를 깨달았다. 수련의 흔적을 넘어 미후왕의 '모든 것' 이라고 할 수 있는 것들을 마주하고 있는 중이었다.

그리고 별안간 미후왕이 봉인을 풀고 난 뒤에 어떤 별칭을 새롭게 얻었었는지가 떠올랐다.

'제천대성.'

하늘과 나란히 놓일 만큼 존귀한 자.

미후왕을 그런 제천대성으로 만들어 준 힘이, 바로 눈앞에 떡하니 놓인 것이다.

만약 그저 단순하게 구결이나 동작만 남아 있었다면 전혀 눈에 들어오지 않았을 것이다.

하지만 여기에 남아 있는 것들은 손오공이 오랫동안 치열하게 고민하면서 남긴 흔적들이었고, 과정이 세세하게 기록되어 있기 때문에 눈으로 좇기가 쉬웠다.

「정말이지…… 이게 말이 돼?」

「보면 볼수록 놀라워. 어째서 미후왕이라 하면 신과 악마들도 경기를 일으켰는지 알 것 같은데. 어떻게 이만한 존재가 있을 수 있는 거지?」

샤논과 한령은 미후왕의 흔적에 흠뻑 매료되어서 정신을 차리지 못하는 중이었다.

그들에게는 노다지나 다름없는 곳이었으니. 오래전에 사라진 옛 선배에 대한 존경심과 함께, 그들로서는 도저히 따라잡기 힘들 경지를 엿보기 위해서 안간힘을 다했다.

지금 이 순간에도 그들은 하나라도 더 깨우치고자 쉴 새 없이 미후왕의 뒤를 쫓았다.

초감각과 용마안이 합쳐지면서 전달하는 정보는 그만큼이나 방대해서, 둘은 지금 이 순간 앞으로 평생 둘도 없을 기연을 맞이하는 중이었다.

다만, 연우는 그들만큼 매료되지는 못했다.

아는 만큼 보인다고, 이제 막 달인 급에 오른 연우로서는 보이는 게 너무 미미하기만 했다.

대단하다는 건 알 수 있었다. 딱 봐도 수준이 너무 높았고, 간간이 이해되는 부분이 있으면 감탄을 터뜨리기도 했다. 자신이 가져올 만한 것도 많았다.

하지만 유치원생이 물리학의 이론 서적을 본다고 해서 이해를 할 수 없듯이, 연우와 미후왕의 유산에는 그만큼이나 엄청난 격차가 있어서 도무지 따라잡기가 힘들었다.

'그래도 차라리 음검보단 낫다고 해야 하나.'

그나마 나은 점이 있다면, 답안지와 문제 풀이가 같이 놓여 있으니 기초 공부를 더 쌓으면 언젠간 따라잡아 이해할 수 있을 거라는 것.

그래서 연우는 미후왕의 유산을 이해하려고 하지 않았다. 대신에 모두 외워 두고자 했다. 기량을 높인 뒤에 조금씩 익히기 위해서.

하지만 차례로 외우는 와중에도 용의 지식이 발동되면서 자연스레 습득이 되는 부분이 있었기 때문에, 연우는 다시 한번 더 빠른 성장을 이룰 수 있었다.

'이건 무술도, 마법이나 주술도 아냐. 이게 선술인가? 아냐. 그런 것도. 분명 마력을 이용한 기예는 맞지만…… 그런 여러 틀 따위로 묶을 수 없는…… 훨씬 뛰어넘은…….'

머릿속이 활짝 열리면서 뻥 뚫리는 기분.

어떤 틀이나 분야로도 묶을 수 없이, 그것들을 아득하게 뛰어넘은 어떤 것. 새로운 지평을 본 기분이었다.

연우는 한참 동안 그렇게 멍하니 있었다.

그러다 다른 생각에 미쳤다.

'설마…… 혹시 음검도?'

* * *

『또 갈림길이야.』

레베카는 눈앞에 놓인 세 개의 갈림길을 보고 짜증 섞인 목소리를 냈다.

던전에 입장한 지 벌써 몇 시간이 흘렀다. 그리고 그 동안, 그들은 수많은 갈림길과 마주쳐야만 했다. 거미줄처럼 수도 없이 갈라지는 길과 길게 이어지는 통로.

바보가 아닌 이상에야, 던전이 미로처럼 복잡하게 얽혀 있다는 것을 모를 수가 없었다.

이래서는 도저히 길을 찾기가 힘들다. 어디가 어딘지를 알 수가 없으니까.

의념이라도 넓게 퍼뜨릴 수 있다면 모를까, 그랬다가는 미후왕의 사념이 벼락처럼 달려드니 그럴 수도 없었다.

게다가 아무도 말을 하지 않았지만, 일행은 아까 전부터 계속 같은 위치만 뱅글뱅글 도는 것 같다는 느낌을 받고 있었다.

'받고 있는 게 아니라, 진짜야. 정말 헤매고 있어.'

의념을 확장시키는 데 한계가 있는 그들과 다르게, 연우는 이미 초감각으로 던전의 대략적인 구조를 파악해 둔 상태였다.

연우는 눈을 가늘게 좁혔다.

'주도권을 잡아야 하나?'

그동안 연우는 되도록 자신이 나서는 것을 꺼려 했다.

킨드레드와 마군이 대체 뭘 꾸미는 건지 알 수가 없으니

되도록 눈에 띄는 행동을 자제해야 하는 데다가, 미후왕의 유산까지 외우는 중이니 다른 곳에 크게 신경을 쓸 겨를이 없었다.

하지만 상황이 자꾸 이렇게 복잡해진다면 이야기는 달라진다. 아무리 마군의 꿍꿍이를 알아내려고 해도, 일행이 미로에 갇혀 버린다면 아무것도 진행이 되지 않을 테니까.

'게다가 아까 전부터 미로의 구조가 계속 조금씩 변하고 있어.'

일행들이 같은 길만 뱅뱅 도는 이유였다.

'저 뒤쪽에 있는 놈도 어떻게 나설지 모르고.'

연우는 슬쩍 의념을 뒤쪽으로 돌렸다. 일행들이 미처 신경 쓰지 못하는 후방을 따라 어둠 속에 녹아 천천히 이동 중인 박쥐 무리가 있었다.

솔 루나. 살고 싶으니 빠지겠다던 녀석은 뱀파이어의 종족 스킬은 '박쥐 해체'를 사용해서 그들의 뒤를 몰래 따라오는 중이었다.

레베카와 빅토리아는 미처 녀석을 파악하지 못하고 있었다. 신경이 온통 앞쪽에만 집중하고 있으니 뒤를 돌아볼 겨를이 없는 것이다.

솔 루나는 바로 그런 점을 철저하게 이용하고 있었다.

여차하면 곧바로 72선술을 훔치고 달아날 생각이겠지.

이렇게 다니면 별 위험 없이 미후왕의 사념으로부터 자유로울 수도 있을 테고.

연우는 아직 녀석이 위협이 되지 않아 내버려 두고 있었지만, 여차하면 곧바로 손을 쓸 생각이었다.

결국 연우는 마음을 정해야 했다.

『저……』

그래서 연우가 일행들에게 무슨 말을 건네려는 순간.

「끼아악!」

「크르!」

갑자기 검은 팔찌를 따라 괴이들의 비명이 찌르르 울렸다. 그리고 강한 반발력과 함께 괴이들이 어떤 힘에 튕겨 팔찌 안쪽으로 돌아왔다.

강한 뭔가와 충돌해서 괴이들이 꺾였다는 뜻이었다.

'뭐지?'

연우는 갑자기 알 수 없는 이유에 등골이 서늘해졌다. 발걸음이 멈칫거렸다.

그 순간.

『무슨 말을 하려……!』

레베카가 여전히 짜증 섞인 목소리로 연우 쪽을 돌아보는데, 갑자기 연우가 그녀의 손목을 잡더니 안쪽으로 확 잡아당겼다.

레베카는 균형을 잃고 휘청거렸다. 무슨 짓이냐며 연우에게 버럭 소리를 지르려 했다.

하지만 곧 자신이 있던 자리에 가시 같은 뭔가가 불쑥 치솟아 오른 것을 느끼고 등골이 서늘해졌다.

단단하고 뾰족한 그림자 가시. 이질적인 느낌이 마구 풍겨 댔다.

쾅!

연우는 오러가 잔뜩 뭉친 크라슈나의 단검을 거세게 휘둘렀다. 오러가 폭발하면서 가시도 같이 터졌다.

『이…… 건?』

『미후왕의 사념이 본격적으로 우리를 잡기 위해서 움직이는 것 같습니다.』

연우는 이를 악물었다. 여태껏 정신계 공격만 계속하더니. 이제는 물리적인 행사까지 시도하고 있었다. 아무래도 근원에 점점 가까워지니 그만큼 시도할 수 있는 공격 방식도 다양해진 것 같았다.

한편, 레베카의 눈꺼풀이 파르르 떨렸다.

이번 공격. 자신은 전혀 읽지도 못했다. 사냥 신의 사도인 자신이. 시그니처 스킬, 신지는 전혀 작동도 하지 않았다.

던전에 들어온 뒤로 계속 이런 상태였다. 다섯 번째 산이 주는 속박은 미후왕의 사념 때문에 더 강렬해졌다. 몸을 쇠사슬로 바리바리 싸맨 것처럼 꿈쩍하기가 힘들었다. 컨디션도 바닥이었다.

그런데 한낱 저층 구간의 플레이어가 그걸 읽었다. 미후왕 사념의 저주에 시달릴 때에 구해 준 것도 녀석이었으니.

레베카는 자신이 저층 구간의 플레이어보다 쓸모가 없다는 사실에 이를 악물었다. 이래서야 지난 몇 년 동안 죽어라 수련을 한 보람이 없지 않은가.

물론, 연우가 보통 다른 플레이어들과 다르다는 건 알고 있었다.

자세한 소문은 못 들었지만, 그래도 층계에 오르는 플레이어들마다 연우를 보면서 놀랄 때가 많았고, 지난 반년 동안 지켜봤을 때 가장 크게 성장한 녀석이기도 했으니까.

그렇다고 해도 하이 랭커로서의 체면이 있지. 연우만도 못하다는 사실은 도저히 납득하기가 어려웠다. 자존감이 바닥을 쳤다.

하지만 레베카는 쓸데없는 자존심을 세우기보다는 실리를 추구하는 편이었다. 생각을 정리하면서 어기전성을 열었다.

『카인.』

『예.』

『이제부터 길은 네가 열어.』

칸과 빅토리아가 무슨 소리냐며 그녀에게로 고개를 돌렸다. 하지만 레베카는 단호했나.

『지금은 나보다는 카인이 훨씬 나아. 그러니까 네가 맡아.』

『알겠습니다.』

연우는 레베카의 강렬한 의념을 읽고 고개를 끄덕였다. 차라리 이렇게 말을 해 주니 다행이었다.

'시니컬하지만, 그래도 괜찮은 사람이야.'

레베카에 대한 평가도 달라졌다. 하이 랭커 중에서 자신의 한계를 겸허히 인정할 줄 아는 자는 극히 드물다. 이런 자들은 어떻게든 앞으로 크게 발전할 수 있다. 이런 사람일수록 되도록 살려 둘 필요가 있었다.

그때부터.

연우는 레베카와 위치를 바꾸고, 본격적으로 길을 열기 시작했다.

연우는 거침이 없었다. 갈림길을 만날 때마다 한참 고민하던 레베카와 다르게 선택에 절대 주저하는 기색이 없었다.

『야, 너!』

빅토리아가 기겁을 하면서 그런 연우에게 한마디 쏘아붙이려고 했지만.

『나서지 마. 믿어. 던전 공략에서 헤더(Header)의 말은 절대적이야.』

레베카가 오히려 연우를 두둔하면서 입을 꾹 다물어야 했다. 칸은 아무 말도 하지 않았다.

레베카는 앞장서는 연우의 뒷모습을 강렬한 의념으로 바라봤다. 신지의 모든 감각은 연우에게 고정되어 있었다. 자신의 판단을, 녀석을 믿으라는 의미였다.

그리고 연우는 레베카의 굳건한 신뢰를 절대 실망시키지 않았다.

쾅! 콰앙—

콰콰콰—

연우는 미후왕의 사념이 불쑥 튀어나올 때마다, 귀신같이 눈치채고는 사전에 오러를 날려 부쉈다.

마치 연우가 이 던전을 미리 알고 있었던 게 아닐까 싶을 정도로, 사념의 방해를 계속 물리치면서 던전 깊숙한 곳까지 파고들었다.

길도 얼추 맞는 것 같았다. 레베카가 헤더를 맡았을 때와는 비교도 할 수 없는 속도였다.

'차라리 이렇게 급하게 움직인다면 저쪽도 당황할 수밖에 없을 테니까. 어떤 돌발적인 행동을 보이겠지.'

마군의 반응을 지켜보려던 쪽에서, 반응을 유도하려는 쪽으로 생각을 선회했다. 어떻게든 녀석들이 미끼를 물었으면 하는 바람이었다.

그러다 연우와 일행은 어느새 미로의 막바지에 다다를 수가 있었다.

『여기가, 끝인 것 같은데.』

『맞아. 신호도 여기 너머로 이어지고 있어.』

『크네요. 아주.』

미로의 끄트머리에 다다랐을 때 즈음, 일행은 엄청난 너비의 공동에 들어섰다. 그리고 그 끝에는 족히 30미터는 될 것 같은 크기의 철문이 놓여 있었다.

철문에는 갖가지 문양이 그려져 있었다. 뜻을 알 수 없는 글자와 그림들. 오랜 세월이 지나면서 제 모습을 잃어 별 눈길도 끌지 못했다.

하지만 연우는 달랐다. 그게 무엇인지 정확하게 알아챘으니까. 미후왕 유산의 마지막 부분이었다. 용의 지식을 사용해서 그것까지 단번에 외웠다.

[완전한 형태의 '미후왕의 유산'을 습득하는 데 성공했습니다. 추가 공적치가 제공됩니다.]

[공적치를 3,000만큼 획득했습니다.]

[추가 공적치를 2,000만큼 획득했습니다.]

연우는 미후왕의 유산에다 '제천류' 라는 이름을 붙이고, 뇌리 한편에다 잘 보관했다.

그사이, 일행들은 철문에 적힌 글자에 모든 의념을 집중하고 있었다.

철문의 좌우에 적혀 있는 뜻을 알 수 없는 글자.

『빅토리아, 이거……?』

레베카가 빅토리아에게 해석을 부탁했고, 룬 문자를 비롯해 여러 신대 문자에 해박한 빅토리아는 뇌리를 한껏 쥐어짜면서 천천히 뜻을 해석했다.

천하정저신진철

여의금고봉쇄문

『맞아. 이거, 여의봉이야.』

『정말 그런 게 있을 줄은…….』

레베카는 길게 탄식을 흘렸다.

여의봉은 미후왕을 상징하는 대표 무기. 뜻한 대로 길이를 무한대로 늘이고, 품고 있는 신력도 대단하다고 한다. 말로만 듣던 신의 무구를 이렇게 만나게 됐으니 놀랄 수밖에.

이 철문, 그 자체가 여의봉이라는 사실이 놀라울 따름이었다.

특히 문에다 손을 갖다 대는 칸의 눈꺼풀이 파르르 떨렸다. 아주 잘게. 입술이 바싹 메말랐다.

『다만, 이 문은 여의봉의 일부에 지나지 않는 것 같아. 남은 부분은 어디로 간 거지?』

빅토리아는 간만에 학자의 자세로 돌아가 열의에 잠겼다. 그런 그녀의 감상을 레베카가 냉정하게 딱 잘랐다.

『그런 빌어먹을 연구는 나중에 실컷 해. 지금은 킨드레드의 사체부터 수습하자고. 이 문, 어떻게 열어야 할 것 같아?』

『아까 전부터 계속 찾아보고 있어.』

빅토리아는 언락을 비롯한 여러 마법을 시도했지만, 그럴 때마다 룬은 번번이 허공에서 흩어졌다. 고운 미간이 저절로 찌푸려졌다.

『역시 신진철인가…….』

신의 진귀한 철. 신진철은 신과 악마도 봉인시킨다는 전설을 지닌 철이었다. 그런 만큼 항마력이 아주 뛰어날 수밖에 없었고, 당연히 빅토리아의 룬 마법도 계속 실패로 돌아갔다.

그렇다고 이렇게 무지막지하게 큰 것을 완력으로 열 수도 없다. 칸이 있는 힘껏 밀어 봤지만 꿈쩍도 않았다. 킨드레드가 대체 어떻게 통과를 했는지 믿기지 않을 정도였다.

연우는 그런 일행들을 지나쳐 철문 앞에 섰다.

의념이 쉴 새 없이 철문을 훑었다. 용마안으로 결을 찾아봤지만, 대체 재질이 어떻게 된 건지 결은 찾아볼 수도 없었다.

완전무결. 세상에 이런 물체가 있는 게 가능키나 할까?

게다가 한 가지 걸리는 점도 있었다.

'신진철…….'

연우는 자기도 모르게 왼손으로 검은 팔찌를 쓰다듬었다.

오래전에 이 팔찌를 에도라에게 보였을 때. 그녀는 혜안으로 검은 팔찌를 살피면서 '어쩌면 신진철로 이뤄졌을지도 모른다'는 말을 했었다.

그때는 가능성만 염두에 두고 넘겼었는데. 이렇게 보게 되니 뭔가 묘한 느낌이 들었다.

우웅, 웅—

그때, 연우의 생각을 읽은 듯, 검은 팔찌가 잘게 떨렸다. 연우는 혹시나 하는 생각에 손바닥을 철문에 가져다 댔다.

그 순간.

그그긍—

꿈쩍도 않을 것 같던 철문이 갑자기 기괴한 소리를 내면서 활짝 열렸다.

일행들은 또 무슨 짓을 했냐며 연우를 신기한 놈 보듯이 봤지만, 연우는 그냥 간단하게 어깨를 으쓱거리는 것으로 답을 대신했다.

그리고 의념을 안쪽으로 던졌다.

내부는 '궁전' 이라는 이름처럼 화려한 홀의 형태를 띠고 있었다.

마치 신하들을 맞이하는 왕처럼. 99개의 높은 계단 위에 화려한 장식을 한 조각상이 앉은 왕좌 아래로 수많은 조각상들이 도열해 있었다.

하나하나가 세밀한 표정으로 장식된 원숭이 상이었다.

그리고 좌우 벽을 따라 20미터는 될 것 같은 크기의 거대 석상들이 호위 무사처럼 줄지어 서서 위압감을 선사했다.

미후왕은 원래 요괴 원숭이들의 왕이었다고 알려져 있다. 화과산이라는 영토를 다스릴 때의 모습을 그대로 모방한 것 같았다.

단순한 조각인데도 불구하고, 왕과 신하들의 기세가 고스란히 전해지는 것 같아, 일행은 잠시 주춤거렸다. 선불리 안으로 들어갈 엄두를 내지 못했다.

특히 거대 석상들이 담고 있는 힘은 개체 하나하나가 이미 연우와 칸을 월등히 뛰어넘을 정도였다. 어떤 것은 레베카와 비교해도 뒤지지 않았다.

무엇보다.

'미후왕의 사념이 갑자기 사라졌어.'

호시탐탐 그들을 잡아먹으려 하던 우울한 사념이 보이지 않았다. 연우와 일행은 위기감을 느꼈다.

『저기! 킨드레드가 있어!』

하지만 빅토리아가 마법의 흔적을 따라 킨드레드의 위치를 찾아낸 순간.

조심스러웠던 레베카와 칸의 행동이 조금 달라졌다.

킨드레드의 시체는 홀의 중앙 좌측에 놓여 있었다. 그리고 그 앞에는 족히 30미터는 될 것 같은 아주 높다란 석비가 세워져 있었다.

그 표면에 새겨진 아주 작은 글자들이 두 사람을 동요케 했다.

72선술. 미후왕을 만들어 낸 힘이 그곳에 있었다.

『찾았다.』

그때, 칸이 잘게 떨리는 목소리로 성큼 앞으로 나섰다. 여전히 미후왕의 사념을 경계하는 레베카와 다르게, 이미 칸의 정신은 온통 석비에 쏠린 상태였다.

『저것만 있으면 도일을……!』

그렇게 칸이 뭔가에 홀린 사람처럼 발길을 앞으로 성큼

내딛는 순간.

『크하핫! 72선술은 내가 가져가겠다!』

여태껏 후방에서 때를 기다리고 있던 솔 루나가 허공에서 불쑥 튀어나왔다.

레베카와 빅토리아가 어떻게 손을 쓸 새도 없이, 녀석은 크게 웃음을 터뜨리면서 철문을 통과해 석비로 날았다.

그때.

『왕의 영면을 깨우려는 자, 대체 누구인가?』

공동을 쩌렁쩌렁하게 울리는 거대한 어기전성과 함께, 갑자기 검은 바람이 세차게 불면서 솔 루나를 갈가리 찢어버렸다. 어떻게 손을 쓸 새도 없이.

칸은 그 광경을 보고 퍼뜩 정신을 차려 걸음을 멈췄지만, 이미 홀 안을 가득 채운 공기는 크게 달라진 뒤였다.

끼이익—

영원히 고정되어 있을 것 같던 백여 개의 석상이 일제히 머리를 뒤쪽으로 돌렸다.

모든 시선이 이쪽으로 고정되었다. 석상들에게서 일제히 사념이 풍겨 나와 뒤섞였다.

홀을 따라 엄청난 힘이 폭풍처럼 휘몰아쳤다.

던전이 위아래로 크게 요동쳤다.
쿠쿠쿠!

[서든 퀘스트가 발생했습니다.]

[서든 퀘스트 / 왕의 병마용갱]
내용: 미후왕은 오백 년간의 봉인 끝에 오행산을 나서는 데 성공했고, 오랜 고행 끝에 드디어 격을 깨달아 허물을 벗고 신이 될 수 있었습니다.
하지만 아주 오랜 기다림 끝에 왕을 만났던 화과산의 요괴 원숭이들은 다시 긴 기다림에 빠져야 한다는 사실에 원통해했습니다.
그래서 그들은 다시 왕이 돌아올 때까지 그를 기리기 위해, 왕의 허물이 남아 있는 오행산에 지하 궁전을 지었습니다.
그리고 왕의 허물을 도난당하지 않기 위해, 자신들의 의념을 불어넣은 병마용을 설치해 보호토록 하였습니다.
지금부터 병마용의 위협으로부터 무사히 왕의 허물을 탈취하십시오. 그리고 미후왕의 후계로 자격이 있다는 것을 증명하십시오.

참가 자격: 히든 퀘스트 '미후왕의 궁전'의 획득

보상: 72선술의 자격

[첫 번째 시험이 시작됩니다.]

갑자기 일행들 앞에 떠오른 메시지.

『제길!』

칸은 그제야 자신의 실수를 깨달았다. 어떤 함정이 있을지 모를 던전에서, 72선술에 완전히 눈이 멀어 일을 그르치고 말았다.

석상들을 깨운 건 솔 루나였다지만, 녀석이 나타나지 않았더라도 결국 자신 때문에 사건이 터졌을 것이다.

칸은 재빨리 뒤로 몸을 내뺐다. 다행히 아슬아슬하게 석상의 주먹이 그가 사라진 자리로 떨어졌다. 지반이 부서지면서 돌 파편이 위로 튀었다.

하지만 그건 시작에 불과했다.

호위 무사 상을 제외한 신하 석상들이 일제히 기괴한 소리를 내면서 입구 쪽으로 달려들었다.

그그극—

끼아악!

『왕의 영면을 방해하려는 자, 죽음으로 갚아야 할 것이다!』

백여 개의 서로 다른 의념이 하나 된 목소리로 소리쳤다. 공동을 따라 귀곡성이 음산하게 퍼졌다.

콰콰쾅!

원숭이 석상들은 하나같이 불편한 복장을 하고 있으면서도 아주 빠르게 움직였다. 무게가 얼마나 되는 건지 걸을 때마다 말끔하게 깔아 둔 지반에 발자국이 찍혔다.

그만큼 하나하나가 엄청난 무게와 속도를 가지고 있다는 뜻. 가볍게 휘두른 주먹이라고 해도 플레이어의 머리통 하나쯤은 가볍게 부술 수 있을 정도로 강했다.

레베카와 빅토리아는 반사적으로 움직였다.

『놈들이 문밖으로 나오게 해서는 안 돼! 빅토리아!』

『알았어!』

레베카는 케르눈노스가 자신의 뿔을 깎아 만들었다는 신물, '각검(角劍)' 두 자루를 양손에 쥐고 앞으로 튀어 나갔다.

겉보기에는 별것 아닌 것처럼 평범하게 보여도, 안에 담긴 힘은 공간을 찢을 정도로 강렬했다. 거세게 휘두르자 풍압이 일어나면서 칸을 쫓아오던 원숭이 상을 후려쳤다.

쾅!

원숭이 상의 복부가 크게 부서지면서 뒤로 튕겨 났다. 하지만 녀석의 뒤편으로 세 마리가 위로 튀어나오면서 레베카에게로 떨어졌다.

그 순간, 빅토리아가 룬을 뿌리면서 손을 아래로 내리쳤다. 허공에서 커다란 불꽃이 폭발하면서 세 원숭이 상들을 날렸다.

가장 정면에서 부딪친 원숭이 상은 그대로 부서졌지만, 나머지 둘은 살짝 그을리기만 했을 뿐 허공에서 몸을 뒤틀면서 가볍게 착지했다. 그리고 다시 레베카와 빅토리아가 있는 쪽으로 움직였다.

콰콰쾅!

레베카는 정면에 나서서 칼을 마구잡이로 휘둘렀다. 휘두를 때마다 풍압을 더해 가면서 원숭이 상들을 유린하는 가운데, 빅토리아는 뒤에서 연달아 룬 마법을 전개하면서 그녀를 엄호했다.

두 사람은 절대 원숭이 상들이 철문을 통과하지 못하게 할 생각이었다.

자칫 앞뒤로 둘러싸일 수가 있었으니까. 그랬다가는 빅토리아가 마법을 펼칠 시간이 없어질 수도 있었다. 되도록 문 안쪽의 공동에서 놈들을 맞아야 했다.

칸도 두 사람의 생각을 읽고, 다시 호흡을 가다듬으면서 방향을 꺾었다. 검을 오른손에 꽉 쥐더니, 갑자기 칼날에다가 왼손을 갖다 대어 쭉 그었다.

피가 튀면서 검으로 스며들었다. 검이 금세 탁한 붉은색으로 물들었다.

『울어라.』

지이이잉—

그리고 칸의 시동어와 함께 검이 힘차게 울었다.

〈피의 매혹〉. 물체에 시전자의 피를 먹여서 위력과 내구도를 강화시키는 스킬이었다. 과거 칸에게 '혈검'이라는 별칭을 붙게 한 스킬이기도 했다.

그리고 칸이 20층에서 오랜 수행 끝에 실력이 발전하면서 폭발적인 성질이 추가되기도 했다.

콰콰콰—

검을 세차게 휘두르자, 핏빛 파도가 일어나면서 원숭이 상들의 접근을 막았다. 칸은 그 기회를 틈타 원숭이 상의 뒤로 돌아가면서 목을 베어 갔다.

그가 원하는 목표는 단 하나. 저 먼 곳에 위치한 석비가 있는 곳이었다. 시뻘겋게 달아오른 칸의 두 눈은 조급해져 가는 그의 마음을 대변하고 있었다.

그리고.

연우는 손으로 머리를 쓸어 올리면서 초감각과 용마안을

쉴 새 없이 돌리는 중이었다.

시차 괴리의 병렬 연산을 이용, 의식을 몇 개로 쪼개면서 지금 닥친 상황을 최대한 빨리 파악하고자 했다.

오러를 날리면서 원숭이 상들을 하나하나씩 격추하는 건 덤이었다.

다행이라면 아직 호위 무사 상들은 움직이지 않는다는 것. 가장 강한 힘을 지닌 녀석들이 나서기 전에 빨리 치워야만 했다.

하지만 이들만 하더라도 일행이 과연 다 처리할 수 있을까 싶을 정도로 너무 위협적이었다. 용의 권능을 개방해야 하나 몇 번씩이나 생각이 들 정도였으니까.

'이 원숭이 상들, 전부 사념으로 움직이고 있어. 미후왕의 사념…… 여태껏 내가 잘못 생각하고 있었던 거야. 그동안 상대했던 건, 미후왕의 사념이 아니라 신하들의 사념이었던 거였어.'

그동안 오행산을 미후왕의 봉인지로만 해석해 왔기 때문에, 그들을 괴롭히던 사념도 미후왕의 것인 줄로만 알고 있었다.

하지만 미후왕이 남긴 사념은 던전 전체에 걸쳐 남아 있던 흔적이 전부였을 뿐.

그들을 위협하던 건, 사실 왕의 잠을 방해하려는 침입자들을 막기 위한 신하들의 것이었다.

애당초 던전의 이름에 주목을 해야만 했었다.

미후왕의 궁전.

봉인지가 아닌 궁전. 당연히 주인의 악의 섞인 사념이 남아 있을 리가 없을 텐데. 아니, 미후왕이나 되는 작자가 단순히 그런 수준 낮은 사념을 남겼을 거란 생각을 하지 말았어야 했는데.

이렇게 간단한 것조차 여태 깨닫지 못했다니.

하지만.

사념의 정체를 알게 된 순간, 난이도는 확 낮아졌다. 만약 사념이 단일 개체였다면 모를까, 연합 개체라면 각개격파를 시도하면 그만이었다.

연우는 의념을 더 크게 불어넣었다. 초감각과 용마안이 더욱 뚜렷해지면서, 원숭이 상 곳곳에 나 있는 결을 잔뜩 그려 냈다.

그리고 유달리 결들이 응집되는 장소가 있었다.

핵.

요괴 원숭이들이 심은 의념의 씨앗이 맺혀 있는 장소였다.

연우는 시차 괴리로 위치를 파악, 녀석들의 예상 이동 경로까지 빠르게 계산하면서 마력을 한껏 응축시킨 오러를 폭사시켰다.

터더덩!

오러의 파편들이 소낙비처럼 비산했다. 아직 숙련도가 많이 낮아서 그런지, 오러 파편은 백여 개의 핵을 정확하게 맞춰도 살짝 찌그러지기만 했을 뿐 별다른 타격은 주지 못했다.

하지만 그것만 해도 충분했다.

『방금 전에 제가 표시한 곳만 골라 공격하십시오. 녀석들의 사념이 뭉쳐 있는 곳입니다.』

연우가 보낸 말에 다른 세 사람의 눈이 반짝거렸다. 가뜩이나 단단한 경도와 힘 때문에 상대하기가 많이 버거웠었다. 하지만 약점을 정확하게 짚어 준다면 이야기는 달랐다.

레베카는 각검을 세게 잡고 몸을 크게 돌렸다. 〈화살 비〉. 그녀를 상징하는 시그니처 스킬이 발동되면서 두 각검에서 화려한 이펙트가 터졌다.

검을 휘두를 때마다 이펙트는 보이지 않는 화살이 되어 핵을 연속적으로 때렸고, 누적된 데미지로 인해 핵이 쪼개지면서 원숭이 상도 같이 무너졌다.

빅토리아는 더블 캐스팅을 사용, 두 개의 마법을 동시에 전개했다. 목표를 정확하게 잡아내는 '타겟팅'과 강한 일격을 때리는 '신의 망치'.

시전된 건 두 개의 마법뿐이었지만 소요되는 룬 문자는

아티팩트 안에 새겨진 것의 2/3를 소모해야 할 정도로 아주 많았다.

우르르, 콰광!

감지된 표식이 보랏빛으로 물들었다가, 갑자기 허공에서 내려쳐진 벼락 수십 개에 핵이 연달아 그대로 터져 나갔다.

물론, 그런 것으로 전부 격퇴가 가능할 정도로 원숭이 상은 약하지 않았고, 레베카와 빅토리아는 한참 동안이나 그런 광역 스킬과 마법을 아끼지 않고 연거푸 쏟아 내야만 했다.

연우와 칸은 충격을 받아 잠시 정지된 원숭이 상의 사이사이를 누비고 다니면서 덜 부서진 핵을 마저 정리했다.

그렇게 한참 동안 시간을 허비한 뒤에야, 마지막 원숭이 상까지 와르르 무너졌다.

[첫 번째 시험을 무사히 통과했습니다. 남은 시간 동안 두 번째 시험에 대비하세요.]

[0:05:00]

[0:04:59_99]

[0:04:59_98]

……

『허억. 허억.』

『미쳤…… 어.』

빅토리아는 창백해진 얼굴로 바닥에 주저앉았다. 도중에 룬 문자를 전부 소비한 탓에 급급히 허공에다 룬을 써서 마력이 완전히 바닥나 버렸다.

조금만 더 무리를 했었다면 마력기관이 훼손됐겠지. 다행히 그런 위험은 피할 수 있었지만. 이럴 때일수록 만능 조합식에 대한 갈망은 더욱 커졌다.

그리고 메시지가 떠올린 '두 번째 시험'이라는 게 뭔지 알 수 없어서 마음이 무거워졌다. 이대로 있다가는 정말 큰 일이 날 테니까. 체력도 체력이지만, 부족한 마력부터 어떻게든 채워야 할 것 같았다.

레베카와 칸도 지친 표정이 역력했다. 특히 사도의 힘을 별반 쓰지도 못했던 레베카는 이를 악물었다.

다섯 번째 산의 특징을 고스란히 반영하고 있는 던전에서의 싸움은 그녀에게 여러모로 불리했다. 의념 외에 모든 감각이 폐쇄되어 있으니 도무지 '감'이 잡히질 않아 제대로 싸울 수가 없었다.

제대로 된 실력의 반의반도 발휘하지 못한 채, 체력만 바닥나 버렸으니. 울분이 터져도 할 말이 없었다. 칸도 마찬가지였다.

연우는 그래도 비교적 체력 안배를 해 둬서 괜찮은 편이었다. 하지만 그렇다고 해도 피로감이 드는 건 어쩔 수 없었다.

머릿속도 여러 생각으로 복잡했다. 킨드레드와 미후왕. 궁전. 72선술. 칸의 노림수. 두 번째 시험. 정리해야 할 게 너무 많았다.

주어진 시간은 달랑 5분밖에 되지 않았지만. 그동안 다른 파훼법을 찾거나 할 겨를 없이, 지금은 한숨 돌리는 것밖에는 할 수 있는 게 없었다.

『흐흐흐. 역시 대단한 친구들이로구만.』

그때 들리는 목소리에 연우를 비롯한 사람들의 의념이 그쪽으로 쏠렸다.

돌 조각들이 어지럽게 널브러진 자리 한가운데. 검은 안개가 불쑥 올라오면서 솔 루나의 머리통으로 변했다. 녀석은 뭐가 그렇게 재미난지 낄낄 웃어 댔다.

일행의 표정이 딱딱하게 굳었다. 레베카가 인상을 와락 일그러뜨렸다.

『뭐야, 너? 살아 있었어?』

『언데드가 왜 언데드인지 아나? 잘 죽지 않기 때문에 언데드인 거야. 그럼 다들 수고하라고.』

솔 루나는 혹시 잡힐까 싶어 재빨리 안개로 흩어졌다.

레베카는 울분을 터뜨렸다. 조금만 더 기력이 남아 있었다면 저 빌어먹을 놈을 찢어 버릴 수 있었을 텐데.

『그래도 녀석 역시 피해가 아주 클 테니 몸을 복구하려면 꽤 많은 시간이 걸릴 거야. 더 이상 아무 수작도 못 부릴 테니까 신경 끄자.』

다행히 빅토리아가 옆에서 달래 주어 조금 마음을 차분하게 가라앉힐 수 있었다. 레베카는 던전을 나가는 즉시 솔 루나를 쫓겠다고 다짐했다.

하지만 그들과 다르게 솔 루나에 대해서는 연우가 이미 따로 손을 쓰고 있었다.

'샤논.'

「흐흐. 그래. 맡겨 두라고. 나도 저런 얍삽한 놈은 취향이 아니거든. 어떻게든 괴롭히고 싶어진단 말이지.」

샤논이 검은 팔찌에서 분리되어 그림자 속으로 녹아들었다. 원숭이 상을 모두 부쉈다지만 아직 위기가 전부 끝난 건 아니었다. 연우는 마지막 변수까지 어떻게든 통제할 생각이었다.

그리고 생각했다.

이렇게까지 일이 진행되었는데도 어째서 마군은 아직도 모습을 드러내지 않는 걸까. 노리는 바가 아직 덜 끝난 것일까.

그것도 아니면.

'우리가 아예 내부 정리를 빨리 끝내기를 밖에서 기다리는 걸까?'

연우는 후자가 아닐까 하고 짐작했다. 여태껏 초감각의 범위를 계속 넓혀 던전 전체를 훑었는데도 불구하고, 아직까지 마군의 흔적을 찾지 못했다.

그들 외에 던전에 들어온 사람은 아무도 없었다. 그 뜻은 하나. 마군은 던전에 개입할 생각이 없다는 뜻이었다.

오히려 던전 공략이 꽤 많은 피해를 각오해야 하니, 사두들을 투입시켜 여의봉의 단서와 72선술을 가져오게 하고 밖에서 대기하고 있다가 훔치는 게 훨씬 낫다고 판단했는지도 모른다.

'그렇다면 던전에 있을 때나, 밖으로 나갔을 때나 위험한 건 마찬가지란 건데.'

연우는 던전의 함정이 여기서 끝날 거라고 생각지 않았다. 단순히 이 정도였다면 마군이 섣불리 경계하려고 하지는 않았을 테니까.

'더 있어. 뭔가가. 더.'

연우가 깊은 고민에 잠기는 사이.

체력을 어느 정도 회복한 빅토리아와 칸이 천천히 자리에서 일어났다. 빅토리아는 킨드레드의 사체가 있는 쪽으로. 칸은 석비 쪽으로.

연우의 시선도 저절로 그쪽으로 따라갔다. 하지만 연우는 시체가 가짜란 걸 알고 있었다.

'일단 마군에 대한 생각은 접어 둬야겠어. 두 번째 시험에 집중하는 것만으로도 벅차. 두 번째 시험이라. 두 번째 시험. 대체 뭘까?'

빅토리아는 어느새 킨드레드의 사체를 살펴보고 있었다. 머리가 반쯤 부서졌지만 알아보는 건 어렵지 않았다.

그리고 사체를 살핀 순간, 그녀의 표정이 딱딱해졌다. 사체가 제법 그럴싸하게 만들어진 인형이란 사실을 깨달은 것이다. 그녀의 머릿속에 위험 신호가 켜졌다.

그동안 칸은 석비에 다가서는 중이었다. 퀭하게 가라앉은 얼굴로 석비를 쓰다듬었다. 검은색 바탕에 음각으로 박힌 글자는 푸른색으로 반짝이고 있었다. 72선술. 글자 하나하나를 머릿속에 각인시키고자 노력했다.

그런 칸의 의념을 엿보면서. 연우의 생각은 계속 이어졌다.

'퀘스트의 최종 내용은 왕의 허물을 탈취하라고 했어. 허물? 허물이 대체 뭘까? 그걸 어떻게 가져야 후계 자격을 평가받을 수 있단 거지?'

허물.

그 한 단어가 계속 연우의 머릿속을 지배했다. 두 눈은 빅토리아와 칸에게 계속 고정되어 있으면서도, 시차 괴리는 쉴 새 없이 돌아가며 퀘스트가 던져 준 단서를 풀고자 노력했다.

'허물이란 게 은유적인 표현이라면…… 미후왕이 신이 되기 전에 가졌던 것들.'

눈이 살짝 커졌다.

'72선술! 그래. 새로운 요체를 만든 미후왕에게 72선술은 허물밖에 되지 않았을 거야.'

연우의 머릿속에서 여러 퍼즐이 하나로 합쳐졌다. 그리고 마군이 최종적으로 뭘 원하는 것인지도.

칸이 매만지는 석비의 푸른빛이 더더욱 크게 빛나는 것 같았다.

'최종적으로 자격을 증명해야 한다는 건, 72선술을 익혀야 한다는 거였어! 그리고 마군은 그런 자격자를 회유하거나 납치해서 세뇌하려고 했던 거고!'

거기까지 생각이 미치자, 연우는 다시 빅토리아와 칸에게 시선을 돌렸다.

자격을 증명하려면 뭘 어떻게 해야 될까.

첫 번째 시험이 기본적인 실력을 테스트하는 것이었다면, 두 번째 시험은 휴식 시간 동안 석비의 내용을 빠르게 파악하고 그것을 이용하라는 것일 게 분명했다.

그리고 시험을 관리하는 대상은 바로 앞에 있었다. 호위 무사 상. 거대 석상들이 관리 감독관이라면.

그리고 한 가지 생각이 더 들었다. 가짜 사체가 하필이면 저 위치에 놓인 이유는 뭘까. 음험한 생각만 해 대는 마군이 설치한 트랩이라면 뭔가 이유가 있을 텐데.

결론은 금세 나왔다.

'핀 포인트!'

[0:00:00_02]

[0:00:00_01]

[0:00:00_00]

[모든 준비 시간이 종료되었습니다. 두 번째 시험을 시작합니다.]

그그긍—

그 순간, 여태껏 벽면에 붙어서 꼼짝도 않던 거대 석상이 눈동자를 아래로 굴렸다.

녀석의 시야에 한 사람이 잡혔다. 이상한 사체를 붙잡으며 혼란스러워하는 인간 여자. 빅토리아.

거대 석상은 양손에 쥐고 있던 창을 빅토리아가 있는 곳으로 거세게 찔렀다.

『빅토리아!』

이상 현상을 눈치챈 연우와 레베카, 칸이 모두 황급히 빅토리아 쪽으로 몸을 날렸다.

'늦었어!'

연우는 전력을 다해 몸을 던졌지만, 본능적으로 한발 늦었다는 사실을 깨달았다. 킨드레드의 사체가 있는 곳에서부터 자신이 있는 곳까지는 상당한 거리가 있었다.

순보를 밟았지만, 거대 석상이 창을 내려치는 속도는 그보다 훨씬 빨랐다.

콰앙!

엄청난 충격파와 함께 먼지구름이 후폭풍을 타고 전해졌다. 연우는 손에 들고 있던 크라슈나의 단검을 옆으로 크게 젓혀 바람을 일으켰다.

헝클어진 의념들 사이로. 무언가가 피투성이가 된 채로 크게 튕겨 나는 게 보였다. 빅토리아가 아니었다. 레베카였다.

비교적 가까이 있던 레베카가 빅토리아를 안아 밖으로 밀어내고, 자신이 대신 창날과 부딪친 것이다.

하지만 창날은 제대로 막아 내지 못한 것 같았다. 두 개의 각검 중 하나가 부러져 위로 튀었고, 창날은 거침없이 레베카의 몸을 꿰뚫었으니까.

워낙에 갑작스럽게 일어나서 스킬을 제대로 발동시킬 시간이 부족했던 데다가, 첫 번째 시험 때 너무 많은 힘을 빼놓은 상태라 쉽사리 튕겨 낼 수가 없었다.

그리고 무엇보다. 스테이지가 주는 감각 통제가 주는 여파도 너무나 컸다. 경지가 높을수록 더 많은 압박감을 받게 된다는 층계, 20층. 스테이지의 제어 때문에 레베카는 자신의 힘을 별달리 써 보지도 못했다.

『레베카!』

빅토리아가 자신을 대신해서 희생된 레베카를 보고 소리를 질렀다. 그사이 칸이 이를 악물고 그녀를 구출해 빠르게 거대 석상의 사정권에서 벗어나고 있었다.

뒤늦게 도착한 연우는 칸을 지나치면서 마력을 한껏 돌렸다. 크라슈나의 단검을 수납하고, 대신에 마장대검을 뽑아 앞으로 휘둘렀다. 오러 블레이드가 길게 뽑혀 나오면서 거대 석상의 창날과 부딪쳤다.

쾅!

『흡!』

연우는 자기도 모르게 숨을 크게 들이켜고 말았다.

전신을 뒤흔드는 엄청난 충격파. 순간 정신이 아찔해지

고, 양팔이 떨어져 나갈 것 같은 고통이 따랐다. 몸도 뒤로 한참이나 주르륵 떠밀리고 말았다.

'강해!'

애당초 거대 석상이 원숭이 상들과 비교도 할 수 없을 정도로 강하다는 사실은 알고 있었지만, 그래도 막상 정면에서 부딪치니 위기감이 달랐다.

거대 석상이 다시 팔을 크게 휘저으면서 창을 아래로 내려치는 게 느껴졌다.

빠르다. 그리고 무겁다. 이번에 정면에서 부딪치면 죽는다. 방금 전에 공격을 막은 건 운이 좋았을 뿐이란 생각이 들었다.

[시차 괴리]

사고 가속이 빨라졌다. 한없이 느려진 세상 속에서. 연우는 빠르게 주변 상황을 파악했다.

빅토리아는 칸이 무사히 구출했다. 레베카에게서는 얕은 숨소리만 들릴 뿐, 그마저도 곧 끊어질 것 같았다. 위험했다.

게다가 자신이 상대하고 있는 거대 석상 외에, 다른 11개의 석상들도 조금씩 움직일 기미를 보이고 있었다.

12개의 석상이 모두 움직인다면. 여기에 있는 사람들은 아무도 살아남을 수 없었다.

그렇다면 대체 어떻게 해야 할까?

'생각해야 해. 어떻게든.'

두 번째 시험을 통과할 방법은 72선술을 익히는 것. 하지만 주어진 5분 동안 배울 수 있을 정도로 선술이 싸구려인 건 아니었다.

그런데도 이렇게 짧은 시간을 준 건 그만한 이유가 있을 것이다.

아니면 따로 시간을 끌 방법이 있던가.

그러다 연우는 한 가지 생각에 미쳤다. 미후왕의 후계가 되려면 자격을 증명하는 것보다 우선시 되어야 하는 것이 있다. 존경. 혹은 왕에 대한 두려움.

때마침 사고 가속이 끝났다. 무지막지한 창날이 연우의 머리로 날아들기 직전.

『전부 엎드려!』

연우는 크게 어기전성을 터뜨렸다. 그리고 바짝 바닥에 엎드렸다.

이건 도박이나 마찬가지였다. 성공한다면 어떻게든 시간을 벌 수 있을 테지만, 그게 아니라면 그냥 죽는다. 하지만 도박을 던지지 않아도 죽는 건 똑같았으니 이것밖엔 방법이 없었다.

그리고 연우의 신호에 따라 칸과 빅토리아도 엉겁결에 머리를 바닥에다 붙이는 게 느껴졌다.

아주 짧은 순간. 연우는 등골을 타고 흐르는 거친 긴장감을 맛봐야만 했다.

그리고 신변에 아무 이상도 없을 때 확신했다. 도박이 성공했다는 것을.

연우를 공격하던 거대 석상도, 이제 자리를 벗어나려던 거대 석상들도 행동을 멈췄다. 마치 시간이 정지한 것처럼.

『됐…… 나?』

칸이 상황을 파악하기 위해서 살짝 고개를 들었다. 그러자 다시 거대 석상이 움직일 기미를 보였고, 그는 다시 머리를 숙여야만 했다.

이것으로 확실해졌다.

『왕이 계신 곳이니 예를 갖춰라, 뭐 그런 건가? 미친.』

칸은 이를 바득바득 갈았다. 그리고 어떻게든 숨을 돌릴 수 있다는 사실에 안도감을 느꼈다.

『레베카…… 흑흑!』

그리고 빅토리아는 자신을 대신해 희생한 레베카의 이름을 몇 번씩이나 불렀다. 레베카의 숨이 얕아지고 있었다.

어떻게든 치료 마법을 걸고 싶었지만, 마력이 바닥나서

도무지 운용되질 않았다. 그러다 레베카의 숨이 완전히 끊어졌다. 빅토리아가 울부짖었다.

연우와 칸은 착잡함을 느꼈다. 칸은 아랫입술을 질끈 깨물었다. 레베카와 별다른 교류가 없었던 연우도 마음 한쪽이 시큰했다.

일행은 다시 몸을 무겁게 짓누르는 압박감에 이를 악물었다. 무거운 침묵이 내려앉았다.

* * *

『카인. 뭔가 알아낸 거 있어?』

침묵을 깨고 입을 가장 먼저 연 건, 칸이었다.

『조금은.』

『공유해 줄 수 있을까?』

연우는 잠시 대답하지 않았다. 사실 칸에게 묻고 싶은 게 많았다. 그는 72선술에 대해 뭔가를 알고 있는 듯한 눈치였다. 도일과도 어떤 연관이 있는 것 같았고.

그래서 캐묻고 싶었지만, 녀석의 태도를 보니 절대 그럴 것 같지 않았다. 저대로 죽으라고 해도 죽을 것처럼 보였다.

그래서 더 이상 캐묻지 않았다. 따지는 건 이 일이 끝난 뒤에 따져도 될 테니까. 지금은 생존이 우선이었다.

아니다.

생각이 조금 달라졌다.

'차라리 이렇게 된 것. 미후왕의 유산, 내가 가져야겠어.'

자격 시험이 이번이 끝이란 법은 없다. 세 번째와 네 번째가 있을 수도 있는데, 그때마다 살아남기 위해서 전전긍긍해야 할 거란 사실이 도무지 마음에 들지 않았다.

게다가 킨드레드와 마군이 뭘 원하는지도 알았다. 그렇다면 녀석들에게 보란 듯이 미후왕의 유산을 도중에 가로채야만 성이 풀릴 것 같았다.

무엇보다.

'유산이 72선술만 있지는 않을 테니까.'

미후왕은 천계와 하계를 쉴 새 없이 오고 가면서 수많은 보물을 모았다고 알려져 있다. 어쩌면 그런 보물들까지 손에 넣을 수 있을지도 모르는 일이었다.

특히 여의봉은 연우에게 아주 탐이 나는 물건이었다. 단순히 사용하겠다는 게 아니었다. 신진철로 만든 그 신물이 있다면, 검은 팔찌에 대해서 더 상세하게 파악할 수 있을 것 같았다.

그래서 연우는 침묵이 내려앉는 동안 어떻게 해야 퀘스트를 독식할 수 있을지에 대해서 고민했다.

그리고 내린 결론은 하나. 방해꾼이 있어서는 안 된다는 것.

퀘스트는 자신이 가진 기량을 전부 풀어내도 가능할까 싶을 정도로 위험했다.

그렇다면 목격자를 두고 싶지 않았다.

냉정하게 이야기해서, 체력이 다한 칸과 룬이 소진된 빅토리아가 도움이 될 거란 생각은 하지 않았다.

일단은 저들부터 탈출시켜야 할 것 같았다. 다행히 초감각과 용마안으로 계속 홀을 샅샅이 훑어본 끝에, 철문 옆에 아주 작게 난 쪽문을 찾을 수가 있었다.

그들이 통과한 정문은 원래 왕만이 다닐 수 있는 길. 그 옆에 신하들이 다니는 문은 따로 나 있었다.

연우는 생각을 정리하면서 천천히 어기전성을 열었다.

『아무래도 이 던전은 미후왕의 후계자를 가리는 게 목적인 것 같다.』

『후계?』

칸의 반문에, 연우는 자신이 파악한 것들을 대략적으로 풀었다. 왕의 후계. 허물이 뜻하는 것. 그리고 자격을 증명해야 한다는 내용이 어떤 것인지까지.

『확실히…… 일리 있는 말이야.』

칸은 내용을 듣고 무겁게 고개를 끄덕였다. 연우의 추측이 정답일 거란 생각이 들었다.

어느 정도 안정을 되찾은 빅토리아도 동감한다는 듯이 고개를 끄덕였다.

사실 두 사람도 고민을 한다면 얼마든지 추측할 수 있는 내용이었지만, 자꾸 급격하게 변하는 위기 상황들이 냉정을 되찾지 못하게 만들었다.

그런데도 연우는 침착하게 퀘스트 내용을 확실하게 파악했다. 그런 정신력이 대단하게 느껴졌다.

『그리고 내 의견부터 말하자면, 우리로선 자격 증명이 힘들어.』

계속 이어지는 말.

이번에도 칸과 빅토리아는 고개를 끄덕였다. 사실 그들이 보기에도 이 상황에서 72선술을 익힌다는 건 말이 되질 않는 일이었으니까.

바닥에 바짝 엎드린 상태라 해도, 의념을 사용해 석비의 내용을 외울 수는 있었다. 그리고 실제로 칸과 빅토리아는 뛰어난 암기력으로 석비의 내용을 전부 외워 둔 상태였다.

하지만 그걸로 끝.

선술이라는 분야는 그들에게 너무 생소하다. 그런 것을 익히고, 실전에 써먹기 위해서는 그만한 연구와 시간을 필요로 한다.

『애당초 이곳은 다른 사람들을 위한 곳이었을 거야.』

『다른 사람들?』

『난 미후왕과 관련된 장소가 이곳만 있다고 생각지 않아. 아마 다른 곳들도 있겠지.』

『아.』

빅토리아는 연우의 말뜻을 알아채고 가볍게 탄성을 터뜨렸다. 그제야 그녀의 머릿속에서도 앞뒤로 아귀가 맞춰졌다. 칸은 침묵을 지켰다.

보통 중요한 퀘스트는 연계로 이뤄지는 경우가 많다.

즉, 원래 미후왕과 관련된 퀘스트가 다른 곳에서 시작되었고, 그것을 계속 진행하다가 마지막에 다다를 곳이 바로 이 던전이라는 셈이었다.

쉽게 말해, 그들은 원래대로라면 순차적으로 진행해서 선술에 대한 기본적인 개념을 습득하고 이미 익혀 두기까지 했을 과정들을 전부 생략하고, 그냥 곧바로 마지막 장소에 투입되었단 뜻이었다.

만약 그런 것이라면 확실해진 사실이 하나 있었다. 빅토리아는 아랫입술을 질끈 깨물었다.

『그럼…… 킨드레드는?』

『처음부터 함정이었던 겁니다. 자신이 도저히 해결할 수 있는 기미가 보이지 않으니 우리들로 실험을 해 보고 싶었겠죠. 다른 방법이 있는지.』

『제길. 빌어먹을 영감탱이!』

빅토리아는 악다구니를 질렀다. 킨드레드의 가짜 시체를 봤을 때부터 느끼긴 했지만, 이렇게 이용만 당했단 사실을 알게 되니 울화가 터졌다. 결국 레베카도 이 때문에 죽고 만 셈이니까.

그러면서 한편으로 그런 생각도 들었다.

분명히 자신이 킨드레드에게 새긴 마법은 절대 다른 방법으로 속일 수가 없는 것인데. 대체 무슨 수를 쓴 걸까?

하지만 의문은 잠시.

당장 빠져나가기 요원할 것 같은 이런 상황 속에서. 할 수 있는 게 아무것도 없을까?

『우선 여기부터 빠져나갑시다. 킨드레드를 잡아 죽이든 살리든, 어떻게든 살아야 하니까.』

『뭐?』

『방법이 있어?』

칸과 빅토리아가 놀란 목소리가 되었다.

『정문 옆에, 쪽문이 하나 있습니다. 거기로 나가면 될 듯 합니다.』

칸과 빅토리아는 재빨리 연우가 가리키는 방향대로 의념을 쏘아 보냈고, 곧 쪽문을 찾을 수 있었다.

하지만 칸의 굳은 인상은 도무지 펴지질 않았다.

『하지만 석상만 12개야. 녀석들을 전부 피해서 가기는 어렵다고.』

『괜찮아. 미끼가 있으니까.』

『무슨……!』

『시간은 어떻게든 내가 번다. 너와 빅토리아는 신호가 떨어지면 쪽문이 있는 곳으로 뛰기만 해.』

칸은 입을 꾹 다물었다. 연우가 도대체 무슨 생각을 하는지 알 수가 없었다. 하지만 튜토리얼 때에도 이런 경우에 연우는 언제나 생각지도 못한 방향으로 해결책을 보였다.

그리고 그건 이번에도 마찬가지일 것이다. 그래서 칸은 갈등했다. 진작 도일에 관한 것을 연우에게 털어놓고 도움을 구할 걸 그랬나. 지금이라도 늦지 않은 건 아닐까.

하지만 그런 칸의 생각이 깊어지기 전에, 이미 연우는 신호를 던지고 있었다.

『셋 하면 뛰어. 하나, 둘…….』

칸은 생각을 돌렸다. 일단은 이곳에서 빠져나간 뒤에 생각해야 할 것 같았다. 원하던 대로 우선 석비의 내용은 모두 암기했다. 연우에게 도움을 요청하는 건, 던전 밖에서 해도 늦지 않았다.

『셋!』

칸과 빅토리아는 쪽문이 있는 쪽으로 뛰기 시작했다. 둘 모두 없는 마력을 쥐어짜면서 최대한 빠른 속도로 이동했다. 빅토리아는 블링크를 전개했다.

12개나 되는 거대 석상들의 눈동자가 저절로 그쪽으로 움직였다.

바로 그때, 연우가 움직였다.

'샤논.'

「으흐흐. 기다리고 있었다고.」

연우는 자신의 그림자 속으로 손을 불쑥 밀어 넣었다. 손끝에 뭔가가 걸렸다. 그는 내용물을 확인도 하지 않고 허공으로 높게 던졌다.

『으아아! 놔라! 이것들! 놓으래도!』

솔 루나가 허공으로 높이 튀어 올랐다. 이미 샤논에게 단단히 붙잡혀 있던 녀석은 희끄무레한 사람의 형태로 돌아와 있었다.

당연히 석상들의 시선은 소란스러운 솔 루나 쪽으로 쏠렸다. 녀석이 뒤늦게 실수를 깨닫고 황급히 양손으로 입을 가렸지만, 이미 여러 개의 창은 녀석을 난도질하고 있었다.

끼아악!

이번에는 처음처럼 운 좋은 생존을 바랄 수 없었다. 거대 석상의 창날은 원숭이 상들의 것보다 더 집요하고 날카로웠다. 구멍이 숭숭 뚫리면서 형체가 금세 허물어졌다.

『살고 싶……!』

그리고 마지막 숨을 내뱉기 직전. 그림자 속에서 샤논이 나타나 숨통을 끊어 버리고, 영혼을 갈취해 다시 그림자 속으로 숨어 사라졌다.

더불어 연우도 움직이기 시작했다.

'마법 무장.'

뼛속에 단단히 새겼던 룬 문자들이 일제히 발동했다. 강화된 마력이 체내를 누비면서 마력회로와 360개의 코어를 일제히 회전시켰다. 기존에 각인시켰던 4개의 마법 외에 추가로 새긴 2개의 마법까지, 총 6개의 마법이 발동되면서 체내에 힘을 실었다.

그리고 동시에 마장대검을 앞으로 힘차게 찔렀다. 마침 솔 루나에게서 연우 쪽으로 타깃을 바꾼 창날이 방향을 꺾으면서 날아들었다.

마장대검과 창날이 거세게 충돌했다.

콰아앙!

이번에는 몸이 튕겨 나지 않았다. 밀려난 것도 고작 몇 미터. 거대 석상의 창날은 마장대검에 단단히 가로막혀 바들바들 떨렸다.

'됐다.'

연우는 여태껏 이론적으로만 머릿속에 구상했던 마법 무장이 실제로 효과가 크다는 것을 깨닫고 눈을 빛냈다.

원래대로라면 팔이 부러졌을 충격을 어떻게 막아 내기까지 했으니까. 다만, 그렇다고 해도 몸이 찌르르 울리는 건 어쩔 수가 없었다.

하지만 통한다면 됐다.

연우는 그 생각과 함께 양팔에 힘을 주면서 거대 석상의 창날을 조금씩 뒤로 밀어내기 시작했다.

마장대검과 창. 두 개 모두 서로 밀려나지 않으려 바들바들 떨렸다. 스트랭스 마법이 중첩된 연우의 완력은 절대 만만치 않았다.

잠시 대치하던 연우는 블링크를 발동, 자리에서 갑자기 사라졌다. 쾅! 거대 석상의 창날이 연우가 있던 자리로 허무하게 틀어박히고, 대신에 연우는 거대 석상의 뒤편에서 불쑥 나타났다.

블링크는 단거리의 공간을 접어 빠른 이동을 가능케 한다. 그만큼 많은 마력을 소모하지만, 4대 신수의 내단을 수용한 연우에게 마력 걱정은 크게 없었다.

화아악!

허공 위에서, 연우는 불의 날개를 한껏 펼쳤다. 그리고 몸을 크게 돌리면서 성화를 잔뜩 응축시킨 마장대검으로 녀석의 목덜미를 내려쳤다.

콰광—

거대 석상의 뒷덜미에서 거친 폭발이 일어났다. 목 부위가 움푹 파이면서 크게 휘청거렸지만, 녀석은 가까스로 자세를 바로잡으면서 다시 반격을 시도했다.

쐐애액—

그사이. 칸과 빅토리아가 무사히 쪽문을 열고 공동을 완전히 벗어난 게 느껴졌다.

'됐다.'

연우는 이제 더 이상 힘을 숨길 필요가 없다는 생각에, 다시 한번 더 블링크를 발동하면서 공격 범위에서 한껏 떨어졌다.

연우가 다시 나타난 장소는 쪽문 바로 앞. 칸과 빅토리아가 어서 넘어오라며 손짓을 했지만.

『먼저 나가 있어.』

연우는 그 말만 하고 쪽문을 닫았다. 철컥. 잠금장치가 있었던지 문이 잠기는 소리가 났다. 아주 고맙게도.

쾅쾅쾅. 문 너머에서 칸과 빅토리아가 왜 그러냐며 따지는 소리가 났지만, 연우는 무시하고 고개를 석상들이 있는 곳으로 돌렸다.

12개의 석상들이 요란한 소리를 내면서 달려오고 있었

다. 지축이 요란하게 울렸다.

그들을 보면서.

연우가 입을 열었다.

'영역 선포.'

체내를 따라 용의 피가 맹렬하게 회전했다.

용의 인자가 깨어났다.

*　　*　　*

『카인! 카인!』

칸과 빅토리아는 문을 거칠게 두들겼다. 하지만 쪽문은 굳게 닫힌 채 도저히 열리지 않았다. 정문 쪽도 마찬가지. 거기도 완전히 닫혀서 꿈쩍도 않았다.

스킬과 마법을 써서 문을 부수려고까지 했지만, 역시나 자잘한 자국조차 남지 않았다.

그저 메시지만 둥둥 떠다닐 뿐이었다.

[지정 장소를 이탈했습니다.]

[퀘스트 자격이 박탈되어 입장하실 수 없습니다.]

『제기랄!』

쾅!

칸은 주먹으로 쪽문을 세게 후려쳤다. 그렇게 해도 아무런 해결도 되지 않는다는 것을 잘 알지만, 이렇게라도 하지 않으면 울화통이 터질 것 같았다.

매번 이런 식이었다.

어머니 때에도. 도일 때에도. 그리고 지금까지도.

이제 더 이상 짐이 되지 말자는 생각에서 부단히 수련했다. 그리고 녀석들이 요구하던 대로 72선술까지 손에 넣었다. 그런데. 대체 어디서부터 잘못된 걸까. 왜 자신은 언제나 이런 비참한 길만 걸어야 하는 걸까.

온갖 생각들이 머릿속에 스쳐 지나갔다. 극단적인 생각까지도 떠올랐다. 차라리 여기서 죽는다면 더 이상 이런 일들을 겪지 않아도 될 텐데.

하지만 칸은 거칠게 고개를 털었다. 그딴 감정적인 생각에 치우쳐서는 될 것도 되지 않는다. 자신은 어떻게든 일어서야만 했다.

그리고 우선은 연우를 믿어야겠다고 생각했다. 녀석은 언제나 결국은 해결해 내던 놈이니까.

그렇다면 남은 건 하나. 자신들의 안위였다.

『누님.』

칸은 생각을 정리하면서 빅토리아를 돌아봤다.

그녀는 이미 진이 빠진 얼굴이었다. 레베카에 이어서 킨드레드, 그리고 연우까지. 오늘 하루 있었던 상황들은 모두 그녀를 잔뜩 괴롭혔다.

칸은 그녀에 대해서 잘 알고 있었다. 평소에는 요염한 척, 이지적인 척 굴지만, 실상 속은 아주 여린 사람이었다. 자신이 매번 나이가 많다고 놀려 대도, 짜증만 낼 뿐 진심으로 화를 낸 적은 없는 사람이었다.

『밖에 킨드레드가 있을 거야.』

멍하게 있던 빅토리아의 눈에 처음으로 이지가 어렸다. 똑똑한 그녀답게 칸이 무슨 말을 하려는지 깨달았다.

함정. 그렇다면 당연히 던전 밖에는 킨드레드가 그들을 기다리고 있을 것이다. 어쩌면 혼자가 아닐지도 몰랐다. 그건 위험했다.

물론, 그녀의 뒤에도 '마탑'이라는 마법사들의 거대 클랜이 있기는 했다. 하지만 여기서는 큰 도움이 되지 못할 게 분명했다.

지금은 한시가 급했으니까.

『그럼……?』

순간, 칸의 눈빛이 달라졌다.

『내게 좋은 생각이 있는데. 이야기 좀 들어 볼래?』

*　*　*

[용의 영역, '비나'가 선포되었습니다. 일정 영역에 걸쳐 권능을 행사할 수 있게 되었습니다.]

[1단계 권능이 발현됩니다.]

[권능: 드래고닉 블러드.]

[일정 시간에 걸쳐 모든 능력치가 특정 수치만큼 증가합니다.]

[일정 시간에 걸쳐 물리 방어력이 특정 수치만큼 상승합니다.]

[일정 시간에 걸쳐 속성 방어력이 특정 수치만큼 상승합니다.]

……

[용의 기운을 각성했습니다.]

발밑에 깔린 푸른색 마법진이 사방으로 퍼져 나갔다. 그리고 일정 영역에 걸쳐 연우만의 권역(權域)이 설치되었다.

그리고 여태껏 연우를 속박하고 있던 다섯 번째 산의 제어도 물로 씻은 듯이 사라졌다.

아무리 스테이지의 속박이 강하다지만, 지금 연우가 임시로 설치한 구역은 위대한 용종이 머무는 거처.

이곳에 있을 때만큼은 최대의 기량을 뽑아낼 수 있었다.

그렇게 속박이 사라지면서 오감이 생생하게 돌아오자, 공감각이 생성되면서 넓게 퍼진 초감각도 그만큼 더 세밀해졌다.

그건 여태껏 연우가 맛보지 못했던 신세계였다.

환희. 절정. 그렇게 표현해도 좋았다. 연우는 지난 반년 동안의 수련이 절대 헛되지 않았다는 사실을 확신할 수 있었다. 이전과는 비교도 할 수 없을 정도로 월등하게 강해졌다. 그동안 20층에서 마력까지 제어하며 수행을 쌓은 보람이 있었다.

권역에 걸쳐 느끼지 못하는 게 없었다. 각 물체의 파장과 마나의 흐름이 전부 보였고, 그것에 접촉해서 일부나마 간섭할 수도 있었다. 의념이 그런 통로가 되었다.

그렇게 차오르는 절정을 맛보면서. 깨어난 용의 인자를 따라 가슴팍에서부터 목덜미까지 푸른색 비늘이 돋았다.

촤르륵. 촤륵.

비늘이 서로 기분 좋게 부딪쳤다. 연우의 두 눈에는 용을 닮은 세로 동공이 열리면서 기괴한 느낌을 자아냈다.

그리고.

파아아—

성화로 이뤄진 세 쌍의 불의 날개가 공동의 천장까지 닿을 정도로 높게 치솟았다.

마치 달라진 힘을 뽐내기라도 하듯이. 연우도 속박에서 벗어나 더 강해진 힘을 숨기지 않고 한껏 드러냈다.

그리고 인트레니안에서 비그리드를 뽑았다. 비그리드는 이전과 확연하게 달라져 있었다. 검신은 일반 장검처럼 길어졌고, 검면에 적힌 룬의 문자들은 전부 모양을 갖춰 밝은 빛을 발했다.

언제나 붉은 저주로 가득 찼던 비그리드는 지난 시간 동안 우르드의 신력을 머금으면서 새하얀 성검으로 돌아와 있었다.

[비그리드]

분류: 한손 장검

등급: ???

설명: 지금은 잊힌 머나먼 은의 시대, 위대했던 영웅이라면 누구나 탐내던 성검이 있었다. 하지만 성검은 여러 영웅들의 손을 전전한 나머지 피를 너무 많이 머금게 되었고, 끝내 주인을 해친다는 악명과 함께 마검으로 변질되고 말았다.

하지만 이후 어느 이름 모를 주인이 가져온 신력으로 대부분의 저주를 씻어 내면서 점차 과거의 모습을 되찾아 가고 있는 중이다.

그러나 아직까지 저주의 근원은 원인 모를 이유로 완전히 사라지지 않았다. 그 근원까지 정화시킬 수 있다면 숨겨진 비그리드의 진짜 정체도 드러나며 뭇 영웅들의 감탄과 탐욕을 부를 것이다.

* 검의 정화

비그리드를 쥔 영웅들은 언제나 거친 투쟁의 삶을 살았다. 그리고 그 속에는 그들의 피와 땀과 눈물이 있었다. 영웅들의 짙은 사념은 언제나 전장 속에서 가장 큰 빛을 발한다.

마주한 적이 많으면 많을수록 그들의 살의를 일부 흡수하여 시전자의 능력을 강화시킨다. 반대로 적이 강하면 강할수록 투기(鬪氣)가 비례해서 증폭한다. 치명적인 공격을 입힐 확률도 같이 증가한다.

* 축복 전파

적에게 마지막 타격을 입힐 시, 가까운 주변에 있던 모든 적에게 동시에 저주를 내린다.

저주를 받은 대상자들은 '감염' 상태가 되어 방어력과 이동 속도가 대폭 하락한다.

* 투쟁의 삶

시전자의 투지와 증오가 일정 수치를 넘었을 시, 상당한 양의 마력을 대가로 성검에 잠들어 있던 영웅들의 사념을 일부 끌어올 수 있다. 이때, 공격 속도는 최대 30%, 공격력은 1,500%까지 증가하며, 극대화 피해도 35~40%만큼 증폭한다. 대신에 방어력과 속성력이 최대 50%만큼 저하된다.

* ???

비활성화 상태입니다. (봉인)

**이 아티팩트는 '유니크'입니다. 탑에서도 오로지 단 한 개밖에 존재하지 않으며, 주인에게 완전히 귀속됩니다. 타인으로의 거래나 양도가 불가능합니다.

**현재 90%까지 저주를 해제하였습니다. 남은 기능을 해제하기 위해서는 새로운 자격이나 조건을 갖춰야 합니다.

비그리드는 이미 처음 연우의 손에 들어왔을 때와는 비교도 할 수 없을 정도로 달라져 있었다. 조금씩 제 기능을 되찾으면서 숨겨져 있던 옵션들을 드러낸 것이다. 하나하나가 전부 연우에게는 필요한 것들이었다.

〈검의 정화〉

옵션의 특징에 따라, 연우는 눈앞에 있는 12개의 거대 석상들을 적수로 지정했다.

녀석들의 숫자만큼 살의를 갈취하여 연우가 품고 있는 힘이 저절로 증폭되었다. 그리고 녀석들이 품고 있는 힘이 대단한 만큼 투기도 더더욱 살벌해졌으니.

용마안이 시뻘겋게 달아오르면서 석상들에게 숨겨진 결을 더 많이 찾아냈다.

쉬, 쉬, 쉬!

그리고 아이기스도 허공으로 높이 떠올랐다. 개수는 총 7개. 용의 지식을 각성하면서 그만큼 다룰 수 있는 방패의 개수도 대폭 늘어났다.

게다가 아이기스가 주는 효과는 거기서 그치는 게 아니었으니.

〈여신의 창칼〉

화아아—

아이기스의 주인, 아테나는 전쟁의 여신이다. 그녀가 내리는 축복을 따라 푸른색 비늘은 이제 짙은 남색으로 변했다. 그만큼 연우의 전투력이 최대로 상승했단 뜻이었다.

그리고 이에 질세라, 그런 연우를 호위하듯이 주변으로 그림자들이 높이 일어나 기괴한 모습을 갖췄다. 샤논과 한령이 나타나 칼을 쥐었고, 부가 허공에 맺히며 구슬을 높이 들었다. 블랙홀이 열리면서 소환수들이 나타났다.

용의 투기와 죽음의 기운이 같이 뒤섞이며 둥둥 떠다녔다. 그것들이 홀을 가득 메웠다.

이것이 연우가 보일 수 있는 최대의 힘.

여태껏 전력을 숨기고 내보였던 것과는 차원이 다른 힘이었다.

그리고.

거대 석상도 그런 연우의 달라진 모습을 읽었는지, 잠시 걸음을 멈췄다. 그리고 천천히 눈동자를 굴리면서 연우를 탐색했다. 뭔가를 찾으려는 뜻, 끈질기게 따라붙었다.

그러다 천천히 사념이 열리면서 공동을 울렸다.

『자격을 증명하라. 왕의 후계 자격을……!』

마치 화가 단단히 난 맹수가 으르렁거리듯이, 거대 석상은 사념을 한껏 토해 내면서 커다란 궤적을 그렸다. 막대한 풍압이 해일처럼 연우가 있는 자리를 덮쳤다.

쐐애액—

그것이 신호탄이었다.

「이렇게 무식한 걸 상대해야 하는 거야? 크! 역시 우리 주인을 따라다니면 심심할 겨를이 없다니까.」

「그래도 잘되지 않았나. 마침 시험해 볼 것도 있고.」

「그건 그렇지만!」

괴이 군단이 사방으로 흩어졌다. 샤논과 한령도 좌우로 찢어지면서 각각 하나씩 석상들을 상대했다. 둘은 한껏 들뜬 모습이었다.

던전을 통과하면서 봤던 미후왕의 흔적들. 연우가 '제천류'라고 이름 붙인 것들. 거기서 보고 깨달은 것들을 시험해 보고 싶었는데, 마침 좋은 대상이 생긴 셈이었다.

물론, 미후왕이 말년에 깨달은 심득을 그들이 고스란히 풀어낼 수 있을 거란 생각은 추호도 하지 않았다. 하지만 한쪽 단면을 본 것만으로도 그들에게는 큰 도움이 되었다.

특히 샤논은 아예 어떤 실마리까지 얻은 듯한 분위기였다. 아마 그것을 오롯이 습득할 수 있다면 금세 명인 급에까지 다다를 수 있을지도 몰랐다.

그렇기 때문에 샤논과 한령은 연우가 깔아 둔 용의 영역

위에서 한껏 날뛰었다.

이곳에 있을 때만큼은 그래도 살아 있을 시절의 기량을 어느 정도 뽐낼 수 있었으니까.

허공에 맺힌 부는 검은 수정 구를 높이 들었다. 마찬가지로 그동안 연우가 전해 준 룬 마법을 통해 한껏 성장한 녀석은 괴이 군단에 막대한 힘을 실어 주면서, 이따금 불덩이와 우박을 떨어뜨려 그들을 엄호했다.

콰콰쾅!

공동은 금세 아수라장이 되었다.

갖가지 괴이와 언데드들이 날뛰고, 용의 기운이 휘몰아치는 곳. 왕의 영면 따위는 꿈도 꿀 수 없었다. 금방이라도 무너지는 게 아닐까 싶을 정도로 크게 요동쳤다.

『왕의 영면을 방해하지 마라……!』

그리고 녀석들은 이 사달을 일으킨 주범이 연우라는 사실을 알고, 세 개의 석상이 동시에 그를 향해 창을 찔러 넣었다.

연우는 다시 블링크를 시도해서 자리를 이탈했다. 그가 있던 자리로 창이 동시에 바닥을 찔렀다.

하지만 녀석들은 절대 연우를 놓치지 않겠다는 듯, 눈동자를 굴리면서 끝까지 따라붙었다. 휭, 휭, 듣는 것만으로도 살이 떨릴 정도로 강렬한 풍압이 일었다.

그만큼 녀석들은 분노에 미쳐 있었다. 그리고 창날에 실리는 힘도 계속 강해졌다.

아무리 영역을 선포하고, 마법 무장과 드래고닉 블러드, 그리고 갖가지 버프 효과를 이용해 전투력을 최대로 끌어올렸어도. 직접 맞부딪치는 것은 위험했다.

어쨌거나 녀석들의 창격은 하이 랭커였던 레베카도 무참하게 죽였을 정도니까. 비록 레베카의 상태가 여러모로 제 실력을 드러내지 못할 정도로 엉망이었다지만, 그래도 녀석들은 강했다.

그래서 연우는 블링크를 이용한 단거리 이동과, 불의 날개를 이용한 비행 능력을 적절하게 번갈아 사용하면서 녀석들의 공격을 빠르게 피했다.

초감각과 용마안, 그리고 시차 괴리의 병렬 연산이 있으니 녀석들의 투로를 예측하는 건 어렵지 않은 일이었다.

휭—

휭—

대신에 연우는 녀석들의 빈틈을 노리면서 간간이 반격을 시도했다.

녀석들이 우측으로 고개를 돌리면 좌측에서 나타나 공격

을 시도하고, 위쪽으로 창을 찌르면 아래쪽에서 나타나 발목을 크게 휩쓸었다.

콰쾅! 쾅!

비그리드를 휘두를 때마다 막대한 투기가 실리면서 거친 폭발이 일어났다. 거기에 오러와 성화가 뒤섞이니 위력은 배로 증가했다.

불길이 거칠게 일어났다. 바닥이 그을리고, 벽이 부서졌다. 돌조각과 돌가루가 사방으로 튀면서 우수수 떨어졌다.

연우는 빠르고, 집요했다. 이리저리 공격을 빠져나가면서도 절대 거대 석상들에게서 멀리 떨어지지 않았다. 악착같이 달라붙어 거대 석상을 빠르게 훼손해 나가는 방식을 선택했다.

콰콰쾅—

그러다 간간이 불벼락을 터뜨릴 때마다 천장에서 떨어진 벼락으로 녀석들의 살 부위가 깊게 파이기도 했다.

그만큼 이리저리 나타나며 마구잡이로 휩쓸고 다니는 연우의 능력은 기상천외했다. 검격에 실리는 팔극검의 숙련도도 어느새 아주 깊어져 있었다.

하지만 그런다고 해서 기능이 정지하는 거대 석상이 생기는 건 아니었다. 녀석들은 그저 사념으로만 움직이는 동상일 뿐이었고, 체력이 달리는 일이 전혀 없었다.

아니, 오히려 시간이 지날수록 사념이 강렬해지면서 창을 휘두르는 움직임에 더욱 거센 힘이 실렸다.

당장은 어떻게든 싸우고 있었지만, 시간이 지날수록 불리해지는 건 연우였다.

하지만.

연우 역시 그런 걸 모르는 게 아니었다.

아니, 오히려 더 잘 알고 있었다. 퀘스트가 요구하는 바를 정확하게 파악하기 위해서 수도 없이 머리를 굴렸으니까.

그가 용의 권능을 깨운 건 어디까지나 거대 석상과 부딪쳐도 쉽게 죽지 않을 만큼의 강한 힘을 원해서였을 뿐.

이제 거대 석상들의 투로도 어느 정도 눈에 익은 이상, 생각했던 것들을 시작해야 했다.

퀘스트도, 녀석들도, 계속 말했다.

왕의 후계 자격을 증명하라고. 절대 그 속에 석상들을 쓰러뜨리란 말은 없었다.

그렇다는 건, 바로 이 자리에서 72선술을 어느 정도 익히고, 녀석들 앞에 증명해 보이면 될 일이었다. 확실치는 않았지만, 선술을 어느 정도 익히고 나면 이들을 물리칠 방도도 보이는 것 같았다.

싸우면서 뭔가를 익힌다? 보통 플레이어들에게는 절대

불가능한 일이었지만, 이미 연우에게는 시차 괴리라는 스킬이 있었다.

사고 가속과 병렬 연산. 이 두 가지만 있다면 모든 게 가능했다.

그리고 무엇보다.

연우에게는 미후왕의 유산이 있었다. 유산은 72선술보다 월등하게 뛰어나다. 아직은 유산을 '아주 조금' 이해할 수준밖에 되지 않았지만, 그것만으로도 72선술이 그리 어렵게 느껴지지 않았다.

게다가 거대 석상들의 움직임이 하나의 예시가 되기도 했다. 녀석들은 저마다 서로 다른 6개의 행동을 중점적으로 보이고 있었다. 12개체가 각기 보이는 6개의 고유 행동. 총 72동작들은 72선술을 풀어낸 것들이었다.

연우는 이미 초감각으로 그들의 행동 패턴을 읽고 있었기 때문에, 이를 바탕으로 72선술을 해석하고, 모르는 부분이 있으면 미후왕의 유산을 가져와 새롭게 해석했다.

아주 고단한 작업이었지만. 뇌가 터지는 게 아닐까 싶을 정도로 아찔한 순간순간이었지만.

그 모든 과정들을 지난 순간. 72선술의 첫 번째가 열렸다.

'절(切).'

연우가 비그리드를 아래로 세게 내리그었다. 공간이 절

단되면서 그 속으로 불벼락이 떨어졌다. 스킬과 스킬의 자연스러운 연계.

콰르릉!

퍼걱—

비그리드가 궤적을 그은 자리 위로 거대 석상의 팔 한쪽이 위로 튀어 올랐다.

[첫 번째 선술, '절'을 성공적으로 풀어냈습니다.]

[미후왕의 허물, '72선술'을 성공적으로 습득하였습니다.]

[누구도 쉽게 이루지 못할 업적을 달성했습니다. 추가 공적치와 보상이 제공됩니다.]

[공적치를 5,000만큼 획득했습니다.]

[추가 공적치를 3,000만큼 획득했습니다.]

……

[스킬 '72선술'이 생성되었습니다.]

[72선술]

등급: ???

숙련도: 1.2%

설명: 미후왕 손오공이 어린 시절 스승인 수보리 조사로부터 배웠던 스킬. 손오공은 이것을 바탕으로 요괴들의 왕, '동주칠마왕'의 마지막 자리에 앉을 수 있었다.

서로 다른 72종의 기예로 이뤄져 있다. 하나하나가 저마다 다른 특징을 가지고 있어 전부 익히기가 아주 까다롭다. 이것을 통달하고 나면 '선인' 혹은 '대요괴'가 될 수 있다고 한다.

* 풍운(風雲)

구름과 바람은 세상을 구성하는 요소다. 이런 요소를 다룰 수 있는 힘은 공간에 대한 높은 이해도를 필요로 한다. 힘이 닿는 특정 공간에서의 법칙을 부릴 수 있게 한다.

* 조화(造化)

법칙과 시전자 사이를 연결해 준다. 이를 바탕으로 이뤄진 스킬과 스킬의 자연스러운 연계는 능률과 효과를 극대화시킨다.

**현재 습득한 선술

—절(切): 일정 공간 범위에 걸쳐 단면을 설정하

고, 그것을 그대로 끊어 내는 기술. 막대한 정신력과 집중력을 필요로 하며, 실패 시 3초 이상 '혼란' 상태에 잠기게 된다. 빠르고 날렵한 달인 급 이상의 검술을 필요로 한다. 검술의 경지가 높을수록 성공 확률이 높아진다.

—???

'됐다!'

연우의 눈이 크게 뜨였다. 제천류를 바탕으로 여러 차례 해석을 시도를 했다지만, 그래도 72선술을 분석하는 작업은 절대 그렇게 쉬운 작업이 아니었다.

어찌 되었건 간에 72선술은 손오공을 미후왕으로 만들어 줬던 힘이다. 그런 것을 쉽게 얻을 수 있다면 괜히 '미후왕의 허물'이라고 불리지 않겠지.

하지만 연우는 거대 석상들의 움직임을 바탕으로 한 가지 흐름을 잡을 수 있었고, 그것을 기반으로 첫 번째 선술을 풀어내는 데 성공했다.

연우가 봤을 때, 선술이라는 것은 생각했던 것과 많은 부분이 달랐다.

마법이나 주술, 정령술 따위와 비슷하지 않을까 했지만, 그보다 더 고차원에 놓인 기예였다.

선술은 법칙을 다루고 있었다. 아니, 정확하게는 '공간'을 다루고 있었다. 특정된 공간에 시전자의 의념을 투영시켜, 그 속에 있는 법칙을 입맛대로 다루는 것이다.

'공간을 다루는 힘이라니.'

연우가 첫 번째로 깨달은 선술, '절'이 그랬다.

자르겠다는 의지.

끊겠다는 의지가 투영되었고, 마력이 거기에 맞춰 공간을 설정했다. 그리고 연우가 가지고 있던 모든 능력과 스킬이 자연스레 하나로 합쳐지면서 의념의 형태로 구현화, 이렇게 극단적인 결과를 선보였다.

물론, 처음으로 펼친 선술이니만큼 필요 이상으로 막대한 양의 마력이 소모되어 탈진감과 피로감이 육체를 무겁게 했지만.

한편으로는 정신적 고양감도 함께 찾아왔다.

쾌감.

뭔가를 이뤄 냈다는 성취감이었다.

처음 입문하는 것이 어려울 뿐. 이제 방법이 생겼으니 두 번째부터는 습득하는 데 그리 오랜 시간이 걸리지 않을 것 같았다. 그리고 72선술을 모두 익히고 난다면 미후왕의 유산에도 도전해 볼 수 있겠지.

"하아!"

연우는 바싹 마른 입을 열어 한숨을 길게 토해 냈다. 그 새 용의 피가 크게 회전하면서 피로감을 확 쫓아내고, 활력을 불어넣었다. 메말랐던 마력회로에도 조금씩 마력이 차올랐다.

용의 권능은 이런 점이 아주 좋았다. 아주 짧은 사이에 컨디션을 되돌려 주었으니까.

물론, 모든 피로를 쫓아 준 건 아니었지만, 이것만 해도 충분했다.

연우는 절을 풀어냈을 때의 감각을 다시 떠올리면서 남은 거대 석상들도 마저 베어 가고자 했다.

거대 석상들에게는 학습 능력이 있다. 조금만 더 시간을 지체하면 절에 대응할 만한 방법을 만들어 낼 게 분명했다.

그래서 다시 움직이려는데.

『왕의 영면을 방해한 것은 괘씸하나…… 자격을 증명하였구나. 이제 우리의 일은 끝났다.』

거대 석상들은 하나 된 목소리로 그렇게 말했다.

그리고.

파스스—

행동을 멈추더니, 몸체를 따라 균열이 퍼지면서 조각조

각 분해되기 시작했다.

낙석은 바닥에 충돌하기도 전에 가루가 되어 사방으로 흩어졌다. 12개의 거대 석상들이 있던 자리에는 고운 모래만이 남았다.

연우는 갑작스러운 상황에 잠시 어안이 벙벙했지만, 곧 거대 석상들이 했던 말을 이해할 수 있었다.

두 번째 시험은 자격을 증명하는 것.

한 가지라도 72선술을 선보였으니, 이미 자격은 보여 준 것이나 마찬가지였다. 그러니 제 할 일이 끝났다고 판단하고 사라진 것 같았다.

[두 번째 시험을 무사히 통과했습니다. 남은 시간 동안 세 번째 시험을 치를 준비를 하세요.]

[0:01:00]

[0:00:59_99]

[0:00:59_98]

……

'고작 1분?'

터무니없이 짧은 대기 시간. 연우는 눈살을 찡그렸다. 이래서는 뭔가 생각할 겨를도 없었다.

그 순간.

그그긍—

홀이 다시 울리기 시작했다. 대신에 이번에 흔들리는 건 계단 위에 놓인 화려한 왕좌였다.

왕좌가 좌우로 갈라지면서 뒤쪽에 있던 벽도 같이 열렸다. 쿵 하는 소리와 함께 공개된 장소는 어둠이 짙게 내려앉아 어떤 곳인지 알아보기 힘들었다.

[0:00:00_01]

[0:00:00_00]

[세 번째 시험을 시작합니다.]

또 무슨 일이 있을지 모른다.

연우는 마른침을 삼키면서 걸음을 옮겼다. 자연스레 권역이 회수되면서 다섯 번째 산의 속박이 다시 몸을 무겁게 눌렀다. 하지만 초감각만은 다른 어느 때보다 예리하고 빛나고 있었다.

초감각을 확장시켜 안쪽으로 투영시켜 봤지만, 아무것도 잡히지 않았다. 마치 어둠 속으로 모든 게 빨려 들어가는 듯한 느낌. 무저갱을 마주한 것 같았다. 처음 던전에 입장했을 때와는 비슷하지만 조금 달랐다.

그때는 오싹함에 가까웠다면 지금은 그냥 아무것도 없었다. 그냥 불만 꺼진 느낌이었다.

결국 몸으로 부딪치는 수밖에 없다는 생각에 안쪽으로 발을 들였다.

화아악—

그리고 안쪽으로 들어섰을 때. 어둠을 물리쳐야 할 거라고 생각했던 연우는 새롭게 놓인 광경을 보고 살짝 놀라고 말았다.

그곳은 이전과는 전혀 다른 세상이었다.

넓게 펼쳐진 들판. 살랑대는 꽃과 풀. 잔잔하게 부는 바람. 그 속에 섞인 달콤한 과일 향. 그리고 저 멀리 보이는 울창한 숲과 산.

흔히 말하는 낙원이 있다면 이럴 것 같다. 대체 이런 곳에서 무슨 시험을 치르라는 걸까.

연우는 당혹스러움을 감추지 못했다. 여태껏 목숨에 위협이 가해지는 순간들을 통과했고, 이번에도 그런 종류가 아닐까라고 생각했었는데. 도무지 어떤 시험을 치르게 될지 짐작 가는 바가 전혀 없었다.

여기서 어디로 이동해야 하나 싶어 인상을 찌푸릴 무렵.

갑자기 하늘을 따라 풍기는 어떤 이질적인 기운에 연우

는 고개를 들었다. 그리고 완전히 압도되고 말았다.

구름 너머. 거대한 용이 드넓은 창공을 따라 부드럽게 미끄러지면서 이쪽으로 다가오고 있었다. 푸른색 비늘과 붉은색 눈이 유독 눈에 띄었다.

나타난 용은 흔히 탑에서 볼 수 있는 드래곤과는 종(種)이 다른 것 같았다. 마치 동양식 용처럼 몸이 아주 길고, 사슴 같은 뿔을 갖고 있었다. 게다가 한쪽 손에는 흔히 여의주라 불리는 구슬을 든 채, 구름과 비를 몰고 다니고 있었다.

신성함과 영험함을 잔뜩 풍기는 존재. 연우가 여태껏 봤던 신수들, 피닉스나 허무룡 같은 존재들보다 훨씬 격이 높은 것 같았다.

'어쩌면 우르드와 맞먹을지도.'

연우의 눈꺼풀이 살짝 떨렸다. 우르드를 만났을 때에도 엄청난 격의 차이에 압도가 되었었는데. 저 용은 그보다 더한 것 같았다. 용신이라도 되는 걸까.

하지만 신이 오롯이 제 힘을 강림하기 위해서는 성역을 필요로 한다. 그리고 성역이 설치되기 위한 조건은 아주 까다로울 텐데. 20층에 그런 게 가능할까? 가능하다면 오행산은 미후왕의 영역이니 미후왕과 관련된 신인 걸까?

갖가지 생각이 들었다.

연우는 혹시 현자의 돌 속에 잠들어 있을 자신의 신수들이 어떤 대답을 해 줄 수 있지 않을까 싶었지만, 여전히 녀석들은 일어날 생각을 하지 않았다.

결국 여러 고민을 하며 자리에서 움직이지도 못하고 있는 와중에 용은 구름을 뚫고 천천히 아래로 내려와 연우 앞에 섰다.

멀리서 봤을 때도 느꼈지만, 실제로 바로 코앞까지 도착하니 존재감이 너무 크게 다가왔다. 특히 하늘에서부터 여기까지 이어지는 몸체는 끝을 짐작하기도 힘들 만큼 너무 길고 컸다.

용신은 연우보다도 훨씬 큰 붉은색 동공에 그를 담으면서 물었다.

『그대가 새로운 파편인가?』

'파편?'

연우는 뜻을 알 수 없는 질문에 살짝 눈살을 좁혔다.

『아니지. 여기서는 후계라고 해야 옳으려나. 여하튼. 그대가 새로운 후계인가?』

연우는 고개를 끄덕였다.

『그렇습니다.』

『그렇다면 내 위에 올라라.』

어디로 가려는 걸까. 연우는 세 번째 시험을 치르는 장소가 아닐까 하고 생각하면서 가볍게 도약해 용신의 머리 위에 올라탔다.

그러자 용신은 머리를 반대로 꺾으면서 다시 몸을 크게 흔들었다. 마치 공간이 접히는 게 아닐까 싶을 정도로 연우는 어느새 구름 사이를 통과하고 있었다.

『일단 그대에게 주어진 속박부터 풀어 주지.』

용신이 쥐고 있던 여의주가 빛을 발했다. 그러자 연우는 다시 감각들을 되찾을 수 있었다. 그리고 얼굴을 가볍게 때리는 바람에 눈을 살짝 크게 떴다.

상쾌하다.

그런 생각이 가장 먼저 들었다.

분명히 빠른 속도로 하늘을 날고 있는데도 불구하고 따갑거나 차갑지 않았다. 오히려 속 시원한 바람이 속을 뻥 뚫어 주는 것 같았다.

거기다 아래로 보이는 풍경도 너무 아름다웠다. 웬만한 일에는 눈 하나 깜빡하지 않을 정도로 메마른 감성을 지닌 연우였지만, 지금만큼은 탄성을 터뜨리지 않을 수가 없었다.

『후후.』

용신은 그런 연우의 반응이 재미난지 가볍게 웃음을 터뜨렸다.

그렇게 연우가 한참 동안 아래쪽 풍경에 정신이 팔린 동안. 용신은 어느새 들판의 끝에 놓여 있던 산자락에 도착했다.

산은 소귀나무와 갖가지 과일나무로 덮여 있었다. 특히 들판을 따라 간간이 느껴지던 과일 향은 여기서 시작되는 것이었는지, 달콤한 향이 강렬했다. 그렇다고 머리가 아프지는 않았다. 오히려 머리가 개운해지는 느낌이었다.

그리고 그 정상에.

한 남자가 유쾌하게 웃으면서 바위에 앉아 있었다. 발목까지 내려오는 새하얀 백발. 보석처럼 반짝이는 황금색 눈. 익살맞은 표정.

용신에 비하면 존재감이 약해 보였지만, 자세히 보면 절대 그렇지 않다는 것을 알 수 있었다.

이 세상을 구성하고 있는 모든 법칙들이 남자를 중심으로 돌아가고 있었으니까.

특히 그에게서 풍기는 의념은 잔잔했지만 강렬했다. 무엇보다 연우에게도 낯설지 않았다.

던전을 이동하는 내내 엿봤던 수련의 흔적들. 그 속에 남아 있던 강렬한 사념이 저 남자에게서도 풍겨 나오고 있었다.

미후왕.

한낱 미물에서 시작해 옥황상제와도 나란히 앉을 정도로 강해졌다는 신화적인 존재가, 바로 그곳에 앉아 이쪽을 보며 손을 흔들고 있었다.

"오. 우리 성아, 간만에 무게 좀 잡는데?"

『……파편은 이곳에 두고 가겠다.』

용신은 대꾸하기도 귀찮은지 연우를 정상에다 내려놓고, 조용히 하늘 위로 사라졌다.

미후왕은 그런 용신을 보면서 피식 웃었다.

"어렸을 때는 그래도 놀리는 맛이 좀 있었는데. 요즘은 사춘기라 그런가. 대꾸도 않는단 말이지. 흐흐."

연우는 그렇게 웃어 대는 미후왕을 보면서 머릿속이 복잡했다. 애당초 미후왕의 궁전에 있는 것들을 전부 독식할 생각으로 뛰어들긴 했지만, 그렇다고 정말 미후왕을 만나게 될 줄은 생각도 하지 못했으니까.

"왜? 아이돌 스타를 만나니까 가슴이 막 두근두근거리고 머리가 어질어질하냐?"

"무슨……?"

"흐흐. 아니라고 할 필요 없다. 네 마음 다 이해하니까. 내가 오죽 잘나야 말이지. 여기 오는 놈들 다 그러더라고. 호흡 곤란에 심장 마비에. 으휴. 그럴 때마다 내가 얼마나 고생했던지. 그래도 넌 그나마 좀 낫다, 야. 마음에 드는데?"

"……."

연우는 자아도취에 흠뻑 빠진 미후왕을 보면서 생각했다.

아무래도 자신이 생각했던 이미지와 좀 많이 다른 것 같다고.

"뭘 그렇게 존경스러운 눈빛으로 봐?"

끝없는 자아도취. 자기애가 강해도 너무 강하다. 거기다 말도 너무 많다.

연우는 순간 자신이 무왕을 보고 있는 게 아닌가 하고 착각이 들었다.

'아니. 스승님보다 오히려 더 심한 것 같은데.'

말 많은 건 칸을 보는 것 같기도 하다. 연우가 가장 상대하기 껄끄러워하는 스타일이었다.

다행히 연우는 오랫동안 무왕을 대하면서 그를 상대할 만한 좋은 방법을 알아냈다. 이런 건 대꾸해 주지 않고 화제를 돌리는 게 속 편했다.

"여쭙고 싶은 게 있……."

"잠깐."

하지만 미후왕은 연우가 어떤 질문을 건네기도 전에 손을 뻗어 잠시 입을 막았다.

"묻기 전에 주의 사항부터 말해 준다."

"……?"

"내가 너의 질문에 대답해 줄 수 있는 건 세 가지가 전부야. 마음 같아서는 다 말해 주고 싶지만, 빌어먹을 인과율 때문에 말이지. 어쩔 수가 없어."

'인과율?'

"게다가 지금 네가 있는 이곳은 제대로 된 장소가 아니기도 하고. 그러니 지금부터 질문을 하려면 생각을 자주 잘 정리해서 해야 할 거야."

연우는 잠시 고민에 잠겼다.

사실 그가 처음부터 미후왕을 만날 생각으로 던전을 노렸다면 모를까.

사두들과 수련을 쌓던 중에 어쩌다 보니 흘러들어온 곳이다. 그러니 킨드레드와 마군이 여태 어떤 퀘스트를 진행했는지도 몰랐고, 무슨 정보를 갖고 있는지도 몰랐다.

질문의 범위는 한정되어 있다. 결국 연우는 천천히 생각을 정리하면서 물었다.

"파편이란, 무엇입니까?"

용신은 처음 연우를 만났을 때 그를 가리키면서 '파편'이라고 말했었다. 그게 후계를 뜻하는 말이란 건 알겠지만, 정확한 이유가 있을 것 같았다.

미후왕이 씩 웃었다.

"우리 성아가 말실수를 했나 보네. 거기에 대한 건 노코멘트. 말해 줄 수 없어. 좀 예민한 사안이라."

연우는 입을 꾹 다물었다. 그래도 노코멘트가 대답이라

면 기회를 날린 셈이었다.

그래서 질문의 방향을 틀었다.

"이곳을 만든 이유는 무엇입니까?"

단순히 후계를 만들기 위해서는 아닐 것 같다는 생각이 들었다. 미후왕의 알 수 없는 표정 속에는 뭔가 노리는 게 있었다.

"역시 노코멘트."

연우는 눈살을 찡그렸다. 세 가지 질문 중에 두 가지를 저런 식을 치부해 버리면 뭐가 되는 건지.

그래도 여전히 미후왕은 싱글싱글 웃고 있는 중이었다. '말 안 해 주면 뭐 어떻게 할 건데?' 라는 표정. 역시 보면 볼수록 무왕을 보는 것 같았다.

결국 연우는 다시 생각을 정리해야만 했다.

미후왕은 어떤 이유로 어느 '선' 에 대해서는 대답을 하지 못하는 것 같았다. 인과율인지 뭔지 하는 것 때문에. 그렇다면 질문의 의도를 바꿔야 하지 않을까.

그러면서 한편으로는 그런 생각이 들었다.

이건 세 번째 시험이다. 그런데 미후왕은 그에게 질문을 해 보라는 말만 하고, 아직 이렇다 할 시험을 주지 않고 있었다.

그렇다면 이게 시험의 일종은 아닐까. 그렇게 생각을 하니 어느 정도 '선' 이 무엇인지 보이는 것 같았다.

포괄적인 질문이 필요했다. 세세해서 선을 넘지 않는 선에서.

연우의 눈빛이 깊게 가라앉았다.

"당신은, 누구십니까?"

전혀 생각지도 못한 질문.

미후왕의 눈이 살짝 커지더니 곧 함박웃음을 터뜨렸다. 손으로 무릎을 세게 치면서.

"하하핫! 그건 생각도 못 했는데? 할 수 있는 마지막 질문인데 선술은 뭔지, 72선술을 어떻게 해야 빨리 습득할 수 있는지부터 물어야 하지 않아? 그런데 이런 질문이라. 아주 좋아."

그러다 미후왕은 웃음을 뚝 그쳤다. 그러자 산자락을 따라 감돌던 산뜻한 바람이 불지 않았다. 연우는 그 순간, 미후왕을 둘러싼 존재감이 용신과는 비교도 할 수 없을 정도로 크다는 느낌을 받았다.

16층 과거의 신전에서 마주쳤던 우르드조차도 그에 비하면 턱없이 작게 느껴졌다. 마치 끝없이 높게 일어선 산을 마주하고 있는 듯한 느낌이었다.

'부처님 손바닥 안'이라는 말이 있다. 연우는 딱 그런 느낌을 받았다. 미후왕은 분명 눈앞에 있는데도 불구하고, '그'라는 세상에 갇혀 있는 것 같았다.

그리고 확신할 수 있었다. 질문을 던지기 전부터 의심하긴 했지만, 이 세상은 미후왕의 일부였다.

미후왕이 착 가라앉은 목소리로 말했다.

"합격."

[세 번째 시험을 무사히 통과했습니다.]

[모든 시험을 통과하는 데 성공하였습니다.]

[서든 퀘스트(왕의 병마용갱)과 히든 퀘스트(미후왕의 궁전)를 성공적으로 클리어했습니다.]

[보상으로 스킬 '72선술'과 칭호 '미후왕의 후예'를 획득했습니다.]

[누구도 쉽게 이루지 못할 업적을 달성했습니다. 추가 공적치와 보상이 제공됩니다.]

[공적치를 10,000만큼 획득했습니다.]

[추가 공적치를 15,000만큼 획득했습니다.]

[칭호: 미후왕의 후예]

미후왕은 봉인을 풀고 떠나기 직전, 오랜 고민 끝에 오행산에다 자신의 유산을 남기고자 했다. 자신을 봉인시킨 곳이기 때문에 증오스러웠지만, 오백 넌 가까이 머물며 미운 정도 남아 있었기 때문이었다. 또한, 후대에 선술을 남겼으면 한다는 스승의 유훈을 지켜야 하기도 했다.

이 칭호를 갖는 동안, 전투에 임할 때 뛰어난 집중력과 정신력을 갖게 된다. 그리고 때에 따라서 '화안금정'이 발동되어 미후왕의 힘을 강림시킬 수 있다.

[추가 보상인 '여의봉의 단서'는 미후왕의 허물에게 직접 요구하십시오.]

연우는 칭호에 적힌 내용을 보고 살짝 눈을 크게 떴다. 미후왕의 힘을 강림시킬 수 있다는 내용. 이게 대체 어떤 의미인지 짐작이 가질 않았다.

그사이, 미후왕, 아니, 미후왕으로 보이는 자는 묵직한 어조로 말했다. 연우는 나중에 시험해 봐야겠다고 생각하면서, 그의 말에 집중했다.

"난 미후왕 손오공…… 의 사념. 진짜인 그가 어디론가 사라지기 전에 이곳에다 남긴 껍데기다. 뭐, 허물 같은 거라고 해 두자고."

퀘스트에서 말한 미후왕의 허물은 단순히 72선술뿐만 아니라, 지금 눈앞에 있는 이 존재를 가리킨 것 같았다.

그리고 한편으로는 소스라치게 놀랐다.

한낱 허물이 보이는 힘이 이 정도라니. 우르드조차 작아 보이게 만들 정도인데, 그렇다면 본체는 대체 얼마나 큰 힘을 갖고 있는 걸까?

"그리고 이 세상은 그런 사념이 구현해 낸 심상 세계 같은 거야. 너는 그 안에 들어와 있는 거고."

연우는 자신의 짐작이 맞았다는 생각에 고개를 끄덕였다.

칭호에도 나와 있었다. 미후왕은 오행산을 떠나기 전에 스승의 유훈에 따라 72선술을 이곳에 남겼다고.

그렇다면 미후왕이 떠난 뒤에 그를 따르던 신하와 백성들이 왜 이곳에다 궁전을 지었는지도 확실히 납득이 갔다.

미후왕이 머물던 거처일 뿐만 아니라, 유산이 남은 곳이니 성지로 떠받들기에 충분했던 것이다.

"진짜는 어디로 갔는지 모르시겠군요."

미후왕의 사념은 어깨를 으쓱거렸다.

"난들 알겠나. 여기에 남은 나보다 더 자유분방한 놈일 텐데. 내가 여기에 남은 건, 후계가 된 놈을 보고 어떤 놈인지 평가하라는 뜻에서였는데. 나도 여기에 계속 묶여 있는 게 지겨워 죽겠어."

미후왕의 사념은 정말 진심으로 짜증 난다는 듯이 혀를 찼다. 확실히 그의 뜻대로 모든 게 가능한 심상 세계라고 해도, 바깥으로 나가지 못한다면 아주 답답하겠지.

"그래도 간만에 찾아온 놈이 괜찮은 물건인 것 같아서 다행이네. 계속 기다린 보람이 있어."

연우의 눈이 살짝 빛났다.

"간만에 찾아왔다는 말씀은?"

"눈치 빠른 놈이 뭔 의뭉을 떨어? 너 어디 가서 음흉하다는 소리 많이 듣지? 됐고. 이거나 받아."

미후왕의 사념은 연우에게 뭔가를 휙 하고 던졌다.

손바닥만 한 크기의 황금색 쇳조각. 연우는 얼결에 그걸 받았다가 무엇인지 확인하고는 살짝 눈을 크게 떴다. 재질이 낯설지가 않았다. 신진철이었다.

[여의봉의 조각]

분류: ???

등급: ???

설명: 미후왕의 신물, 여의봉을 이루는 수십 개 조각 중 하나. 현재는 아무런 기능을 띠고 있지 않으며, 원래의 형태를 되찾기 위해서는 흩어진 조각들을 찾아 하나로 합쳐야 할 것 같다.

여의봉이 조각으로 있어?

연우는 추가 보상으로 주어진다는 여의봉에 대한 단서가 이게 아닐까 생각했다.

아니나 다를까.

띠링—

[연계 퀘스트가 있습니다. 퀘스트를 진행하시겠습니까?]

연우는 잠시 여의봉의 조각을 들고 미후왕의 사념을 쳐다봤다. 그는 아무 대답도 하지 않고 씩 웃으면서 턱짓으로 조각을 가리켰다.

선택은 네 몫이라는 듯.

'어쩌면 지금까지 치른 퀘스트는 단지 시작에 불과한 것이었을지도.'

[히든 퀘스트가 생성되었습니다.]

[히든 퀘스트 / 여의봉의 주인]

내용: 미후왕 손오공은 스승의 유지를 지키면서도, 한편으로는 후계가 너무 많아져 자신의 명성을 더럽히는 것을 우려했습니다.

그래서 그중에 진짜 후계를 가릴 필요가 있다고 판단한 그는 한 가지 꾀를 내어, 여의봉을 수백 개의 조각으로 나누어 탑 곳곳에다 흩어 놓았습니다.

지금부터 흩어진 조각들을 모두 모아 여의봉을 완성하세요. 여의봉 속에 담긴 마지막 비밀까지 소유해야만 '제천대성'의 이름을 이을 수 있습니다.

참가 자격: 칭호 '미후왕의 후계'. '여의봉의 조각'을 1개 이상 소유한 플레이어.

제한 시간: 없음

보상:

1. 칭호 '제천대성'
2. 완성된 여의봉
3. 화안금정 + ???

역시 예상했던 대로 여태까지 했던 퀘스트는 본론으로 들어가기 위한 전초전에 불과했다.

제천대성이라는 칭호와 여의봉. 이 두 가지가 있어야 진짜 새로운 미후왕이라고 할 수 있겠지.

그리고 그 칭호를 얻기 위해 지금 이 순간에도 아주 많은 플레이어들이 바쁘게 뛰어다니고 있을 게 분명했다.

미후왕이라는 이름값이 주는 무게는 그만큼이나 대단했으니까. 어쩌면 신으로 올라가는 가장 빠른 방법 중 하나인지도 몰랐다.

그리고 연우는 그런 레이스에 자신이 올라탔다는 사실도 깨달았다.

"내 본체 놈은 말이다. 절대 뭐 하나를 주더라도 쉽게 주는 법이 없는 놈이야. 속이 썩어 문드러진 놈이라, 꼭 남들이 괴로워하는 걸 봐야 직성이 풀리거든."

그런 본체의 성격을 쏙 빼닮은 것으로 보이는 미후왕의 사념이 재미나다는 듯이 낄낄 웃음을 터뜨렸다.

"여의봉의 조각은 곳곳에 흩어져 있다. 내가 갖고 있는 건 네가 방금 전에 가져간 게 마지막이었고. 이 탑에, 어디에, 얼마나 많이 흩어졌는지는 아무도 몰라. 본체 놈 외에는. 어떤 건 아직 아무도 못 찾아서 곤히 잠자고 있을 테고, 어떤 건 누가 열심히 찾아서 제법 모았는지도 모르지. 또 어떤 건 보물 볼 줄 모르는 까막눈이 우연찮게 주웠을지도 모르고."

"……."

"어쩌면 큰 싸움이 벌어질지도 모르는 일이다. 미후왕, 아니, 제천대성이라는 명성을 탐낼 만한 사람은 아주 많으니까 말이야. 흐흐."

신화 속에서 제천대성은 단순한 칭호가 아니었다. 직책이자 작위이기도 했다.

이렇다 할 실권은 없었지만, 옥황상제와 나란히 할 만큼 높은 작위. 당연히 여기에 딸린 부가적인 것들은 따로 말할 필요가 없었다.

'그렇다면 킨드레드와 마군도 조각을 갖고 있는 걸까?'

갖고 있다면 얼마나 갖고 있을까. 그리고 언제부터 모으기 시작했을까.

마군이 뭘 노리는지 이제 대충은 알 것 같았다. 제천대성을 손에 넣는다. 그들로서는 충분히 시도해 볼 만한 일이었다.

"찾을 방법은 따로 없습니까?"

미후왕의 사념은 손사래를 쳤다.

"내 임무는 어디까지나 새롭게 후계가 된 놈들에게 마지막 시험을 내주고, 쓸 만하다 싶으면 안내해 주는 데까지야. 조각을 찾는 방법, 단서, 그런 건 전부 네가 알아서 할 일이지. 본체 놈은 그런 것까지 요구하고 있으니까."

무력. 추리력. 판단력. 모든 것을 다 가져야만 한다는 의미였다.

"뭐, 마음에 들지 않는다면 조각을 돌려주고 포기해도 좋아. 나로서는 새로운 후계가 나타날 때까지 그냥 기다리면 그만이니까."

순간, 연우의 눈이 날카롭게 빛났다.

"하지만 포기한다고 하면 바로 절 죽이실 생각 아니십니까?"

"오, 똑똑한데?"

미후왕의 사념이 입꼬리를 씩 말아 올렸다. 그 순간, 그를 따라 잔혹한 살의가 살짝 감돌았다가 사라졌다.

"고작 이따위 일도 제대로 도전하지 못해서 꼬리를 마는 놈 따위야, 미후왕의 이름을 가질 자격이 없으니까. 그러니 어쩔래?"

연우는 여의봉의 조각을 잠시 내려다봤다. 갖가지 생각이 들었지만, 사실 대답은 이미 정해진 것이나 마찬가지였다.

미후왕의 사념이 강요하지 않았더라도, 연우는 어떻게든 이 퀘스트를 하려 했을 것이다.

애초에 이 던전에 뛰어들고, 미후왕의 유산을 독차지해야겠다고 생각했던 이유가 무엇이었나. 마군이 개입되었을 게 분명했기 때문이었다. 그들이 원하는 걸 가로채서 독차지하는 것. 그것이 가장 큰 목적이었다.

아니, 그런 것을 떠나서라도, 연우는 미후왕과 관련된 것들을 어느 누구에게도 나눠 주고 싶지 않았다.

독식하고 싶었다.

남들과 경쟁해서 이기고, 빼앗는다는 것. 모든 걸 독차지해서 혼자서만 누리는 맹수의 기쁨을 그는 아주 잘 알고 있었다. 무왕으로부터 배웠고, 여름여왕과 검무신을 상대로 싸우면서 깨달았다.

동생이 돌아온다면 모를까. 그는 눈앞에 놓여 있는 맛난 음식을 누군가와 나눠 먹을 사람이 아니었다. 그건 판트와 에도라도 예외는 아니었다.

물론, 쉽지 않을 거란 건 잘 알고 있었다.

연우보다 앞서 후계가 되었다면 분명히 그보다 훨씬 뛰어난 용력과 지력을 갖고 있을 것이다. 어느 누군가는 거대 클랜을 배후로 두고 있을 수도 있다.

하지만.

그런다 한들, 무슨 상관인가. 더 강해져서 꺾어 버리면 그만인데.

애당초 탑에 처음 들어왔을 때부터, 연우가 걸은 길은 줄곧 가시밭길의 연속이었다. 하고자 하는 목표도 절대 손쉬운 게 아니었다. 거기에 하나쯤 더 들어간다고 해서, 무슨 차이라도 있을까.

오히려 그렇게 해서 미후왕의 진짜 힘을 가질 수 있다면. 제천대성을 계승할 수 있다면 무엇이라도 해야만 했다.

보다 강해지고자 하는 열의는 그를 여태껏 움직이게 한 원동력이기도 했으니까.

무엇보다.

연우는 자신이 유리하면 유리했지, 절대 불리할 거란 생각은 하지 않았다.

제천류. 남들이 가진 건 72선술이 전부일 게 분명했다. 하지만 연우는 그보다 훨씬 더 높은 유산을 갖고 있었고, 그건 그만큼 여의봉의 주인 자리에 더 가깝다는 뜻이기도 했다.

'음검도 있고. 태극혜 반고검도 있어.'

연우는 주먹으로 여의봉의 조각을 꽉 쥐었다. 그리고 인트레니안을 열어 안에다 던져 넣었다.

"하겠습니다. 굳이 피할 생각은 없습니다."

탁!

연우는 그 말만 하고 자리에서 일어났다.

"어쭈. 풋내기 주제에 패기가 좋은데?"

미후왕의 사념은 그런 연우를 보면서 생각했다. 성격은 시건방진 본체 놈과 많이 달라 음흉해 보이지만, 본질은 똑같은 것 같다고.

눈앞에 있는 녀석은 맹수였다.

[히든 퀘스트(여의봉의 주인)을 수락하셨습니다.]

"말씀 감사했습니다."

연우는 미후왕의 사념에 고개를 숙였다. 그가 어떤 큰 도움을 준 건 아니었지만, 덕분에 새로운 기회를 얻은 건 사실이었다.

게다가 연우는 사념이 살짝 보였던 진면목을 보면서 깨달았다. 여전히 자신은 가야 할 길이 아주 멀다는 것. 그리고 72선술과 제천류를 부단히 수련하다 보면 언젠가 저 정도에 다다를 수 있다는 확신도 얻을 수 있었다.

"마음에 없는 소리 하기는."

미후왕의 사념은 말은 그렇게 해도 기분은 좋았는지 피식 웃으면서 허공에다 살짝 손을 흔들었다.

공간이 비틀리면서 붉은색 포탈이 열렸다.

"그럼 이야기는 이만하면 됐고. 이쪽으로 나가면 원래 왔던 곳으로 되돌아갈 수 있을 거다."

연우는 다시 한번 더 감사하다는 인사를 남기고 포탈에다 발을 걸치다가, 뭔가를 떠올리고 잠시 고개를 돌렸다.

"저, 그리고."

"말 못 들었냐? 네가 할 수 있는 질문은 끝났……."

"그 질문은 이 퀘스트와 관련된 것 한정 아니었습니까?"

"음? 퀘스트 질문이 아녔어?"

미후왕의 사념이 고개를 갸웃거렸다. 그럼 자신에게 뭘 물을 게 있냐는 듯이.

연우는 포탈에서 잠시 발을 빼고 그에게 다가가 오른팔을 내밀었다.

"혹시 이 팔찌에 대해서 아십니까?"

"팔찌?"

미후왕의 사념은 별 시답지 않은 거라면 꿀밤이라도 한 대 먹여 주겠다고 생각하면서 연우가 착용한 팔찌를 살폈다.

아니, 이걸 팔찌라고 해도 될지 모르겠다. 수갑이라는 표현이 옳지 않을까. 손목에서부터 팔뚝까지 올라온 검은 쇠사슬이 유독 눈에 띄었다. 마치 칠흑 밤하늘을 옮긴 것처럼 너무 까맸다.

미후왕의 사념은 신기하게 생긴 팔찌를 손으로 두어 번 두들겨 보다가 곧 안색을 딱딱하게 굳혔다.

"너, 이거?"

"여의봉과 같은 재질인 것 같습니다만. 혹시 맞습니까?"

"이런 걸 어디서 났어?"

연우는 사실대로 말해도 될까 싶었지만, 질문을 던진 것은 자신이었다. 그래서 중요한 부분을 제외하고, 올림포스 보고에서 제우스의 아스트라페를 손에 넣으려다 갑자기 이런 모양이 되었다는 말만 했다.

그러자 사념의 표정이 묘하게 변했다.

"기능은?"

"영혼과 관련된 것 같습니다."

"죽은 망자를 다룬다?"

"예."

"능력의 정도는?"

연우는 손을 가볍게 흔들어 괴이를 소환했다. 그림자가 쭉 늘어나면서 기괴하게 생긴 괴물이 나타났다.

미후왕의 사념은 이제 아예 눈을 가늘게 좁히며 깊은 생각에 잠겼다. 여태껏 태평한 모습만 보이다 진중한 모습을 보이자 조금 어색했다.

하지만 연우는 여태껏 아무도 풀지 못했던 이 비밀이 풀어지기를 바랐다. 그래야 남은 옵션들을 해제할 방법이 생길 테니까.

"사령술사도 이 정도는 아닐 텐데? 이만한 옵션을 가진 아티팩트라면 절교 녀석들의 보패 급이 아니고서야……."

탑 내에 수많은 플레이어들이 존재한다지만, 그들 중에서도 죽은 망자를 다룰 수 있는 실력자는 찾아보기 힘들었다. 그만큼 산 자와 죽은 자의 경계는 명확했고, 다룰 수 있다고 해도 한계가 있기 마련이었다.

하지만 미후왕의 사념은 칠흑왕의 절망을 본 순간 깨달았다. 이것은 그런 상식들을 뛰어넘는 아티팩트였다.

아스트라페를 잡아먹은 물건이라니. 그도 쉴 새 없이 벼락을 뿌려 댄다는 창에 대한 소문은 들어 본 적이 있었다. 어쩌면 이 팔찌는 여의봉에 버금가는 물건일지도 몰랐다.

그러나 가장 사념의 관심을 끈 건, 팔찌를 이루고 있는 재질이었다. 신진철. 여의봉을 만들 때 쓰인 귀한 물질이 여기서도 쓰일 줄이야. 그것도 '통짜'였다.

"우선 신진철은 맞다."

역시나. 연우는 고개를 끄덕였다. 여태껏 용마안으로 살펴도 결이 보이지 않았던 물체는 딱 두 개밖에 없었다. 여의봉의 조각과 칠흑왕의 절망.

"다만, 암만 봐도 뭔지는 모르겠어. 비슷하게 떠오르는 건 몇 개 있긴 한데, 모양이 전혀 달라. 게다가 그보다 더 수준이 높고. 신의 무구야, 이건. 틀림없어."

연우는 이번에도 알아내지 못했다는 사실에 살짝 실망하면서도, 뒤이어 나온 말에 눈을 반짝였다.

신의 무구.

아스트라페를 집어삼켰을 때부터 유추는 했었지만, 미후왕의 사념으로부터 확언을 받았으니 확실해진 셈이었다.

칠흑왕의 절망은 아이기스와 비교해도, 아니, 어쩌면 그 이상일지도 모르는 물건이었다.

그렇다면 대체 칠흑왕은 누구인 걸까?

"이거 부품이 두 개 더 있는 것 같다고 했지?"

"예."

"누가 한 추론인지는 몰라도 정확해. 목과 발. 추가 부품이 더 있어. 모양은 이것과 비슷한 형구(刑具)의 일종일 테고."

미후왕의 사념은 팔짱을 꼈다.

"조금 재미난 거 가르쳐 줄까?"

"무엇입니까?"

"신진철이 신이나 악마들도 사족을 못 쓸 정도로 희귀한 물건이라고 알려져 있잖아?"

"예."

"그런데 사실은 반대인 거 알아?"

"그게 무슨……?"

"신이나 악마가 사족을 못 쓸 정도로 좋아서 환장하는 물건이 아니라, 사실은 두렵기 때문에 환장하는 물건이란 거다."

전혀 생각지도 못한 말에 연우의 눈이 살짝 커졌다.

미후왕의 사념은 그런 연우의 표정 변화가 재미있던지 실실 쪼개면서 말을 이어 나갔다.

"원래 이 철, 신과 악마를 구속하거나 봉인시킬 수 있는 유일한 물건이거든."

"……!"

"실제로 신진철은 신들 사이에서 죄를 많이 짓거나, 아니면 두려울 정도로 너무 강한 신들을 제어하기 위해서 주로 쓰였었어. 아니면 퇴치를 하거나. 여의봉도 마찬가지로, 한때는 절교라는 곳의 마왕들을 봉인시키기 위해 본체 놈이 요긴하게 썼었거든."

연우는 오행산을 탈출한 뒤, 삼장법사 일행과 함께 천축으로 이동했던 미후왕 손오공의 전설을 떠올렸다. 당시 그들을 방해하는 마왕들이 숱하게도 쓰러졌었다. 그리고 그것을 기록해 남긴 것이 서유기였다.

"그리고 네 물건도 마찬가지."

미후왕의 사념은 손으로 턱을 쓰다듬었다.

"형태만 봐도 죄수에게나 채울 것 같은 물건인데. 꽤 오랜 시간이 지나면서 사념이 닿아 죄수의 속성으로 바뀐 것 같고. 망자를 다룬다면 어떻게든 죽음과 관련된 놈이 아닐까 싶은데 말이야. 일단 알아낼 수 있는 건 거기까지가 전부다."

연우는 고개를 끄덕였다. 사실 여기까지만 해도 충분한 소득이었다.

칠흑왕이 신들마저도 두려워할 정도로 강한 자였고, 신위도 죽음과 관련된 게 확실하다는 확언을 받았다.

그렇다면 조사의 범위도 한정된다. 조금만 더 범위를 축

소시킨다면 누군지 충분히 알아낼 수 있을 것 같았다.

연우는 다시 감사하다는 말을 했다. 미후왕은 별것 아니라는 듯 가볍게 손사래를 쳤다.

"간만에 재미난 물건 봤네. 본체 놈과 똑같은 신세였던 양반이 또 있을 줄은 생각도 못 했거든. 아, 그리고 너 만약에 본체 놈 만나게 되면 절대 그거 보이지 마라. 그놈이 보물에 대한 욕심이나 집착이 참 대단해서."

"명심하겠습니다."

연우는 그 말을 끝으로, 붉은색 포탈을 타고 사라졌다.

그렇게.

심상 세계에는 다시 적막이 내려앉았다.

"흐흐. 간만에 만난 재미난 놈이란 말이지."

미후왕의 사념은 재미나다는 듯이 눈을 반짝였다.

사실 그는 여태껏 연우가 던전에 입장했을 때부터 여기에 이르기까지, 그가 보였던 모든 모습들을 엿보고 있었다.

"용의 기운을 깨운 놈이라. 꼭 누가 떠오른단 말이지. 그렇지 않나?"

미후왕의 사념은 고개를 위로 들었다. 하늘을 유영하다 어느새 다가온 용신, 성이 그를 내려다보면서 고개를 끄덕였다.

그의 옛 주인도 과거 비슷한 모습으로 그렇게 싸웠었으니까. 묘한 데자뷰가 느껴졌다.

그래서 내색은 하지 않았지만, 용신은 알게 모르게 사실 연우에게 많은 혜택을 줬었다. 여의주로 피로를 덜어 주는 것부터, 바람을 한껏 만끽할 수 있도록 하는 것까지.

미후왕의 사념은 어느덧 옛 추억에 잠긴 녀석을 보면서 씁쓸하게 웃다가 돌아섰다.

그러다 문득 떠올렸다.

연우가 보였던 검은 팔찌. 사실 모른다고 했지만, 사실 그는 그게 어떤 물건인지 알고 있었다. 단번에 알아채지는 못했다.

하지만 형태나 재질이 딱 한 사람에게밖에 쓰이지 않아 쉽게 추론이 가능했다.

"하여간 헤르메스 새끼, 한동안 뭐 빠지게 열심히 움직여야겠는데."

그렇게 알 수 없는 말을 중얼거리면서 실실 웃고 있을 무렵.

미후왕의 사념은 갑자기 뇌리를 따끔하게 때리는 자극에 고개를 뒤로 홱 돌렸다.

공간이 열리려 하고 있었다.

미후왕의 사념은 혹시 연우가 뭔가를 두고 다시 돌아오려는 건가 싶었다. 하지만 곧 공간 너머에서 느껴지는 파장이 낯설다는 사실을 깨닫고 안색을 딱딱하게 굳혔다.

"성."

용신이 크게 몸을 뒤틀면서 여의주를 앞으로 내밀었다. 그의 얼굴도 차분하게 가라앉았다.

이곳은 미후왕의 사념이 꾸려 낸 심상 세계. 그의 권역이며 성지(聖地)나 다름없는 곳이었다.

아무리 허물이라고 해도 그는 이미 그 자체만으로 하나의 신격을 획득한 위대한 몸. 그런 그가 꾸려 낸 권역을 뚫고 들어오는 건, 98층의 최고신이나 주신도 불가능한 일이었다.

그런데도 이렇게 쉽게 열고 들어온다는 뜻은 단 하나.

미후왕의 사념, 그의 본체가 움직이거나, 아니면 그와 관련된 '어떤 것'이 움직이고 들어온단 뜻이었다. 자기 집으로 찾아오는데 허락을 받고 들어갈 사람은 아무도 없을 테니까.

그리고.

쏴아아—

공간이 갈라지면서 붉은색 포탈이 열렸다.

미후왕의 사념은 그 너머에서 이질적이지만 낯이 익은 기운을 만날 수 있었다.

날카롭고, 따가우며, 묵직한 마기. 형태는 다른 모습을 하고 있지만, 근원은 그와 똑같았다.

그리고 그 힘의 가호를 받아, 작은 체구를 한 소년이 포탈을 타고 심상 세계로 넘어왔다.

악동같이 익살맞은 미소. 작은 키. 킨드레드가 한쪽 무릎을 꿇으며 고개를 조아렸다.

이 순간, 그는 여태껏 보였던 모습을 모두 벗어던졌다. 마치 모시는 신을 영접하듯이. 경건한 말투와 몸짓으로 입을 열었다.

"위대한 천마의 또 다른 얼굴이시여. 당신을 모시러 왔나이다."

* * *

밖으로 나오자, 용신이 주었던 혜택이 모두 사라지면서 오감의 속박이 다시 찾아왔다.

하지만 초감각의 영역으로 보는 세상도 이제 크게 불편하지는 않았다.

연우는 손으로 머리를 쓸어 올리면서 생각을 정리하다가 고개를 돌렸다.

'다들 이미 갔나?'

던전 전체에 걸쳐 초감각을 넓게 퍼뜨렸다.

다행히 칸과 빅토리아의 기척은 느껴지지 않았다. 시체

도 없는 것을 보니 마군을 피해 무사히 달아난 것 같았다.

하긴 칸의 눈치로 킨드레드의 배후가 움직였다는 걸 모를 리가 없었다.

빅토리아도 마력을 보충한 뒤 움직인다면 감쪽같이 자취를 감출 실력 정도는 되었다.

그래서 초감각의 범위를 좀 더 확장시켜 던전 밖에까지 탐색했다. 혹시나 킨드레드나 마군이 남아 있나 싶어서.

하지만 잔잔하게 남아 있는 마기만이 그들이 머물렀다는 것을 말해 줄 뿐.

다른 흔적은 어디에도 찾을 수 없었다.

그렇다면 이들은 또 어디로 간 걸까?

연우는 살짝 눈살을 좁혔지만, 곧 고개를 털었다. 없다면 좋은 일. 있다고 해도 그들로부터 종적을 감추는 것쯤은 어렵지 않았다.

칸과 빅토리아만 무사히 빠져나갔다면 그걸로 충분했다.

안도에 찬 한숨을 내쉬고, 한쪽 구석에 쓰러져 있는 레베카의 시체 쪽으로 다가갔다.

거대 석상에게 치여 피떡이 된 모습은 형체조차 알아보기가 힘들었다.

연우는 조금 착잡해졌다.

아무리 그녀와 이렇다 할 교류가 크게 없었다고 해도, 던전을 통과하는 내내 그녀가 보였던 모습은 책임감이 강하고 자신을 다스릴 줄 아는 사람이었다.

몸이 안 좋은 상태인데도 불구하고, 반사적으로 위기에 빠진 빅토리아를 구하려다 횡액을 당한 것만 봐도 충분히 알 수 있었다.

무엇보다. 케르눈노스라는 신의 사도라는 점이 끌렸다.

사냥과 풍요의 신. 세간에 신명(神名)은 잘 알려지지 않았지만, 그래도 최고신에 해당한다는 것쯤은 알고 있었다.

그래서 연우는 그녀에게 조금 미련이 생겼다.

'이 사람의 영혼, 내가 거둘 수 있는 방법이 없을까?'

하지만 검은 팔찌는 어디까지나 주인이 죽인 대상자에 한해서만 영혼을 수확할 수 있을 뿐. 그녀는 아니었다.

게다가 영혼도 이 근방에 남아 있지 않았다. 이미 귀천해서 케르눈노스의 품으로 돌아간 걸까.

연우는 잠깐 고민을 하다가, 한 가지 방법을 떠올리고는 인트레니안을 열어 그녀의 시체를 안에다 밀어 넣었다.

시도해 볼 만한 방법이 있었다. 그녀는 딱히 좋아하지 않겠지만. 만약 거부한다면 원상태로 되돌리면 되는 일이었다.

그렇게 모든 정리를 끝내고, 연우는 자신이 왔던 길로 되돌아가기 시작했다.

그리고 그가 걸었던 자리로 푸른 불꽃이 거칠게 일어나면서 모든 것을 집어삼키기 시작했다.

거대 석상과 원숭이 상들의 조각들을 전부 먹어 치우고, 석비에 적혀 있던 72선술의 내용도 지져서 읽을 수 없게 만들었다.

그리고 간간이 남아 있던 사념들도 모두 정화시켰다. 미후왕이 오백 년 동안 수련하면서 벽과 천장에 남겼던 흔적들도 예외는 없었다.

'굳이 남길 필요는 없겠지.'

연우는 여기서 자신이 보고 익힌 모든 것들을 지우고, 사념이 머무는 공간으로 넘어가는 통로까지 전부 무너뜨릴 생각이었다.

미후왕의 사념은 말했다. 탑 곳곳에 여의봉의 조각들이 흩어져 있고, 그것을 찾으려 하는 여러 후계자들이 있다고.

그렇다면 그들만으로도 충분했다. 다른 라이벌은 필요 없었다.

무엇보다 우연이라도 제천류를 다른 누군가가 가져가는 건 절대 용납할 수 없었다.

특히 마군이 손대는 건 더더욱.

이건 반드시 자신만이 가질 생각이었다.

그렇게 그날.

다섯 번째 산의 어느 모퉁이에 위치하던 던전이 완전히 폭삭 무너졌다.

그리고.

연우는 21층으로 통하는 포탈에 올랐다.

Stage 27.
세트(Set)

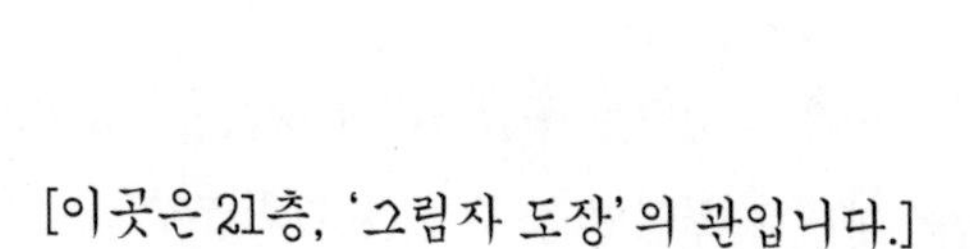

[이곳은 21층, '그림자 도장'의 관입니다.]

푸른 물결이 갈라지면서 새로운 풍경이 나타났다. 20층에서의 속박이 사라지면서 다시 찾아온 감각 때문일까. 간만에 맡은 바깥 공기가 폐 속까지 시원하게 만들어 주는 것 같았다.

연우의 앞에는 평원을 따라 끝도 없이 이어지는 어마어마한 크기의 건물이 있었다.

외뿔부족에서 봤던 무서고도 이 정도는 아니었던 것 같은데. 연우는 살짝 놀란 눈이 되었다.

일기장에서 21층의 스테이지를 보긴 했다지만, 실제로 보게 되니 훨씬 규모가 대단했다.

「오랜만이네, 여기도.」

검은 팔찌가 살짝 떨리면서 샤논의 목소리가 전해졌다.

'재미있었나 보지?'

「나한테야 이만한 곳도 없었으니까.」

'하긴 그것도 그렇겠어.'

연우는 일기장에 적혀 있던 21층과 관련된 내용을 떠올렸다.

20층이 자신을 정비하는 구간이라면, 21층은 정비한 자신의 실력을 제대로 확인해 볼 수 있는 기회였다.

33개로 나눠진 구획을 차례로 이동하고, 각 구획에 있는 그림자 분신들을 이기거나 제한 시간만큼 버텨서 통과하는 것. 자기 실력을 확인해 보기에 이보다 적합한 장소는 없었다.

게다가 그림자 분신들이 하나같이 명예의 전당에 수록된 실력자들이라는 것을 감안한다면, 때에 따라서는 그들의 특징이나 기량을 확인해 볼 좋은 기회이기도 했다.

21층 스테이지의 테마는 쉽게 말하자면 '도장 깨기' 였다.

스테이지의 이름처럼 이곳은 보통 무를 단련하는 사람들이 주로 머무는 도장(道場)이었다.

도장은 크게 내부와 외부로 분류되어 있었다.

도장 외부에는 넓은 범위에 걸쳐서 곳곳에 연무장과 기초 병기가 제공되어 플레이어들 간에 연습 대련을 펼칠 수 있도록 되어 있었다.

때에 따라서는 한쪽에 허수아비 인형들이 있어 기초 무술을 익히는 것도 가능했다.

하지만 이런 것들은 전부 도장 내부에 설치된 시험 구획을 통과하기 위해 단련하는 장소에 지나지 않았다.

도장 내부는 출입문부터 1번에서 5번까지 총 다섯 개의 문이 설치되어 있었다. 숫자가 높을수록 난이도가 높아지게 되며, 각 문을 통과하면 일직선으로 쭉 이동해 33개의 구획을 통과해야만 했다.

각 구획에서 해야 할 일은 아주 간단했다.

일정하게 주어진 제한 시간 동안, 구획에 있는 각 그림자 분신을 상대해 쓰러뜨리거나 버틸 것.

그리고 그림자 분신은 전부 1위부터 165위까지, 21층 명예의 전당에 기록된 플레이어들의 능력치와 스킬, 그리고 업적을 토대로 만든 환영이었다.

탑이 생성된 이래로, 수없이 흐른 장구한 세월 동안 수많은 상자들이 나타났다가 스러지기를 반복했다.

그리고 그중에서도 단연 '탑(top)'이라고 할 만한 실력자들만 기록된다는 명예의 전당.

플레이어들은 누구나 바로 이 명예의 전당 끝자락에라도 이름을 올리기를 바랐고, 극소수만이 그런 영광을 누릴 수 있었다.

당연히 그렇다 보니 일반 플레이어들의 입장에서는 스테이지를 클리어하는 데 상당히 버거워할 수밖에 없었다.

가장 난이도가 낮은 5번 통로만 하더라도, 역대 133위에서 165위까지의 플레이어 환영들이 나타났으니까. 그리고 당연한 말이지만, 그들은 나중에 군주나 사도처럼 뛰어난 하이 랭커로 활약을 벌였던 자들이 대부분이었다.

그나마 다행이라면 환영들의 공격에서부터 제한 시간 동안 버티기만 해도 구획을 통과할 수 있다는 점. 그리고 부상을 입었다면 몸을 회복한 뒤에 해당 구획부터 다시 도전하는 게 가능하다는 점 덕분에 몇 번씩 재도전을 하면서 약점을 파악하고, 그것을 공략해서 쓰러뜨리는 게 가능했다.

그리고 때에 따라서는 일기장에 나와 있던 대로 훗날 라이벌이 될지도 모를 자들의 어린 시절 모습을 보고, 그들에 대한 공략법을 연구해 볼 수 있다는 이점이 있기도 했다.

당연히 분신을 남긴 자들의 경우에는 약점을 보완하기

위해 다시 수련을 할 수밖에 없으니, 클리어 후에도 여러모로 좋은 이점을 가져다줄 수 있었다.

다만, 보통 플레이어들에게 해당되는 이런 모든 경우가 유독 연우에게만큼은 예외였다.

연우는 그동안 10층을 제외한 모든 스테이지에서 '비공개'로 1위를 기록했었다. 10층에서도 1위인 에도라와 몇 점 차이가 나지 않았으니 사실상 탑이 세워진 이후로 독보적인 행보를 걸었다고 해도 과언이 아니었다.

그러니 그를 아는 사람들은 대개 연우가 이번에도 아주 쉽게 스테이지를 클리어할 것이라고 예상했다.

하지만.

정작 연우로서는 그렇게 쉽게 받아들일 수가 없었다.

'플레이어들의 분신이라.'

연우는 잠깐 멀거니 서서 생각에 잠기다가, 명예의 전당이 기록된 메시지 창을 떠올렸다.

[21층 랭킹]

1위. 비바스바트

2위. 나유

3위. 휼

연우는 파르르 떨리는 손가락으로 천천히 스크롤을 내렸다.

4위. 차정우

*　　*　　*

연우는 곧바로 시련에 돌입하지 않았다.

워낙에 20층에서 오랫동안 있었다 보니 정리해야 할 게 많았다. 인사해야 할 사람도 있었고.

붉은색 포탈을 타고 탑 외 지역으로 이동, 그는 가장 먼저 외뿔지역의 마을로 향했다.

"으잉? 이게 누구쇼? 얼굴 보기가 하늘에 별 따기보다 더 어렵다는 우리 형님 아니우?"

판트는 연우가 왔다는 소식을 듣자마자 하던 일을 멈추고 마을 어귀로 부리나케 달려왔다. 가늘게 눈을 좁힌 그는 건들거리는 자세로 연우를 맞았다.

그동안 농사일이라도 했던 걸까. 밀짚모자를 쓰고 한쪽 어깨에는 갈퀴를 얹었다. 햇볕에 잔뜩 그을린 피부는 그렇지 않아도 까무잡잡했던 피부를 아예 흑인처럼 만들다시피 한 상태였다.

연우는 그런 판트를 빤히 쳐다보다가 무시하고 옆에 있던 야누에게 물었다.

"에도라는?"

판트가 발끈해서 소리쳤다.

"거참, 내가 말하고 있는데 너무한 거 아닙니까!"

"알았으니까, 됐고. 신수는 어떻게 됐지? 저번에 이제 슬슬 부화할 때가 되었다고 말했었잖아."

판트는 이 형님 앞에서 툴툴거려 봤자 받아 주지 않으리란 걸 알고 땅이 꺼져라 한숨을 내쉬었다. 요즘 들어서 느끼는 거지만, 마을 안에서도 갈수록 찬밥 신세가 되는 것 같았다.

"신수야 진즉에 깨어났지."

그래도 불만이 사라지지는 않아 살짝 뾰루퉁한 표정이었다.

물론, 이번에도 연우에게는 통하지 않았지만.

"어디지?"

"따라오슈."

연우는 앞장서는 판트를 따라 마을 외곽 쪽으로 이동했다.

길을 지날 때마다 마주친 사람들은 연우에게 가볍게 인사를 건넸다. 기억나는 사람도 있고, 기억나지 않는 사람도 있었지만 대부분 낯은 익어 일일이 화답을 해 줬다.

그러나 어느 모옥에 도착했다.

하지만 모옥은 이미 뭟온 마을 사람들로 북적대고 있는 중이었다. 간간이 장로들이 웃음을 터뜨리면서 바쁘게 뛰어다니는 모습이 보였다.

크르릉이 부화할 때도 그러더니. 신수가 태어나는 모습도 궁금했던 모양이었다.

연우는 판트의 도움을 받아 인파 사이로 비집고 들어가던 중에 어느 누구와 우연히 눈이 마주쳤다.

"넌……?"

녀석은 연우를 보며 살짝 눈을 크게 떴다가 인상을 와락 찌푸렸다. 그러다 차갑게 비웃었다.

"아, 그러고 보니 저 신수가 너와 관련이 깊다지? 왠지 신수답지 않게 멍청해 보인다 싶더니. 덩치만 크고. 그럴 만한 이유가 있었어."

녀석은 마치 못 볼 것을 봤다는 듯, 적의를 잔뜩 드러내면서 인파를 빠져나갔다.

따라온 사람이 많았던지 한 번에 제법 많은 인원이 빠져나갔다. 덕분에 연우는 방금 전에 비해 수월하게 들어갈 수 있었다.

"이상한 놈이군."

"흐흐. 이상하다마다. 아예 얼굴 안색부터가 싹 바뀌었잖수? 그 뒤로 꽤 고생했다고 들었으니 아마 형님에게 원한 좀 많이 품고 있을 겁니다.”

연우가 고개를 갸웃거렸다.

“음? 내가 아는 놈이었나? 누구였지?”

“엥?”

판트는 연우가 농담이라도 하나 싶어 빤히 쳐다봤고, 눈빛에 의아함이 깃든 것을 보고 크게 웃음을 터뜨렸다.

“으하하! 정말인가 보네. 장 녀석이 알면 완전 거품을 물겠수. 으흐흐. 하긴 한 번 처바른 놈은 기억할 필요도 없단 거겠지. 역시 난 형님의 그런 안하무인적인 인성이 아주 좋다니까.”

“장이라고?”

연우는 이름을 들은 후에야 누군지 떠올릴 수 있었다.

처음 외뿔부족에 들어왔던 때. 그에게 덤비다가 단번에 깨졌던 놈이었다. 원래 판트와 함께 차기 왕의 재목으로 거론되었다가, 이후에 갑자기 평가가 확 꺾였다던가. 백선가의 아들이라는 점까지 기억이 났다.

그 뒤로 줄곧 마을에 머물면서도 녀석을 본 적이 없었기 때문에 반쯤 잊은 상태였다.

그래도 연우는 기억력이 좋은 편이라 한 번 본 사람의 얼굴은 웬만해서 잊지 않는 편이었는데. 오랜만에 본 녀석에게서는 옛 얼굴이 전혀 보이지 않았다.

"뭐, 못 알아보는 것도 무리는 아니라고 생각하우. 나도 처음 봤을 때는 깜짝 놀랐으니까. 최근에 약이라도 하는 건지, 왜 저렇게 갑자기 달라져 버렸는지 몰라."

판트도 녀석이 이상해졌다는 것은 아는 것 같았지만 별 관심이 없는 듯 어깨만 으쓱거리고 말았다.

연우는 장이 사라진 방향을 보면서 눈을 가늘게 좁혔다.

'마기…….'

대체 그동안 뭘 했기에 탁한 기운이 느껴지는 걸까. 이전에는 오만하기는 했어도 기운이 선기를 띠고 있었는데.

연우는 여기에 대해 말을 해 둘까 싶었지만, 말하지 않아도 무왕이나 장로들이 알아서 장에 대해 처분을 할 것이라고 생각해 굳이 지적하지 않았다.

대신에 관심을 거두고, 판트와 함께 건물 안으로 들어갔다.

안에는 밖에서 보던 것보다 훨씬 더 장로들이 바쁘게 뛰어다니는 중이었다.

"으하하! 아까 우리 초롱이가 변을 가리기 시작했다고! 변을!"

"야, 막내야! 초롱이 깨면 배고플 거 아니냐! 빨리 밥 가져와, 밥!"

"기록물! 기록물 어디 갔어? 지금 색 변화가 이뤄졌다고. 빨리 기록해야 하는데 어디 간 거야?"

"기록물이 뭐냐, 기록물이! 육아일기란 말 못 쓰냐?"

장로들은 저마다 입이 귀에 걸려 있었다. 시끄럽기는 또 얼마나 시끄러운지. 시장통에라도 와 있는 것 같았다.

하지만 연우는 신수를 본 순간 그럴 수도 있겠다는 생각이 가장 먼저 들었다.

그곳에는 새끼 그리핀 두 마리가 서로에게 기댄 채 쌔액 쌔액 깊은 잠에 빠져 있었다.

매의 머리와 날개, 사자의 몸통과 뱀의 꼬리. 한 녀석은 붉은색, 다른 녀석은 푸른색 털로 되어 있어 구분하기가 쉬웠다. 전체적으로 근엄하고 신성하다는 인상이 강했다.

그리핀은 환수들 중에서도 최상위종으로 손꼽히는 녀석들. 여기에 연우가 선물했던 여러 기운들도 제대로 흡수했던지 잠재력도 뛰어나 보였다.

[히든 퀘스트(어비스 터틀의 시험)을 성공적으로 클리어했습니다.]

[누구도 쉽게 이루지 못할 업적을 달성했습니다. 추가 공적치와 보상이 제공됩니다.]

[공적치를 5,000만큼 획득했습니다.]

[추가 공적치를 3,000만큼 획득했습니다.]

……

[보상으로 '머리 거북이의 등껍질 조각×30'과 '꼬리 뱀의 허물'을 획득했습니다.]

[추가 보상으로 '푸른 정령의 가호(임시)' 스킬이 '푸른 정령의 가호' 스킬로 변경되었습니다.]

[이제부터 '푸른 정령'을 다룰 수 있게 되었습니다.]

[아직 정령술에 대한 이해도가 많이 낮습니다. 정령술을 익혀 '푸른 정령'을 상위 정령으로 진화시키세요.]

신수들로부터 받았던 퀘스트 중 마지막 것까지 해결되었다.

연우는 보상으로 주어진 것들을 확인했다.

[머리 거북이의 등껍질 조각]

분류: 재료 잡화

등급: A++

개수: 30

설명: 11층의 '어비스 터틀'은 환수와 마수가 서

로 자웅동체를 이루던 신수였다. 이중 환수인 머리 부분이 가지고 있던 등껍질.

단단하기로는 아다만티움에 버금갈 정도로 알려져 있다. 하지만 등껍질 조각만 가지고는 아무것도 할 수 없으니 실력이 좋은 대장장이에게 가져가 방어구로 만드는 것이 훨씬 좋을 듯하다.

**이 아티팩트는 '유니크'입니다. 탑에서도 오로지 단 한 개밖에 존재하지 않으며, 주인에게 완전히 귀속됩니다. 타인으로의 거래나 양도가 불가능합니다.

[꼬리 뱀의 허물]

분류: 재료 잡화

등급: A++

설명: '어비스 터틀'의 마수인 꼬리 부분이 신수가 되면서 마지막으로 벗었던 허물.

질기고 튼튼한 특성을 가지고 있으며, 꼬리 뱀이 진화하기 전에 갖고 있던 맹독 특성이 묻어 있다. 하지만 이것만 가지고는 아무것도 할 수 없으니 실력이 좋은 대장장이에게 가져가 무기구로 만들도록 하자.

**이 아티팩트는 '유니크'입니다. 탑에서도 오로지 단 한 개밖에 존재하지 않으며, 주인에게 완전히 귀속됩니다. 타인으로의 거래나 양도가 불가능합니다.

신수에게서 나온 물건답게 등껍질 조각과 허물은 여러모로 연우에게 큰 도움이 될 것 같았다.

'그렇지 않아도 지금 방어구와 무기로는 조금씩 한계를 느끼고 있었는데. 잘 됐어.'

사실 연우가 가지고 있는 무기들은 대개 당장 랭커가 써도 부족하지 않을 만큼 대단한 것들이었다.

하지만 비그리드와 아이기스, 그리고 검은 팔찌에 비하면 여러모로 부족한 게 사실이었다.

특히 튜토리얼 때 구매했던 크라슈나의 단검은 이제 날이 다 빠지고 내구도도 거의 다해서 버려야 할 지경이었다.

그래서 연우는 이참에 신급 무구를 제외하면, 전체적으로 아티팩트들의 능력치들을 대거 끌어 올릴 생각을 하고 있었다.

마침 허무룡이 남긴 역린도 있으니. 함께 쓸 수 있다면 좋은 아티팩트가 나올 것 같았다.

'23층에 있다는 브라함을 빨리 만나고 싶긴 하지만. 그

렇다고 해서 층계 공략을 소홀히 할 수는 없으니까.'

20층에서 했던 것과 마찬가지로, 연우는 21층에서도 전력을 다해 도전에 임할 생각이었다.

특히 명예의 전당에 기록된 실력자들을 만날 수 있는 기회는 쉽게 주어지는 게 아니었다.

연우는 이참에 마지막 165위부터 1위까지 전부 도전해 볼 참이었다.

그중에는 지금은 잊힌 옛 종족들의 잔영들이나, 바토리의 흡혈검의 원주인인 흡혈군주도 있었다. 또한, 아홉 왕들의 옛 모습도 있으니, 앞으로 그들을 상대할 생각인 연우로서는 절대 놓칠 수 없는 기회였다.

무엇보다.

한낱 그림자 분신에 불과하지만, 이제는 만날 수 없을 누군가를 만날 수 있다는 사실도 그의 심장을 일렁이게 만들었다.

『저 친구가, 이번에 어비스 터틀을 대신할 거라던 신수인가?』

연우의 머릿속으로 마룡 크르릉의 목소리가 전해졌다.

여태껏 반 년 넘도록 현자의 돌에서 잠만 자더니. 이제 기운을 갈무리하는 작업이 끝난 걸까, 아니면 비슷한 기운이 느껴져서 잠이 깬 걸까?

『히히. 주인, 나도 일어났어.』

그때, 짹짹이의 목소리도 같이 전해졌다. 아무래도 기운의 갈무리가 끝난 건 같았다. 어쩌면 신수를 보고 작업이 더 빨라진 건지도 몰랐다.

이유가 무엇이 되었건 간에 다행이다 싶었다.

사실 20층에서 머물고 있을 때에는 수련에 집중하고, 샤논과 한령이 있어 괜찮았지만. 그래도 여태 계속 잠만 자고 있던 둘이 걱정되는 게 사실이었다.

하지만 이제 깨어나 연결 고리를 통해 전해지는 사념은 아주 즐거워 보였다. 아직 눈으로 확인한 건 아니었지만, 둘 다 만족스러워 보였다.

'몸은? 좀 어때?'

『어어어엄청 좋아. 막막 날아다니고 싶어, 나!』

'이따가 해 줄 테니 잠시만 기다려.'

『응응!』

'크르릉은?'

『그딴 이름으로 부르지 말라고! 설마 시간이 그렇게 지났는데도 아직도 못 정한 건가?』

'좋은 이름이 안 떠올라서.'

『말도 안 되는……!』

크르릉은 속이 부글부글 끓는지 앓는 소리를 냈다. 정말 많이 답답한 모양이었다.

연우는 자기도 모르게 작게 웃음을 터뜨렸다. 어쩐지 모르게 헤노바와 성격이 조금 비슷한 면이 있는 것 같았다.

아니, 그러고 보니 동생도 멀뚱하게 있다가 속을 살짝 긁으면 이런 식으로 화를 잘 내는 편이었지. 어쩌면 다들 동생과 성격이 비슷한 게 아닌가 싶었다.

『지금 웃음이 나오나!』

연우는 다시 화를 내는 크르릉을 보면서 웃음을 참았다. 더 놀리면 정말 크게 토라질 것 같았다. 게다가 그는 아직 녀석과 정식으로 계약을 맺은 상태가 아니었다.

'네메시스.'

『뭔……!』

'네 이름. 어때?'

『음.』

크르릉은 잠시 침묵을 지켰다. 깊은 고민에 잠긴 목소리였다. 그러다 천천히 말했다.

『신의 이름이로군.』

네메시스는 올림포스의 신 중에서 복수와 율법을 담당한다는 존재다. 비록 제우스를 비롯한 12주신에 비하자면 한참 명성이 떨어지고, 신격도 높은 편은 아니었다.

그래도 엄연히 신은 신. 그런 이름을 빌린다는 것은 신의 위세를 빌린다는 뜻도 되지만, 반대로 말하자면 신의 이름을 더럽히는 행위가 되기도 했다.

그래서 탑에 들어선 플레이어들은 대개 신에 대한 두려움으로 그들의 이름을 일부러 피하거나, 갖고 있던 것도 바꾸는 경향이 짙었다.

하지만 연우는 그런 걸 전혀 개의치 않는 듯한 모습이었다.

[98층의 여러 신과 악마들이 저마다 여러 의논을 나눕니다.]

[몇몇 신들이 불쾌해합니다.]

[헤르메스가 그들을 설득합니다.]

[몇몇 악마들이 흥미로운 눈길로 바라봅니다.]

또다시 신과 악마들에 관련된 메시지가 떠올랐다.

하지만 연우는 이번에도 무시했다. 이런 메시지에 일희일비할 것 같았으면 진즉에 말을 꺼내지도 않았을 것이다.

무엇보다, 연우가 노리는 바는 따로 있었다.

신의 이름은 그 자체만으로도 힘을 가진다. 해당 신의 위격과 성향, 신위, 그리고 그들의 개념이 정립된 기호(記號)이기 때문이었다.

그래서 신의 이름을 사용하면 그의 가호를 받을 수 있었다.

하지만 대부분이 그들의 마음을 사로잡지 못하기 때문에 저주나 파멸로 끝나는 경우가 많았다. 아무리 그들이 98층에 갇혀 아래층으로 힘을 투사하지 못한다고 해도, 어느 정도 손길을 뻗칠 수 있는 정도는 되었으니까.

그러나 이름의 원주인의 마음을 사로잡을 수 있다면. 그리고 그 이름을 널리 퍼뜨릴 수 있는 위명을 실천한다면. 충분히 큰 힘이 되어 주곤 했다.

연우가 노리는 점이 바로 이거였다.

신의 이름을 빌려 환수들에게 그들의 가호를 내리게 하는 것.

잘못하면 신의 명성을 더럽히는 행위라며 저주를 받을 수 있었지만.

'나는 조금 다르지.'

이미 연우는 몇 번씩이나 신과 악마들의 관심을 끌 정도로 뛰어난 성취를 보여 주곤 했다.

그리고 앞으로도 계속 그런 모습을 보여 줄 자신이 있었다.

특히 신이 가진 위명에 벗어나지 않는 선에서 활약을 펼친다면. 그리고 네메시스라는 신을 설정하는 정의(定義)를 제대로 보여 준다면. 못할 것도 없었다.

연우는 그들이 위세를 높여 주고, 그들은 환수에게 가호를 내린다.

일종의 거래인 것이다.

『네메시스라.』

크르릉은 여전히 신의 이름을 빌린다는 사실이 걸리는 건지 선불리 대답하질 못했다.

하지만 연우의 생각을 깨닫고 나쁘다는 생각은 들지 않았다.

아니, 오히려 좋았다.

앞으로 자신과 연우가 하려는 일에 있어 그만큼 어울리는 이름은 없었으니까. 그래도 신의 비위를 거스를지 모른다는 사실이 자꾸만 마음에 남았다.

'싫으면 계속 크르릉으로 해야겠지.'

『……그대는 정말이지 극단적인 생각밖엔 하지 않는 것 같아. 알고 있나?』

'알고 있어. 그래서. 대답은?'

『그걸로 하지.』

그 순간.

띠링—

[마룡 '크르릉'의 이름이 '네메시스'로 변경되었습니다. 새로운 이름에 따라 지정 환수의 개념에 새로운 변화가 일어납니다.]

[네메시스(마룡)이 당신을 주인으로 인정했습니다.]

[세상에 기존에 없던 새로운 환수를 태어나게 하였습니다.]

[누구도 쉽게 이루지 못할 업적을 달성했습니다. 추가 공적치와 보상이 제공됩니다.]

[공적치를 5,000만큼 획득했습니다.]

[추가 공적치를 3,000만큼 획득했습니다.]

[추가 보상이 주어집니다.]

[체력을 5만큼 획득했습니다.]

[마력을 7만큼 획득했습니다.]

……

[주의! 신의 이름을 빌렸습니다. 네메시스 신은 이번 사안에 중립을 지키기로 결정했습니다. 앞으로 네메시스 신의 눈이 당신의 뒤를 따를 것입니다. 신의 이름을 더럽히지 않도록 주의하세요.]

[헤르메스가 묘한 시선으로 당신을 바라봅니다.]

화아아—

비록 현자의 돌에 들어 있어 직접 볼 수는 없었지만, 연우는 연결 고리를 통해 크르릉, 아니, 네메시스의 기질이 많이 달라졌다는 사실을 알 수 있었다.

조금 더 무겁고, 짙으며, 어두웠다. 마치 칠흑색 어둠을 품고 있는 듯한 모습이었다.

네메시스는 새롭게 변한 자신의 모습이 마음에 드는지 얕게 '크르릉' 하고 짙은 하울링을 내뱉었다.

이러니 크르릉이라는 이름을 붙였지. 연우는 아주 잠깐 그런 생각이 들었지만 굳이 입에 담지는 않았다.

그래도 참 다행이다 싶었다.

작명 센스가 너무 없어서 무슨 이름을 해야 하나 한참을 고민했었는데.

그러다 햅번과 레베카 같은 사도들을 만나면서 문득 든 생각이 주효했던 것 같았다. 이왕에 이름을 바꾸는 것이라면, 보다 뛰어난 효과를 주는 게 좋았으니.

그리고 네메시스도 그만큼 신으로부터 미움을 받지 않기 위해 부단히 노력할 게 분명했다.

일기장 속에서 엿보았던 녀석은 자존심 강하기로는 둘째 가라면 서러워할 정도였으니.

째액!

『그럼 나는! 나는, 나는? 응?』

그때, 짹짹이가 갑자기 불쑥 나타나 연우 앞에서 크게 날갯짓을 했다.

이전에 봤을 때보다 조금 더 커져 늠름한 자태까지 뽐내고 있지만, 기대심으로 초롱초롱하게 빛나는 두 눈만큼은 여전히 순진해 보였다.

'니케는, 어떨까?'

니케.

승리의 여신을 뜻하는 이름이었다.

*　*　*

연우에게는 아주 어려웠던 이름 짓기 시간이 끝나고.

그는 신수를 구경하는 부족원들 틈바구니에서 살짝 빠져나와 인근에 위치한 공터로 이동했다.

타인의 방해를 받고 싶지 않았기 때문에 초감각을 넓게 퍼뜨려 인기척이 없는 것을 확인한 뒤, 근처 거목 위로 올라가 네메시스를 소환했다.

화아아—

허공을 따라 검은 안개가 자욱하게 퍼지면서 천천히 네메시스가 모습을 드러냈다.

아카샤의 뱀을 닮은 길쭉한 몸체. 하지만 전체적으로 환룡을 닮은 얼굴. 녀석은 짹짹이가 성장한 것보다 훨씬 더 커져 있었다.

이전에도 5미터는 훌쩍 넘는 길이를 자랑했지만, 지금은 7미터에 가까운 것 같았다.

이런 녀석을 두고 누가 부화한 지 일 년도 안 된 새끼 환수라고 생각할 수 있을지.

'뭐, 성이라는 용신에 비하면 아직 멀었지만.'

미후왕의 궁전에서 봤던 용신을 떠올리다가, 연우는 네메시스와 눈을 마주쳤다.

『이렇게 마주 보게 되니 많이 달라진 모양이군, 주인.』

네메시스는 이제 '주인'이라는 단어를 입에 담는 데 전혀 주저하지 않았다.

"너희들이 단련하는 만큼 나도 그만큼 성장해야 하니까."

『좋은 생각이야. 다른 건 몰라도 그런 마음가짐 하나만큼은 마음에 들어.』

연우는 피식 웃음을 흘렸다.

네메시스가 살짝 눈을 가늘게 좁혔다.

『그래서. 날 부른 용건은?』

"잘 알 텐데."

『흐음.』

"넌 여태 말을 않고 있었어. 어떻게 환생을 했는지. 고룡 칼라투스가 어떻게 살아 있는지. 그래도 난 굳이 묻지 않았고."

연우는 여태 네메시스가 마음 정리가 덜 끝났다고 생각했고, 그래서 시간을 주면서 기다렸다.

하지만 이제는 녀석도 어느 정도 마음 정리가 끝난 것 같았다. 환룡 미리내가 아닌, 마룡 네메시스로서의 삶을 받아들인 것처럼 보였다.

"이젠 말해 줬으면 하는데."

네메시스는 한참의 침묵 끝에 천천히 입을 열었다.

『내가 환생한 이유…… 사실 이걸 환생이라고 할 수 있을진 모르겠다. 기억을 다 갖고 있으니까. 하지만 한 번 죽었고, 다시 알을 빌어 이 세상에 나타났으니. 환생이 맞긴 맞겠지. 방법은 다른 신수들이 쓰는 방식과 다르지 않아.』

네메시스의 두 눈이 깊게 가라앉았다.

『난 그동안 공허를 계속 맴돌았다. 거기서 언젠가 정우, 그 친구가 날 찾아 주기를 기다리고 또 기다렸어.』

공허.

세상과 세상, 차원과 차원의 경계를 따라 흐른다고 알려진 것. 그 속에 흘러 들어간 영혼과 물질은 흔적조차 남기지 않고 사라진다고 한다.

그런데 거기서 여태 의식을 보존하고 있었다고?

"어떻게 기다릴 생각을 하게 됐지?"

『칼라투스가 그러라고 했었으니까.』

"뭐?"

뜻밖의 말.

연우의 눈이 살짝 커졌다.

『참 이상하지 않나? 분명 내가 알기로도 칼라투스는 정우에게 모든 걸 내주고 눈을 감았었다. 심지어 나에게는 자신의 소중한 드래곤 하트까지 내줬었어. 우리는 그의 임종을 지켰고, 마나의 품으로 돌아가는 것까지 확인했었다.』

마나의 품으로 돌아간다. 용종이 죽음을 맞을 때에 주로 하는 말이었다.

태생부터 마나의 축복을 받은 종족인 용종은 죽을 때에도 자신의 영혼이며 육체까지 전부 마나 스트림으로 환원하기를 바랐다.

고룡 칼라투스는 죽은 게 확실하다는 뜻이었다.

『그런데 청화도 놈들에 둘러싸여서, 정우의 복수를 하지도 못하고 이대로 눈을 감아야만 한다는 사실에 원통해할 때, 칼라투스의 목소리가 전해지더군. 기다리라고.』

네메시스는 그때 고룡 칼라투스가 했던 말을 아직도 기억하고 있었다.

—기다려라. 그 아이가…… 곧 돌아올 것이니.

돌아온다.

네메시스는 오로지 그 말만 믿고 기다렸다. 그리고 아주 긴 시간 동안 홀로 외로이 공허 속을 떠돌아다녔다.

기약이 없는 인내의 세월이 너무 고통스러워서 몇 번씩이고 공허 속에 묻혀 사라질까 하는 충동심이 들었지만, 그때마다 칼라투스의 목소리를 떠올렸다.

그리고 정우와 같은 영혼의 부름을 받아 다시 세상에 나타났다. 알을 깨고 나왔을 때, 그는 정말 정우를 보는 줄로만 알았었다.

하지만 아니었다.

"그렇단 말이지."

연우는 잠시 고민에 잠겼다.

결국 네메시스를 부활시킨 건, 고룡 칼라투스란 의미였다. 연우도 용체를 각성하면서 그의 목소리를 들었기 때문에, 그가 아직 어딘가에서 살아 있다는 것을 알고 있었다.

게다가.

한 가지 더 짚이는 것이 있었다.

'정우를 지구로 보내 준 건…… 어쩌면 칼라투스가 아닐까?'

연우가 아프리카에서 한국으로 돌아오게 된 계기. 동생이 발견되어서였다. 지갑에는 신분을 알 수 있는 신분증이 들어 있었고, 주머니에는 사진과 유품인 회중시계가 들어 있었다.

탑에 들어온 뒤로 간혹 그런 의문을 던졌었다.

대체 동생을 지구로 보내 준 건 누구일까?

동생이 눈을 감은 곳은 모처에 마련된 옛 아르티야의 클랜 하우스였다. 절대 지구가 아니었다.

그 말은 동생을 수습해 준 누군가가 있다는 의미였다.

하지만 그 '누군가'가 어떤 이인지는 알 수가 없었다.

일기장에는 용의자로 지목할 만한 인물이 없었고, 헤노바와 갈리어드 같은 사람들은 클랜 하우스의 위치를 몰랐다.

그런데 만약 그게 고룡 칼라투스라면.

여태껏 갖고 있던 여러 의문들의 아귀가 맞아 떨어졌다.

무엇보다 칼라투스는 말했었다.

기다리겠노라고.

자신을 찾아올 때까지.

연우는 네메시스를 보며 물었다.

"칼라투스가 있을 만한 곳이 어디일까?"

『그야 그의 임종을 지켰던 곳이겠지.』

"거기가 어디지?"

네메시스가 착 가라앉은 목소리로 말했다.

『50층. 용의 신전.』

"역시……."

50층, 용의 신전.

랭커와 세미 랭커를 가른다는 마의 대지. 혹은 장벽이라 불리는 스테이지.

하지만 연우에게 그곳은 다른 의미를 지니고 있었다.

동생이 마지막으로 눈을 감은 곳. 옛 아르티야의 클랜 하우스로 이동하는 포탈이 유일하게 설치된 장소였다.

그래서 연우는 50층까지 어떻게든 가야만 했고, 그러기 위해서 부단히 노력하고 있던 중이었다.

그런데 그곳에 고룡 칼라투스의 흔적이 있을지도 모른다고?

'확실히. 정우도 마지막에 칼라투스를 그리워하면서 클랜 하우스의 위치를 50층으로 설정한 것이었으니까.'

물론, 세간에는 아르티야의 클랜 하우스가 무너진 것으로 알려져 있었다. 사실은 동생이 죽기 전에 결계를 치고, 아공간으로 분리시킨 것이었지만.

"결국 거기까지 열심히 달려야 한다는 건데…… 문제는 내가 당장 그럴 겨를이 없다는 거야."

연우는 랭커 급에 해당하는 무력을 지니고 있어도, 각 층계를 오르는 데 있어 전력을 다하고 있었다.

시련은 단 한 번밖에 치르지 못한다. 그리고 거기서 보인 업적을 바탕으로 얻을 수 있는 보상은 천차만별로 달라진다. 20층에서 두 개의 넘버링 스킬을 얻었던 게 그 증거였다.

물론, 필요한 바가 있으면 다시 해당 층계로 이동해 스테이지를 즐기는 것도 가능했다. 20층의 다섯 번째 산에 머물던 사두들처럼. 하지만 그건 개인 수양일 뿐, 아무런 보상도 주어지지 않았다.

연우가 필요한 건, 막대한 공적치와 그에 따른 보상이었다.

'명예의 전당을 내 이름으로 전부 채울 필요도 있고.'

10층까지의 초심자 구간처럼 목적이 있어 빠른 스킵을 한 것이라면 모를까, 그게 아니라면 지금의 속도를 계속 유지하고 싶었다.

그런데 만약 고룡 칼라투스가 애타게 자신을 기다리고 있는 것이라면.

천천히 움직이다가 유일하게 남은 흔적마저 사라지게 된다면.

그때는 큰일이 난다.

하지만.

『아니. 그건 걱정하지 않아도 될 거다.』

네메시스는 걱정하지 말라면서 커다란 머리를 좌우로 저었다.

"왜?"

『그가 어떻게 있든 간에, 지금 그는 자고 있을 테니까. 힘을 아끼기 위한 동면에 가까운 행위이긴 하지만, 그래도 주인이 도착할 때까지는 충분히 기다릴 수 있을 거야.』

"그걸 어떻게 알지?"

『그새 잊었나?』

네메시스는 가볍게 콧방귀를 뀌면서 말했다.

『나는 칼라투스의 분신이자, 사도이기도 하다는 것을?』

* * *

결국 고룡 칼라투스의 생사는 자신이 충분히 알 수 있다는 네메시스의 말에 따라, 연우는 당분간 기존의 공략 속도를 계속 유지키로 했다.

급하게 오르다가 만약 실수라도 저지른다면. 그때는 정말이지 돌이킬 수 없는 사태가 벌어질 수도 있었으니까.

일단은 스스로 강해지고, 용체 각성을 8단계까지 빨리 습득하는 게 우선이었다.

그렇게 칼라투스에 대한 의문을 해소하고 계획을 정리한 뒤, 연우는 오랜만에 스승인 무왕을 찾았다.

"검기(劍氣)? 어쭈. 이제 사람 구실 좀 하겠는데?"

무왕은 예나 지금이나 똑같았다. 연우를 딱 한 번 보더니 그의 어디가 달라졌는지를 단번에 알아차렸다.

검기. 이는 외뿔부족의 용어로, 오러 블레이드를 의미했다.

연우를 따라왔던 판트와 에도라도 묘한 눈빛을 떴다. 오러를 깨우쳤다는 건, 검술이 달인 급에 올랐다는 의미.

아주 어렸을 때부터 무공에 입문했던 그들도 이제야 막 오러를 습득한 터라, 놀라면서도 관심이 갈 수밖에 없었다.

판트는 '또냐' 라는 표정으로 땅이 꺼져라 한숨을 내쉬었고, 에도라는 눈을 반짝였다.

"그리고. 음."

무왕은 턱을 짚으면서 연우를 위아래로 훑어보더니 씩 웃었다.

"다른 기연이라도 얻었나 봐?"

연우는 이제 할 말을 잃었다.

「캬! 이 정도면 진짜 무당 아니냐? 무왕, 무왕, 말만 들었지, 이 정도일 줄은 생각도 못 했다. 정말.」

「검무신을 만든 스승이라더니…….」

샤논과 한령도 감탄을 터뜨릴 정도였다. 거기다 목소리에는 살짝 존경심마저 어려 있었다. 무도가인 두 사람의 눈에는 연우가 보지 못하는 것도 비치는 것 같았다.

'진짜 이 사람에게는 귀신이라도 붙은 건가.'

연우는 더 이상 속일 생각을 하지 못했다. 그래서 살짝 한숨을 내쉬었지만, 한편으로는 차라리 잘되었다는 생각도 들었다.

이참에 이번에 겪은 일에 대해서 의논을 나눠 볼 생각이었다. 여의봉의 조각을 모으려는 마군의 목적은 알 것 같았지만, 아직도 풀리지 않는 의문이 몇 가지 있었다.

던전을 나왔을 때, 왜 마군은 그 자리에 없었을까? 여의봉의 조각이 목적이었다면 입구 쪽을 단단히 봉쇄해야 하는 게 맞을 텐데, 연우가 던전을 무너뜨릴 때까지 코빼기도 비치지 않았다.

또 한 가지. 이렇게 해서 킨드레드가 얻은 건 대체 무엇일까? 던전의 난이도는 분명히 어려웠다.

하지만 그건 연우 등에게만 해당할 뿐, 킨드레드에게는 충분히 가능한 정도였다. 그런데도 그는 퀘스트를 나눠 주기만 하고, 그 뒤로 일절 모습을 비치지 않았다.

아무리 마군이 하는 일 중에 정상적인 사고방식으로 진행하는 게 하나도 없다고 하지만.

아무리 머리를 굴려 봐도 이렇다 할 '가정'도 딱히 떠오르는 게 없었다.

하지만 무왕이라면 짚이는 게 있지 않을까?

미후왕의 궁전과 관련된 모든 것을 설명하지는 못하더라도, 영매를 통해 탑에서 벌어지는 대부분의 일을 엿보고 있는 그라면 뭔가 알지도 몰랐다.

더구나 킨드레드는 무왕과 아주 잘 아는 사이인 듯한 뉘앙스를 풍기기도 했었다.

그래서 조언을 구해 보려 했지만.

"하지 마."

무왕은 연우가 뭐라고 말을 꺼내기도 전에 손을 들어 막았다. 그리고 씩 웃었다.

"네 일은 네가. 내 일은 내가. 스승 제자 사이에 신뢰가 기반인 건 중요하지만, 그래도 독립을 시작했으면 제대로 해라. 정말 모르는 게 생기거든 날 찾아오고."

역시 귀신이다.

그래도 연우는 스승의 배려가 보이는 것 같아 고개를 끄덕였다. 그러면서 한편으로 그런 생각도 들었다. 역시 무왕은 미후왕과 닮은 점이 많았다. 말투도, 성격도.

결국 마군에 관한 건, 머리 한편으로 치워 뒀다. 어차피 여의봉의 조각을 얻기 위해 돌아다니다 보면 언젠가는 어쩔 수 없이 마군과 충돌할 수밖에 없었다. 그때 가면 이유를 알 수 있겠지.

무왕은 팔짱을 끼면서 화제를 돌렸다.

"그보다 이제 21층이라고?"

판트와 에도라의 시선이 다시 연우에게로 향했다. 21층. 이제 겨우 11층의 시련을 끝낸 그들로서는 연우를 따라잡으려면 가야 할 길이 너무 멀었다.

하지만 그것과 함께 미치는 생각이 있었다. 21층의 시련이 어떤 내용인지 떠올랐던 것이다.

"예."

무왕이 히죽 웃었다.

"그럼 나랑도 만나겠네?"

"예. 2위에 계시더군요."

연우는 21층에서 봤던 명예의 전당을 떠올렸다. 그중 두 번째에 기록되어 있던 이름. 나유. 무왕의 본명이었다.

지금은 4위에 있는 동생의 분신을 만나는 것에 집중하고 있었지만. 그 위로 올라가면 역대 녀석보다도 더 높은 기록을 세웠던 '괴물'들이 나타나게 되어 있었다.

그리고 당연한 말이지만, 연우는 절대 질 생각을 하지 않았다.

21층을 오를 당시의 젊은 무왕이라. 어쩐지 상상이 잘

가지 않았다.

"자신 있냐?"

"자신 있을 게 있겠습니까?"

"뭐야? 쫄……."

"당연히 제가 이기겠죠."

"어쭈? 이 새끼 봐라?"

무왕은 장난스럽게 질문을 던졌다가 돌아온 자신만만한 대답에 한쪽 눈썹을 꿈틀거렸다.

"잘난 척하다가 한 방에 훅 가는 거 몰라?"

"아시잖습니까? 저는 농담 같은 거 못합니다. 어디까지나 객관적인 전술 전략으로 판단해서 말씀드리는 거죠."

"분신한테 돼지도록 얻어 처맞아 봐야 정신 차리지. 응?"

"그렇지 않아도 여쭙고 싶었습니다. 스승님의 분신, 돼지도록 실컷 두들겨 팰 생각이었는데 괜찮으시겠습니까? 시련이긴 해도, 하늘 같으신 스승님의 잔영인데 함부로 손을 대기가 어려워서요."

"이 새끼가?"

"아니면 그냥 압도적으로 찍어 누르기만 할까요? 가능할 것 같긴 합니다만."

무왕은 연우와 잠시 팽팽한 기 싸움을 벌였다.

판트는 '아버지를 합법적으로 팰 수 있는 방법이 있다

고?' 라고 중얼거리면서 새롭게 안 사실에 희열을 느끼며 주먹을 불끈 쥐었고, 에도라는 골치 아프다는 듯 관자놀이를 꾹 누르면서 악다문 입술 새로 말을 흘렸다.

"두 사람 다 어린애도 아니고 그만하세요. 그리고 아버지, 아까 봐야 할 일이 있다고 하지 않으셨어요?"

"그거야 이따 하면 된……."

"아까 전에 대장로님께서 아버지 찾으시던데, 어떻게 할까요?"

"알았다, 알았어. 가면 되잖아. 그 영감님 요즘 얼마나 잔소리 심한 줄 아냐? 너까지 그러지 마라, 좀."

무왕은 눈이 시뻘겋게 달아올라 뒤쫓아 올 대장로의 모습이 떠올랐던지 가볍게 한숨을 내쉬고, 다시 마을 쪽으로 몸을 돌렸다.

대신에 떠나기 전에 연우에게 마지막 한마디를 해 두는 건 잊지 않았다.

"이겨라, 이왕이면. 1위까지도."

"예."

"그래. 그 정도 패기는 있어야 내 제자답지. 으흐흐! 그런데 딸아, 내가 아까 어디로 간다고 했었지?"

무왕은 연우에게 한쪽 눈을 찡긋해 보이고는, 마지막까지 딸을 괴롭히면서 자리를 떠났다.

연우는 그런 무왕의 뒷모습을 보면서 그가 한 말을 곰곰이 되씹었다.

이왕이면 1위를 이기라는 말. 그 말은 당시의 무왕도 1위는 꺾지 못했다는 뜻이었다.

비바스바트. 그는 다른 별칭으로 더 유명하다.

'올포원.'

77층에 눌러앉은 이후 지금까지 계속 수많은 플레이어들의 장벽이 된다는 자.

그가 아주 오래전에 남긴 환영이라.

다른 이유를 떠나서 꼭 꺾고 싶다는 생각이 강하게 들었다. 지더라도 자신의 현재 실력이 어디까지 통하는지 알고 싶었다.

연우는 자기도 모르게 주먹을 꽉 쥐고 말았다.

그사이.

에도라가 짙은 한숨을 내쉬면서 돌아왔다. 또 무왕이 철없이 속을 박박 긁어 놨던지 검지로 관자놀이를 꾹꾹 눌러 대고 있었다.

그러다 여전히 언젠가 오를 21층에 대한 기대로 잔뜩 부풀어 있는 판트를 도끼눈으로 살짝 노려보고, 연우에게로 고개를 돌리면서 한숨을 푹 내쉬었다.

"부탁인데, 오라버니는 부디 제발 저 두 사람을 닮지 말아 주세요. 요즘 계속 조금씩 닮아 가시는 것 같아요…….”

이래서는 정말 제 명에 못 살 것 같다는 말투.

하지만 연우는 가볍게 웃는 것으로 대답을 대신했다. 가면에 가려져 있어 잘 보이지 않지만, 두 눈이 호선을 그렸다.

에도라는 다시 한숨을 내쉴 수밖에 없었다. 정말 하루하루가 늙는 기분이었다.

“하아!”

“그보다 오늘 밤부터 다시 탑을 오를 거라고 들었는데.”

연우는 슬쩍 화제를 돌렸다. 에도라는 그런 연우가 밉다는 듯이 새쭉하니 살짝 노려봤다가, 고개를 끄덕였다. 오랜만에 만났으니 못 본 새 있었던 이런저런 일들에 대해 이야기를 나눌 법도 하건만, 바로 탑 이야기부터라니. 정말 연우답다 싶었다.

“그리핀을 우선 어비스 터틀이 있던 지역에다 데려다 놓고요. 이미 시스템의 인정은 받았으니 뒤의 절차도 큰 어려움 없이 끝날 것 같아요. 그럼 저희도 바로 움직여야죠. 그동안 여기서 너무 오랫동안 미적댔으니까요.”

“그럼 23층에서 만나자.”

“23층이요?”

“한동안 계속 거기서 머물 것 같아서.”

에도라는 뒷말을 하지 않아도 무슨 말인지 알 것 같았다. 초심자 구간에서처럼 같이 플레이하자는 의미. 자기도 모르게 배시시 웃음이 나왔다.

"네. 그럼 거기서 봬요."

* * *

연우는 판트와 에도라가 탑에 오르는 것을 배웅하고, 탑 외 지역으로 이동했다.

두 사람은 왜 같이 가지 않냐고 물었지만, 연우는 고개를 저으면서 딱 잘라 말했다.

—준비할 게 있어서.

21층은 여러 괴물들의 잔상이 남아 있는 곳이다. 그리고 올포원을 비롯해서 앞으로 그가 반드시 꺾어야만 하는 상대들의 과거가 묶여 있는 곳이기도 했다.

당연히 연우로서는 전력을 다해 도전할 수밖에 없었고, 새로운 재료도 구한 김에 전력을 재정비할 생각이었다.

'사과도 해야 하고.'

당연히 연우가 찾은 곳은 헤노바의 대장간이었다.

어비스 터틀의 등껍질과 허물을 취급할 수 있는 대장장이는 사실 헤노바 외에 딱히 떠오르는 사람이 없었다. 게다가 반 년 전에 맡겨 뒀던 샤논과 한령의 무기도 찾아야만 했다.

'그런데 어떻게 사과하지?'

연우는 헤노바가 자신을 보자마자 망치라도 던지지 않을까 하는 생각이 들었다.

약속했던 기한을 훌쩍 지나 버린 데다가, 에도라에게 듣기로는 자신이 계속 오질 않아서 외뿔부족을 찾아가기까지 했다고 했으니. 크게 걱정을 했던 것 같았다.

하긴 그럴 만도 했다. 헤노바의 입장으로서는 별다른 말도 남기지 않고 잠수를 타 버린 격이었으니까.

친한 사람을 잃는다는 고통을 알고 있는 그에게 몹쓸 짓을 한 셈이었다.

그래서 연우는 어떻게 그의 마음을 달랠까 걱정했다. 평소처럼 농담으로 때우거나, 능글맞게 굴어서는 안 될 것 같은데.

하지만 도무지 좋은 생각이 떠오르질 않아 머릿속이 멍했다. 이럴 때는 인간관계에 서툴기만 한 자신이 너무 갑갑했다.

그렇게 갖가지 생각을 하면서 도착한 대장간 앞은.

"지금부터 재고 상품, 떨이 판매한다. 품목은 소드 브레이커와 칼 9자루! 하나씩 보여 줄 테니까 가격 불러, 이것들아!"

"으아! 헤노바가 또 미친 짓한다!"

"5만 포인트!"

"미쳤냐! 헤노바가 만든 물건을 그딴 가격에 부르게? 10만 포인트! 그거 나한테 넘겨!"

"12만!"

헤노바가 높게 마련된 단상 위에 올라가 짧은 팔로 칼을 높이 들고 있었다.

즉석 경매라도 이뤄지는 중인지, 사람들은 눈에 불을 켜고 구름 떼처럼 몰려 흥정을 해 대는 중이었다.

그런데 헤노바가 든 칼이 왠지 모르게 연우의 눈에 낯이 익었다. 샤논이 먼저 눈치채고 빽 소리를 질렀다.

「야! 가서 막아! 저거 내 칼이잖아!」

연우는 헤노바의 속내를 깨닫고 쓰게 웃고 말았다.

'팔아 치워 버릴 생각이신 것 같은데.'

속 썩이기만 하는 놈의 물건을 계속 두고 있어 봤자 울화통만 터지겠지. 그리고 어떻게 들었는지 몰라도 자신이 왔다는 말을 듣고 욱한 마음에 치워 버릴 생각을 한 모양이었다.

헤노바의 성격이라면 충분히 가능했다.

'역시 불같은 성격은 어디 가질 않으시는군.'

그렇게 살짝 웃는데, 답답해하는 샤논의 목소리가 들렸다.

「주인! 그만 좀 웃고 저거 말리라고! 드워프! 그것도 5대 명장이 만든 물건이 이상한 놈팽이들한테 팔린단 말이야! 으아아! 저기 팔리려고 한다! 좀 뛰어!」

사실 헤노바가 검을 만들어 줄 거란 말에 가장 기대했던 사람이 샤논이었다.

무인이라면 당연히 좋은 무구를 탐낼 수밖에 없고, 당연히 명장이 만든 물건이라면 사족을 못 썼다.

특히 헤노바는 탑에서도 손꼽히는 5대 명장 중 하나. 비록 아르티야와 엮여서 좋은 꼴을 못 보게 되었지만, 그래도 알음알음 그의 물건을 구해 보고자 손을 쓰는 사람들은 여전히 많았다.

그리고 그건 한령도 마찬가지였다. 생전에 가지고 있던 9자루의 보도가 전부 신과 악마의 이름을 딸 만큼 대단한 것들이었다지만, 헤노바에게 충분한 재료와 시간만 주어진다면 그에 못지않은 물건을 만들 수 있다는 것을 너무 잘 알고 있었다.

그래서 헤노바가 만들 거라던 아홉 칼을 보고 싶었는데. 저렇게 떨이로 팔아 치우려는 것을 보니 비명이 저절로 나왔다.

맛있는 음식이 있다고 해도 차라리 보지 않았다면 모를까. 눈앞에다 줄 것처럼 던져두고 빼앗는 것만큼 사람을 미치게 하는 건 없었다.

결국 연우는 계속되는 샤논과 한령의 채근에 어쩔 수 없이 순보까지 밟아 가며 대장간 앞에 도착했다.

즉석 경매는 한창 과열되고 있는 중이었다.

"25만!"

"26.5!"

"이런 미친놈들이. 30만!"

평소에는 구경하기도 힘들다는 5대 명장의 칼이 떠억 하니 눈앞에 있으니. 플레이어들은 경쟁 심리까지 붙어서 가지고 있는 전 재산을 털어서라도 저것을 가지고 말겠다는 열의로 가득 차 있었다.

사실 낙오자들이 가득하다는 탑 외 지역에서 저만한 물건이 나오는 것 자체가 불가능했다. 저것을 가질 수 있으면 딴 데다 팔아도 훨씬 마진이 남을 테니 횡재하는 것이나 다름없었다.

그래서 더 액수가 올라가려는데.

"50만!"

갑자기 혼란스럽던 분위기가 찬물을 끼얹은 것처럼 싸늘하게 가라앉았다.

모든 사람들의 시선이 뒤쪽으로 쏠렸다.

50만 포인트라면 웬만한 중소 클랜의 운영비를 뺨때기 두어 번 때리고 남을 정도였다. 어느 미친놈이 훼방이라도 놓으려는 건가 싶어 고개를 돌렸다.

그러다 연우의 가면을 보고 소스라치게 놀라고 말았다.

"도, 독식자!"

"저 사람이 이런 곳에는 왜……?"

"그새 잊었나? 독식자가 헤노바와 친하잖아."

"제, 제기랄…… 송충이가 노는 곳에 뱀이 나타나면 어쩌자고."

플레이어들은 이 이상 부르기가 난감했던지 슬쩍 뒤로 빠지는 분위기였다.

덕분에 한창 칼을 높이 들고 있던 헤노바의 얼굴에 짜증이 섞였다.

그는 대놓고 연우를 노려봤고, 연우는 대신해서 살짝 눈웃음을 지었다.

언제나 그의 속을 뒤집어 놓던 능글맞은 웃음이었다.

"저 새끼가, 또……!"

헤노바가 이를 바득바득 갈던 그때, 한 플레이어가 손을 번쩍 들며 떨리는 목소리로 소리쳤다.

"6, 60만!"

"히익! 자, 자네 그만한 돈 있어?"

"저걸 어떻게 감당하려고……."

손을 든 사람은 눈이 시뻘겋게 달아올라 있었다. 꼭 도박판에 올인을 외친 사람처럼 보였다. 이 이상 부를 수 없을 거란 자신감도 있었다.

하지만.

"100만."

"흐어억!"

그는 연우가 아무렇지 않게 툭 내뱉은 숫자를 듣고 기함을 하고 말았다.

다른 인파들도 더 이상 놀랄 기력도 없는지 소리 없이 입만 쩍 벌리고 있었다.

연우는 팔짱을 끼면서 오만하게 다른 사람들을 둘러보며 물었다.

"더 없지? 그럼 낙찰받은 걸로 알지."

"……."

"……."

헤노바는 한 번 더 이를 바득바득 갈면서 연우를 노려보다가, 다음 칼을 꺼냈다. 한령이 요구했던 칼 중 가장 폭이 좁은 칼이었다.

"그럼 이……!"

"100만."

"……개 같은."

연우는 헤노바의 말이 끝나기도 전에 또다시 100만 포인트를 불렀다.

입을 쩍 벌린 플레이어들의 안색이 창백하게 변했다.

연우는 그 뒤로도 계속 높은 액수를 아무렇지 않게 불러대는 미친 짓을 해 버렸다.

당연히 플레이어들 사이에서는 그게 말이 되냐며 따지는 목소리가 나올 수밖에 없었다.

하지만 연우는 안쪽 주머니를 뒤지는 척하면서 인트레니안에서 보석을 여러 개 빼돌렸다.

레드 드래곤이 아끼는 몇 개 안 되는 마법 창고이니 만큼, 그 안에 있는 보석이나 재화는 하나같이 비싸고 귀한 것밖에 없었다.

물론, 아무리 인트레니안에 많은 돈이 담겨 있다고 해도 그 많은 돈은 쉽게 낼 수 있는 액수가 아니었다.

사실상 현재 인트레니안에 있는 총 재산의 2/3만큼이나 해당하는 금액이었으니까.

하지만 연우는 알고 있었다.

헤노바는 분명 그가 준 것만큼, 아니, 그보다 훨씬 더 값진 것으로 되돌려 준다는 것을.

아니, 되돌려 주지 않아도 괜찮았다.

연우가 헤노바에게 가지는 고마운 마음은 값으로 따질 수 있는 게 아니었다.

동생의 친구이자 아버지 같았던 존재. 그런 사람이니 인트레니안을 전부 달라고 해도 충분히 내어 줄 수 있었다.

그래서 아끼지 않고 지를 수 있었고, 연우에게 엿을 먹일 생각이었던 헤노바는 뜻대로 풀리질 않자 그를 노려보면서 이를 바득바득 갈아 댔다.

"빌어먹을 새끼."

"칭찬 감사합니다."

"갖고 가, 이 빌어먹을 놈아!"

헤노바는 들고 있던 소드 브레이커와 아홉 자루 보도를 왕창 집어 연우에게 세게 던졌다.

이걸 얻어맞고 볼썽사납게 나뒹굴든지, 아니면 귀찮게 일일이 줍고 다니라는 뜻이었지만.

연우는 이번에도 헤노바의 바람을 뭉개 버렸다.

연우는 손을 뻗어 마력을 쏘아 보내 검들을 칭칭 감았다. 그러자 소드 브레이커와 보도들이 느릿느릿하게 움직이면서 연우의 품에 떨어졌다.

의념을 깨달으면서 이제 가벼운 물건쯤은 쉽게 들어 올릴 수 있었다.

"이이익!"

헤노바는 마지막 남은 수법까지 헛수고로 돌아가자 애꿎은 땅바닥만 두어 번 걷어차다가 홱 하고 대장간으로 돌아갔다.

인파들은 아쉽다는 듯이 입맛을 다시면서 연우를 바라봤다.

하지만 그러거나 말거나, 연우는 그들의 눈빛을 무시하면서 소드 브레이커만 검집에서 뽑아 보았다.

스르릉—

기분 좋은 감촉이 손끝에서 느껴졌다.

마치 설원을 옮겨 담은 것처럼 순백색으로 반짝이는 날. 거기다 한쪽에 나 있는 자글자글한 톱니바퀴는 짐승의 송곳니처럼 날카로웠다.

"와."

"어떻게 저런 물건을 사람이……!"

그 광경을 지켜보고 있던 사람들이 일제히 탄성을 터뜨렸다.

미련이 남아 있던 사람들도, 탐욕에 젖어 있던 사람들도 입을 다물 줄 몰랐다. 다른 생각을 모두 지우고 감탄만 남을 만큼 대단했다.

이제 막 검을 깨우치기 시작한 연우가 보기에도 절대 범상치가 않은 물건이었다.

용마안으로 살짝 살펴봐도 결이 거의 없었다.

「말도 안 돼…… 아무리 드워프, 드워프라지만…… 저게 가능해? 저런 걸 하루 만에 만들었다고? 딱 봐도 S급은 넘어 보이는데?」

샤논은 경악을 넘어 아예 비명을 질렀다. 마치 믿을 수 없는 기적을 만난 신도라도 된 듯한 모습이었다.

[헤노바의 곧고 비틀린 검]

분류: 양손 장검

등급: S~SS

설명: 드워프 헤노바가 꼭두새벽 밤의 이슬을 맞아 가며 두들긴 검. 소드 브레이커를 목적으로 만들어졌기 때문에 양쪽 날의 용도가 서로 다르게 제작되었다.

곧은 날이 선 오른쪽은 날이 가볍고 날카로워 상대를 빠르게 휘몰아칠 수 있도록 되어 있고, 비틀린 날이 선 왼쪽은 톱니 날에 무게가 가득 실려 적이 착용한 방어구까지 찢어발길 수 있도록 제작되었다.

다용도로 쓰일 수 있지만, 무게 균형의 편차가 심해 숙련도가 붙지 않으면 오히려 주인이 다칠 우려가 크다. 바람의 축복과 저주가 담겨 있다.

* 곧게 뻗히는 강풍

바람의 축복에 따라, 오른쪽 날을 휘두르면 휘두를수록 가속도가 붙는다. 주인의 민첩성에 크게 영향을 받으며, 공격 속도가 빨라질수록 공격력도 크게 증폭되어 거미줄처럼 촘촘한 칼질 속에 적을 가둘 수 있게 된다.

거미줄 칼질에 갇힌 적은 혼란 상태에 잠겨 크게 공격력이 하락하게 된다.

* 비틀리게 감기는 선풍

바람의 저주에 따라, 왼쪽 날을 휘두르면 무게가 실린 바람이 돌개바람을 그린다. 최대 12개의 돌개바람을 연속으로 생성할 수 있으며, 이 속에 갇힌 적은 방어구의 내구도가 크게 하락해 파손될 확률이 높아진다.

숙련도에 따라 두 개의 옵션을 번갈아 사용할 수 있으며, 여기에 따라 공격력도 천차만별로 달라져 최대 2,300%의 위력까지 보인다.

「으아아! 이 미친 주인아! 이런 걸 두고 여태 안 찾아오고 뭘 하고 있었던 거냐아아!」

샤논은 소드 브레이커의 설명을 읽고 이제는 아예 미쳐 버리려 하고 있었다.

한령도 동감한다는 듯이 짙은 탄식을 내뱉었다.

「……이 정도면 못해도 '수작' 수준은 될 텐데.」

「수작? 수작이 뭐야! '걸작' 급은 되겠구만!」

수작과 걸작. 연우도 야금술을 익혔기 때문에 두 명칭이 뜻하는 바를 알고 있었다.

무술가의 등급이 달인, 명인, 진인 급으로 이뤄지듯, 수작과 걸작은 대장장이 중에서도 최고에만 오른 실력자들이 만들어 낼 수 있는 등급이었다.

「이런 것을 하루 만에 만들어 낼 수는 없을 테니, 아무래도 주인께서 나타나지 않았던 반 년 동안 차근차근히 개변(改變)에 개변을 거듭했던 것 같습니다.」

연우는 입을 꾹 다물었다. 개변에 개변을 거듭했다는 말이 가슴을 울렸다.

애당초 원래 연우에게 줄 물건이었으니 그를 위해서 이렇게 만들어 놨단 뜻이었다.

그리고 다른 보도들도 소드 브레이커만큼에 비견할 만하거나, 조금 떨어지는 수작과 걸작 급의 물건들이었다.

그만큼 많은 시간을 필요로 했을 것이다.

원래대로라면 반 년이란 시간으로도 절대 만들 수 없었

을 텐데. 밤이 새도록 두들기기라도 한 것일까.

대체 자신은 헤노바에게 얼마나 많은 빚을 지고 있는 걸까?

「하여간 저 미친 새끼들. 이런 물건을 두고, 뭐? 60만? 눈이 삔 거야, 아니면 등쳐 먹으려고 했던 거야? 저딴 식으로 사는 놈들이니 당연히 탑 외 지역에서나 살지! 개 같은 새끼들!」

샤논은 당장에라도 밖으로 뛰쳐나와 한바탕 칼춤이라도 출 태세였다. 연우가 재빨리 제동을 걸어 그러진 못했지만, 짙은 살의는 그림자 밖으로 잔뜩 풍겼다.

플레이어들은 안색이 창백하게 변했다. 담력이 약한 녀석들은 바지에 실례를 하면서 제자리에 주저앉기까지 했다. 그들은 행여 연우의 눈에 띄기라도 할까 봐 재빨리 줄행랑을 쳤다.

연우는 한참 동안 그렇게 제자리에 서 있었다.

그러다 한령이 깊은 침묵 끝에 살짝 떨리는 목소리로 물었다.

「주군…….」

'왜?'

「제 것도 확인할 수 없겠…… 습니까?」

그도 빨리 보도들을 확인해 보고 싶은 마음이 굴뚝같아 보였다.

'들어가서 확인해.'

연우는 쓰게 웃으면서 인트레니안을 열어 소드 브레이커와 보도들을 전부 던져 넣었다.

그림자가 두 개로 길쭉하게 늘어나면서 같이 아공간 너머로 들어갔다.

아마 두 사람 다 안쪽에서 물건들을 확인하고 쓰임새를 파악하느라 한동안 정신없을 게 분명했다.

연우는 고개를 절레절레 흔들면서 대장간의 문을 열고 안으로 들어갔다.

깡! 깡! 깡!

어느새 헤노바는 화로에 불을 켜 놓고 주물을 두들기고 있었다. 망치질 소리에 짜증이 다분하게 묻어났다.

"썅! 왜 왔어?"

"떨이 상품을 천만 골드나 주고 산 큰손입니다. 너무 박대하시는 것 같습니다만."

"이 새끼가 또?"

헤노바는 정말 손에 쥐고 있는 망치를 냅다 던질 것 같았다.

연우는 쓰게 웃었다. 자기도 모르게 또 반사적으로 놀리고 말았다. 어쩌다 보니 패시브 스킬처럼 된 모양이었다. 지금은 그럴 때가 아닌데.

결국 연우는 고개를 푹 숙였다.

"죄송합니다."

망치를 던지려던 헤노바의 손길이 멈칫거렸다. 이맛살이 살짝 찡그러졌다.

"뭐가?"

"소식조차 전달드리지 못했던 것, 죄송했습니다. 늦을 거라고 연락이라도 드릴 수 있는 건데, 제 실수였습니다."

"……니미."

이렇게 나와 버리니 망치를 냅다 던지기도 힘들다.

헤노바는 들고 있던 망치를 바닥에다 내려놓고, 옆에 아무렇게나 던져뒀던 곰방대를 들어 입에 물었다.

끔뻑, 끔뻑, 한참 동안 그렇게 연기를 들이켠 뒤에야 치밀어 올랐던 짜증이 조금씩 가라앉았다.

둘 사이에 잠깐 침묵이 흘렀다.

"난 말이다."

침묵을 깬 건, 헤노바였다.

"더 이상 누구를 잃고 싶지 않다."

"……."

"더 이상 그런 것에 휘둘리고 싶지도 않고, 전전긍긍해하며 속앓이를 하는 것도 싫다."

연우는 입을 꾹 다물었다.

"그렇게만 알아 둬."

헤노바는 그렇게 말하고, 화로 쪽으로 뒤돌아서 다시 망치를 들었다.

땅, 땅, 따앙—

연우는 잠시 그 모습을 보다가, 슬쩍 헤노바 옆에 만들어진 작은 화로 앞에 나란히 앉았다. 그리고 마찬가지로 풀무질을 해서 불길을 키우고 망치를 들었다. 쇳물이 끓기 시작했다.

잠시 후.

대장간은 두 사람이 나란히 두들기는 망치 소리로 가득 찼다.

땅, 땅, 따앙—

연우는 크라슈나의 단검을 꺼냈다.

튜토리얼 때부터 신비 상인에게서 구매해 아주 요긴하게 쓰던 단검이었다.

사실 '수행자의 의지'라는 옵션이 없었더라면 더 이상 쓰지 않았을 물건이기도 했다.

등급도 D+밖에 되지 않는 데다가, 그동안 이리저리 너무 험하게 써서 날도 거의 다 빠지고 내구도도 거의 바닥을 쳤다.

그래도 손에 너무 잘 익은 터라, 그동안 꾸준히 관리를 하며 쓰려고 했었지만.

20층에서의 수련이 너무 고됐던지, 이제 얼마 남지 않은 내구도도 거의 바닥을 보이고 있었다.

만약 평소의 연우였다면 이제 쓸모가 다 했다면서 버리고 다른 단검을 구했을 것이다.

인트레니안에 이보다 더 좋은 단검도 있는 데다가, 자신이 직접 제작해도 이보다 등급 높은 단검을 만들 자신이 있었다.

하지만 연우는 크라슈나의 단검은 쉽게 버리지 못했다.

미련이 남았다는 표현이 옳을 것이다. 너무 정이 깊게 배어 쉽게 버리질 못했다. 어쩌면 튜토리얼에서부터 같이 고생을 한 단검이기 때문에 의미가 더 각별한 것인지도 몰랐다.

그래서 연우는 조금 무리를 해서라도, 크라슈나의 단검을 한번 크게 뜯어보고 개조하고자 했다.

마침 괜찮은 재료들도 있었으니까. 특히 꼬리 뱀의 허물이 가장 눈에 띄었다.

질기고 튼튼하며, 맹독 특성을 갖고 있어 무기류로 만들기 좋다던 설명 문구.

왠지 모르게 크라슈나의 단검과 상성이 잘 맞을 것 같았다.

[용마안]

연우는 새로운 동공을 활짝 열어 크라슈나의 단검을 따라 세로로 길게 난 결을 관찰했다.

그리고 날을 손잡이와 분리시켜 바닥에다 놓고, 사람 팔뚝만 한 길이를 가진 굵직한 정(釘)을 가져와 끝을 결에다 갖다 댔다. 도구로 날을 단단히 고정시킨 뒤에, 망치로 정을 세게 내리쳤다.

까앙!

깡!

몇 번 그런 식으로 반복하자 날이 총 5개로 분리되었다. 그리고 그것들을 각자 따로 화로에 집어넣어서 시뻘겋게 열이 오르게 했다.

연우는 그것을 가만히 구경하다가, 이번에는 꼬리 뱀의 허물을 꺼내서 작은 탁상에다 반듯하게 펴고 몽둥이로 부드럽게 두들겼다. 무두질로 허물이 조금 더 반듯하고 질길 수 있도록 만들기 위해서였다.

그 뒤로도 연우는 인트레니안에서 몇 가지 물건을 더 꺼냈다. 주로 각 층계를 오르면서 히든 피스로 얻었던 광석들. 그중에는 19층에서 어렵게 구한 소량의 오리할콘도 있었다.

오리할콘은 미스릴과 맞먹을 정도로 뛰어난 마력 전도율을 자랑하는데, 내구도는 그보다 훨씬 더 대단해서 아주 비싼 값에 거래되는 재료였다.

연우는 그런 것을 반으로 똑 떼어 내 한쪽에서 열을 내고 있는 용광로에다가 집어던졌다.

그리고 가만히 오리할콘이 녹을 때까지 기다렸다.

물론, 웬만한 온도로는 녹지 않을 것을 감안해 성화로 화력을 최대로 출력시키는 것을 잊지 않았다.

이렇게 해 두면 오리할콘에 성화의 기운도 일부 묻어나기 때문에 괜찮은 방법이었다.

상황이 이렇게 되자, 여태껏 연우를 못 본 척하면서 자기 할 일에만 집중하고 있던 헤노바가 관심을 가지지 않을 수가 없었다.

그는 연우에게 섭섭했던 것일 뿐 크게 화가 난 건 아니었다. 조금 남아 있던 짜증도 연우가 사과를 하면서 다 풀어진 상태.

다만, 자존심 강한 그의 성격 때문에 말을 붙일 기회를 찾지 못했던 것일 뿐이었는데.

연우가 계속 기상천외한 재료들을 꺼내니 눈길이 돌아갈 수밖에 없었다.

대장장이로서 저런 귀중한 재료들로 뭘 할 것인지 궁금하면서도, 허튼짓을 하는 건 아닐까 하는 노심초사하는 마음도 같이 들었다.

연우는 힐끔힐끔 훔쳐보는 헤노바를 보면서 작게 웃었다. 그냥 어떤 건지 슬쩍 물어봐도 될 텐데, 참 융통성이 없는 양반이다 싶었다.

하긴 그러니 매번 그가 놀릴 때마다 쉽게 넘어가는 것이겠지만.

연우는 자신이 지은 죄도 있고 해서, 슬쩍 자신이 굽히고 들어가기로 마음먹었다.

"저, 헤노바."

"흥! 무슨 일이냐?"

헤노바는 재빨리 못 본 척 고개를 자기 주물 쪽으로 돌리면서 코웃음을 쳤다. 하지만 귓가가 쫑긋거리는 걸 연우는 놓치지 않았다.

연우는 저절로 웃음이 나오려는 걸 억지로 참으면서 말을 이었다.

"단검을 하나 개조하고 싶습니다만. 혹시 도움을 청할 수 있을까요?"

"내게서 야금술을 배웠다는 놈이 아직도 물건 하나 제대로 못 만드는 게야?"

"제가 가진 재주야 아직 많이 부족하지 않습니까? 아주 간단한 물건을 만드는 정도나, 날붙이를 관리하는 정도라면 괜찮습니다만. 개조는 전혀 별개의 영역이라서요."

연우가 목소리에 힘을 조금씩 주었다.

"하지만 야금술에서 헤노바는 제 스승님이 아니십니까? 뛰어난 명장이기도 하시고요. 당연히 헤노바의 도움을 절실히 필요로 합니다."

씰룩. 씰룩. 헤노바의 귀가 계속 들썩거렸다. 귓바퀴가 살짝 빨개졌다. 부끄러운 모양이었다.

그래도 '스승'과 '뛰어난 명장'이라는 단어가 듣기 좋았던지, 헤노바는 짐짓 근엄한 척 가볍게 헛기침을 하면서 말했다.

"험험! 그렇게까지 말한다면야 어쩔 수 없지. 그래. 뭐가 궁금한 것이냐?"

"사실 제가 이번에 좋은 재료들을 꽤 많이 구해서 말입니다."

"음? 재료?"

연우는 헤노바가 다가온다는 것을 깨닫고, 슬슬 미끼를 던질 준비를 했다.

"보시겠습니까?"

"꺼내 봐."

연우는 헤노바의 생각이 바뀔세라 재빨리 인트레니안을 열어 안에 있던 머리 거북이의 등껍질과 허무룡의 역린을 비롯해서 몇 가지 광석을 같이 꺼냈다.

순간, 헤노바의 눈빛이 달라졌다.

"너, 이거……?"

"이것과 이것은 어비스 터틀과 허무룡으로부터 보상으로 받은 것입니다. 그리고 이 광석들은……."

헤노바는 연우가 11층에서 겪었던 일들에 대해서 판트 남매로부터 전후 사정을 들어 대강 알고 있었다.

그런데 정말 신수들의 부위를 가져올 줄은 생각도 못 했는지 주름진 눈이 동그랗게 떠질 정도였다.

사실 오리할콘 같은 광석은 그의 눈에 크게 들어오지 않았다. 그런 것이야 비싸긴 하지만, 그가 마음만 먹는다면 얼마든지 구할 수 있었다.

하지만 등껍질과 역린은 달랐다. 이런 건 천금을 주어도 구하기 힘든 것들이었다.

신수가 죽어야 구할 수 있는 만큼 어느 누구도 쉽게 취할 생각을 못 하는 것들이었으니까.

그런데 그런 걸 눈앞에 떡하니 내놓았다. 당연히 헤노바의 눈이 돌아갈 수밖에 없었다. 간만에 대장장이로서의 욕심이 활활 타올랐다. 손끝이 간질거리는 기분이었다.

"으험! 이, 이것들을 어떻…… 게 하려고?"

헤노바는 놀란 마음을 내색하지 않기 위해 최대한 진중한 어투로 물었다. 하지만 목소리가 살짝 떨리는 것까지는 어쩔 수 없었다.

연우는 드디어 헤노바가 미끼를 물었다는 생각에 살짝 미소를 지었다. 이럴 때는 가면을 쓰고 있다는 사실이 참 고마웠다.

"전체적으로 장비를 재정비하고 싶습니다."

헤노바의 두 눈이 깊게 착 가라앉았다.

"재정비라."

"예. 그동안 시간도 꽤 많이 흘렀고, 저 역시 그때와 많이 달라졌으니까요."

"하긴. 한 번 재점검할 때가 되긴 했지."

연우가 처음 헤노바를 만나서 마장철면과 마장대검, 그리고 기에스의 눈을 갖게 된 게 탑을 오르기 전이었으니.

사실 따지자면 많이 늦은 편이었다.

이를테면, 플레이어가 착용할 장비는 자동차의 타이어나 브레이크 패드처럼 소모품에 가까웠다.

아무리 관리를 잘한다고 해도 내구도는 계속 하락할 수밖에 없고, 옵션도 제각각이기 때문에 시시각각 변하는 플레이어의 스타일에 맞지 않게 되는 경우도 많았다.

그래서 플레이어들은 보통 5개의 층계를 기준으로, 갖고 있던 장비들을 재점검하는 편이었다.

필요 없는 장비는 따로 처분을 하고, 속성과 능력, 그리고 스킬 트리에 맞는 옵션을 찾아 새롭게 장비를 꾸리는 것이다.

그런 면에서 보자면 연우는 그동안 한 차례도 장비를 바꾸지 않았으니 늦어도 한참 늦은 셈이었다.

물론, 이건 연우가 갖고 있는 장비들이 하나같이 저층 구간 플레이어에게 어울리지 않는 최상급들이라는 것도 한몫단단히 했다.

비그리드와 아이기스, 칠흑왕의 절망은 두말할 것도 없었다. 마장대검과 마장철면은 중층 구간의 플레이어에게 어울리는 편이었고, 기에스의 눈은 랭커들도 찾기 위해서 혈안이 되어 있는 것이었다.

그나마 튜토리얼에서 구했던 크라슈나의 단검이나 몬스터 5색의 보석, 고블린 왕의 눈이 이제는 조금 의미가 퇴색한 편이었지만, 연우는 이마저도 아직까지 요긴하게 쓰고 있었다.

'일단은 내가 가능한 전투 방식이 다채로운 편이니까. 원래 그런 방향으로 스킬 트리를 맞추기도 했었지만.'

그리고 이건 전부 연우가 처음부터 계획하던 방향이기도 했다.

연우는 애초 언젠가 용체 각성을 이룰 것을 염두에 뒀었다. 그래서 마력회로의 확장에 신경을 썼고, 그 뒤로 자신에게 가장 알맞은 싸움 방식인 민첩성과 기동력, 그리고 감각에 중점을 뒀다.

아프리카에서 사선을 숱하게 넘나들었던 덕분에, 자신의 장점이 무엇인지 객관적으로 알고 있었던 덕분이었다.

물론, 칠흑왕의 절망은 그가 생각지도 못했던 보물이었지만.

또한, 연우가 아티팩트와 옵션에 의지하기보다는, 자신의 기량을 높이는 방향으로 수련을 했던 측면도 강했다.

여하튼 그런 여러 이유를 바탕으로, 여태껏 크게 장비에 구애를 받지 않았던 것이지만.

이제는 한 번 바꿀 필요를 절실히 느끼는 중이었다.

20층에서 오러를 깨우치고, 선술을 익히면서 육체적인 기량이 월등하게 성장했다. 영혼의 '격' 이 한 차례 크게 성장한 느낌.

당연히 이것을 보조할 만한 수단이 필요해졌다. 사실 지금도 달라진 육체와 장비가 잘 맞지 않는다는 느낌이 남아 있었다.

물론, 21층에 도전하기 전에 완전을 기하고 싶은 마음도 있었지만. 실상은 스스로를 탈바꿈하고 싶다는 욕망이 가장 컸다.

"……그렇게 된 겁니다."

연우는 이런 자신의 변화에 대해서 헤노바에게 상세하게 털어놓았다.

그라면 충분히 해답을 내려 줄 수 있을 것이라고 생각했다.

그리고.

"흐음."

헤노바는 간만에 진중한 표정으로 들어가 곰방대를 입에 물었다.

두들기고 있던 주물이 있었지만 어느새 싸늘하게 식었다. 화로의 불길도 풀무질을 하지 않아 천천히 사그라졌다.

연우는 헤노바가 생각을 정리할 때까지 가만히 지켜봤다. 그러다 몇 시간이 지난 뒤에야, 헤노바가 천천히 곰방대에서 입을 뗐다.

"그러니까 돈도 많으니 머리부터 발끝까지 싹 다 바꾸고 싶다, 이 말이지?"

"따지자면 그렇습니다."

"그리고 몇 개는 직접 네 손길이 닿았으면 좋겠고?"

"욕심인 건 알고 있습니다만, 제가 만든 물건이 제게 가장 잘 맞을 것이라고 생각합니다."

헤노바는 피식 웃음을 터뜨렸다.

"그건 좋은 생각이다. 자신의 정념이 깃든 물건이야말

로, 주인과 가장 마음이 잘 맞는 법이지."

연우가 크라슈나의 단검을 개조하겠다고 나선 것은 절대 단순히 헤노바의 마음을 돌리기 위해서가 아니었다.

이젠 자신의 손으로 제대로 된 아티팩트를 만들어 보고 싶은 욕망도 있어서였다.

야금술을 익힌 플레이어라면 누구나 가질 수 있는 희망 중 하나였으니까.

또한, 이제 마법에 본격적으로 입문하기 시작했으니 마도공학을 깨우치기 위해서라도, 그리고 브라함을 만나기 전에라도, 야금술을 본격적으로 단련해 둘 필요가 있었다.

"내게 그 많은 돈을 던져 준 건 이것 때문이로군."

헤노바는 조금 어이가 없다는 표정으로 연우를 바라봤다.

"아니라는 말씀은 못 드리겠습니다."

"빌어먹을 놈 같으니."

헤노바는 연우의 뻔뻔한 대답에 욕지거리를 내뱉었지만 기분은 나쁘지 않았는지 가볍게 미소를 흘렸다.

연우가 이렇게 속내를 드러낸다는 것은 그만큼 자신을 믿고 의지한다는 뜻이었으니까. 절대 나쁜 기분이 아니었다.

그러다 눈을 가늘게 좁혔다.

"여하튼 싹 다 바꾸는 작업을 내게 맡기고 싶다는 것이지?"

"예."

"그런데 그 말, 무슨 뜻인지 잘 알고 하는 소리냐?"

"예. 알고 있습니다."

연우는 무겁게 고개를 끄덕였다.

헤노바는 고개를 절레절레 흔들었다.

"아니. 넌 전혀 모르고 있어. 그게 얼마나 중요한 건지."

플레이어에게 알맞은 장비를 제작한다는 것. 겉으로 보기에는 아주 당연하고 능률적인 행동으로 보일지 모르지만, 실상 따져 보면 아주 말도 안 되는 일이었다.

플레이어가 자신이 가진 모든 정보들을 낱낱이 내놓는다는 의미였으니까.

능력치, 속성력, 스킬 트리, 전투 스타일, 체격, 체형, 마력의 등급, 앞으로의 성장 계획…….

그 방대하고 복잡한 체계를 수치화해서 대장장이에게 제공해야만 한다.

그것은 곧 자신의 장단점과 약점을 모두 내보여야 한다는 의미이기도 했다.

즉, 대장장이가 나쁜 마음을 먹고, 혹은, 실수로라도 정보가 유출된다면 뼈아픈 타격이 될 수 있었다.

헤노바는 바로 그런 점을 지적했다.

현재 탑에서 가장 많은 주목을 받는 존재를 말하라고 한다면 단연 연우를 꼽을 수 있었다. 50층 이후부터는 아직 덜 관심을 기울인다지만, 그래도 한 번쯤 지나가면서라도 그의 이름을 들을 수 있는 정도는 되었다.

하지만 그것과 달리 공개된 정보는 아주 적은 편이었다.

그저 무술에 제법 뛰어나고 기동력을 이용한 전투가 주를 이룬다는 것만 알려졌을 뿐. 스킬 트리에 관련된 사항은 생각보다 알려져 있지 않았다.

당연히 그런 연우의 정보를 요구하는 곳은 아주 많았다.

헤노바는 그런 점을 지적하고, 연우에게 좀 더 깊게 고민을 해 보라고 말하려 했다. 그가 보기에 연우는 아직 자신이 얼마나 주목을 받는 루키인지 잘 모르고 있었다.

하지만.

"아뇨. 알고 있습니다."

연우는 단호하게 말했다. 무슨 일이 있어도 당신에게 이 일을 맡기고 싶다는 눈빛. 아니, 당신이 아니면 믿을 사람이 없다는 눈빛이었다.

그리고 그 눈빛에서, 헤노바는 또다시 누군가를 떠올리고 말았다.

절대적인 신뢰로 자신을 보던 꼬맹이가.

"……좋아. 도와주마. 하지만 어디까지나 메인은 나다. 너는 옆에서 보조에나 충실해. 농땡이 피우면, 망치로 뚝배기 깨 버릴 줄 알아."

가면 아래로, 연우의 가벼운 웃음소리가 흘러나왔다.

"잘 부탁드리겠습니다."

그리고.

그날부터 헤노바의 대장간은 밤이 새도록 불이 꺼지질 않았다.

* * *

땅, 땅, 따앙—

몇 시간째, 헤노바는 쉬지 않고 묵묵히 주물만 계속 두들겨 대는 중이었다.

한쪽 옆에는 거의 해체되다시피 한 기에스의 눈과 역시나 여러 갈래로 미리 쪼개 놓은 머리 거북이의 등껍질이 아무렇게나 널브러져 있었다.

헤노바가 가장 먼저 개조하기로 선택한 건 바로 흉갑 부위였다.

전체 방어구 중에서 가장 중요하고 중심이 되는 부위이기 때문이었다. 그리고 흉갑의 무게나 재질에 따라서 전투

스타일도 많이 달라질 수밖에 없기 때문에 가장 손이 많이 가는 곳이기도 했다.

헤노바는 이런 흉갑 부위를 중심으로, 어깨의 견장(肩章)과 건틀릿, 벨트, 바지, 부츠, 그리고 가면까지 전부 한 개의 세트(Set)로 통일시킬 생각이었다.

세트 아티팩트가 주는 부가적인 효과도 아주 뛰어난 편이었으니까.

때마침 괜찮은 세트도 있었다. 마장 시리즈. 그것에 한데 몰아넣으면 될 것 같았다.

'마장이라.'

헤노바는 망치를 두들기다가 살짝 떠오른 생각에 자기도 모르게 쓴웃음을 지었다.

마장 시리즈. 사실 이걸 자신의 손으로 완성하게 되는 날이 올 줄은 생각도 하지 못했다.

가장 첫 번째 물품이었던 마장대검은 원래 다른 주인에게로 갈 예정이었으니까.

하지만 마장대검은 끝내 원주인에게로 가지 못했다. 그래도 지금은 새로운 주인을 맞아 그런대로 잘 사용되고 있는 것 같았다.

그래서 헤노바는 문득 지금도 그런 생각을 하곤 했다.

마장대검은 원래 처음부터 원주인에게 갈 운명이 아니었

던 걸까. 다른 인연을 찾아 움직이고, 거기에 맞춰서 새롭게 개화될 운명이었던 게 아닐까.

헤노바는 오랫동안 쇠를 만지면서, 쇠에게도 그 나름의 운명이 있다고 굳게 믿는 편이었다.

그저 광석으로만 있을 때에는 단순한 무생물에 지나지 않지만, 사람의 손길을 타고, 사념이 스며들고, 세월이 묻어나면서 조금씩 의지를 가진다고 생각했다.

그리고 헤노바가 봤을 때, 마장대검은 비록 자신의 손을 떠나고 원주인에게 가지 못했지만, 새로운 주인의 곁에서 행복해하고 있었다.

비록 그 길은 가시밭길일지언정, 그 위를 걷는 것을 힘들어하지 않았다.

그래서 헤노바는 그런 마장대검에게 친구들을 여럿 만들어 주고 싶었다.

앞으로 계속 걸을 가시밭길을 같이 걸어 줄 동료들을.

"이건 순전히 개조나 개변 수준이 아니라, 아예 재조(再造)나 다름없는 수준인데. 하여간 못된 놈. 늙은이를 이런 식으로 부려 먹어."

한참 뒤, 헤노바는 잠시 쉴 겸 해서 허리를 반듯하게 펴고, 곰방대를 가볍게 물며 툴툴거렸다. 하지만 말투와 다르게 입가에는 옅은 미소가 떠나질 않았다.

사실 헤노바는 기에스의 눈을 어떤 방식으로 개조, 아니, 재조를 할지 확실하게 정해 두지 않은 상태였다.

처음에는 그냥 만들어 둔 마갑 형태를 중심으로 필요한 것들을 추가할까 싶었지만, 그것만으로는 부족할 것 같았다.

"흐음."

곰방대를 무는 내내 이맛살이 살짝 좁혀졌다.

그러다 헤노바는 허공을 짚어 홀로그램 창을 띄웠다.

[플레이어 정보]

* 신체 정보

이름: ???

출신 행성: ???

성향: 중립 (악 61%)

키: 182cm

몸무게: 89kg

특성: 냉혈, ???, ???, 수도자

칭호: 괴물 사냥꾼, 개척자, 마력의 축복을 받은, 신수의 계승자, 죽음을 이끄는 자, 미후왕의 후예

* 신체 능력

힘: 812 (+90)

민첩: 851 (+101)

체력: 778 (+88)

마력: 1,052 (+125)

* 스킬

???(51.2%), 초감각(15.9%), 시간 예지(2.0%), 물리 내성(70.9%), 시차 괴리(8.9), 바토리의 흡혈검(42.8%), 성화(10.8%) 순보(68.9%), 마력회로(70.1%), 천익기공(48.6%), 팔극검(80.2%), 푸른 정령의 가호(18.0%), 불벼락(5.5%), 어기전성(15.6%), 72선술(1.2%)

* 속성력

화(火): 102 (+201)

수(水): 35 (+30)

……

암(暗): 88 (+65)

악(惡): 90 (+100)

……

연우가 참고해 달라면서 넘긴 자신의 스테이터스 창이었다.

애초 헤노바는 여러 방법으로 연우의 신장과 무게, 그리고 근육의 발달 정도를 측정하려고 했지만, 연우는 아예 자신과 관련된 정보를 다 넘겨줬다.

사람을 너무 쉽게 믿는 건지, 아니면 자신을 그만큼 믿는다는 건지.

머리가 명석한 녀석이니만큼 후자에 가깝겠지만. 그래도 스테이터스 정보를 통째로 넘길 줄은 생각도 못 했기 때문에 어안이 벙벙했다.

물론, 아주 중요하다 싶은 것들은 모두 '???' 라는 형태로 블라인드 처리되어 있긴 했지만.

그래도 대략적인 내용은 볼 수 있게 해 놨기 때문에 어느 정도 유추하는 건 어렵지 않았다.

하지만 이것을 받고 난 뒤.

헤노바는 가만히 정보를 분석하면서 연우에게 가장 알맞고 필요한 방향이 무엇인지 빠르게 파악할 수 있었다.

직접 측정한 것보다야 탑의 시스템이 제공하는 정확한 수치가 파악하기 훨씬 쉬웠으니까.

그러나 그렇기 때문에 장비를 제작하는 데 더 어려움이 따르는 부분도 있었다.

재료나 부품을 구하는 건 어렵지 않았다.

연우가 넘겨준 것만도 해도 아주 많았고, 부족한 것이야 돈으로 얼마든지 구매할 수 있는 것들이었다.

문제가 되는 부분은 '어떤 형태로' 만들 것이냐였다.

스테이터스는 전체적으로 마력에 치중되어 있는 편이었고, 그 외에는 민첩성이 남달리 계수가 높았다.

그렇다는 건, 여태 그러했던 것처럼 경장갑으로 가도 될 것이다. 어쩌면 무게를 더 줄이는 것도 좋을지 모른다.

하지만 무게를 너무 낮게 잡게 되면 방어력이 한없이 처질 수밖에 없었다.

더구나 어비스 터틀의 등껍질은 무게가 상당했다. 하나하나에 경량화 마법을 각인시켜서 단점을 해소한다고 해도, 재질이 너무 빳빳하다 보니 움직임에 많은 무리가 갈 수밖에 없었다.

그렇다고 막상 천 옷으로 만들 수도 없는 노릇이니.

"흐으음. 정말이지 이런 걸 두고 누가 저층 구간의 플레이어라고 생각할 수 있을지."

웬만한 랭커쯤은 쉽게 씹어 먹을 수 있을 것 같은데 말이지. 그리고 이건 앞으로 50층에 닿을 때까지 더 크게 성장할 기미가 보인다는 뜻이기도 했다.

최소한 그래도 헤노바라는 이름이 있는데. 그때까지는 입고 다녀도 쪽팔리지 않을 물건을 만들어 줘야만 했다.

그렇게 헤노바의 고민은 깊게 이어졌다.

그리고.

헤노바의 두 눈은 유독 한 곳에 단단히 고정되어 있었다. 물음표로 표시된 이름과 출신 행성 위치에.

*　　*　　*

우드득. 우득.

가볍게 몸을 풀 때마다 뼈마디가 부딪치는 소리가 들렸다.

연우는 조금 개운해지는 느낌이 든 뒤에야 깊게 숨을 고를 수 있었다.

대장간 일에 익숙한 헤노바와 다르게, 그는 명상을 제외하면 한 자리에 가만히 앉아 있는 게 습관이 되어 있지 않다 보니 이렇게 수시로 나와서 몸을 풀어 줘야만 했다.

그래도 이렇게 뭔가 깊게 몰두하고 나니 기분은 아주 좋았다. 밤바람도 아주 상쾌했다.

연우는 초감각의 영역을 넓게 퍼뜨려 주변에 아무도 없는 것을 확인했다.

탑 외 지역에서도 최고 외곽 지역으로 분류되는 곳. 오래 전에 연우가 개인적으로 수련을 하던 장소이기도 했다.

다행히 인기척은 없었다. 하지만 그래도 도중에 누가 있을지 몰랐기 때문에, 검은 팔찌를 통해 부에게 명령을 내렸다.

'부, 결계.'

「명에. 따르겠. 습니다.」

부의 대답과 함께 초감각이 퍼진 영역을 따라 푸르스름한 파문이 퍼져 나가더니 단단한 결계가 구축되었다.

결계 마법은 제법 높은 수준의 이해도를 필요로 하는 마법. 하지만 부는 이미 그 정도를 어렵지 않게 소화해 낼 정도로 빠른 발전을 보이고 있었다.

역시 마법에 특화된 리치답다고 해야 할까. 아니면 룬 마법이 생각보다 부에게 잘 맞는 건지도 몰랐다.

연우는 그런 생각을 하면서 입을 열었다.

"네메시스. 니케."

부름에 따라 가슴팍 안쪽에 설치된 현자의 돌에서부터 뭔가가 쑥 빠져나가는 느낌이 들었다.

그리고 앞쪽 공간이 활짝 열리면서 엄청난 몸집을 자랑하는 네메시스와 연우의 상반신만 한 크기가 된 니케가 나타났다.

'아직도 적응이 안 된단 말이지.'

연우는 아직까지 영 낯설기만 한 두 이름을 두고 입맛을 다셨다. 역시 크르릉과 짹짹이가 정감이 가고 참 좋은데.

하지만 새로운 이름을 얻고 자신만만한 표정이 된 둘을 보니 차마 그런 말을 꺼낼 수가 없었다.

『이름 바꿀 생각은 추호도 하지 않는 게 좋을 거다. 그랬다간 정말 계약을 파기시켜 버릴 테니까.』

『그런데 왜 불렀어, 주인?』

으름장을 놓는 네메시스와 귀엽게 고개를 갸웃거리는 니케. 확실히 녀석들은 같은 신수이면서도 서로 성격이 정반대였다.

"너희들도 그동안 꽤 많이 달라진 것 같으니까. 확인 좀 해 두고 싶어서."

『전력 확인이란 건가? 좋은 마음가짐이로군.』

『흐흐흐. 주인, 나 달라진 거 보면 아주아주 많이 놀랄걸?』

니케는 부리를 날개로 가리면서 키득거렸다. 뭐가 그리 재미난지 눈가가 호선을 그리고 있었다.

"그럼 먼저 니케부터 볼까?"

『아니. 네메시스부터 봐. 주인공은 원래 가장 마지막에 보여 주는 거라고 했어!』

대체 저런 말은 어디서 보고 배우는 건지. 연우는 살짝 웃음을 흘리다가 네메시스를 봤다.

네메시스는 별다른 대꾸 없이 앞으로 나섰다. 녀석은 아직 많이 어린 니케를 돌봐주는 큰형 같은 느낌이었다.

"현자의 돌은, 많은 도움이 됐나?"

네메시스가 커다란 머리를 크게 끄덕였다.

『도움이 되다마다. 아니, 도움이 아니라 '격'이 달라질 정도였다.』

연우의 눈빛이 달라졌다.

"그 정도였다고?"

『그래. 만약 그것이 아니었다면 힘을 갈무리하는 데 얼마나 많은 시간이 흘렀을지 몰라. 어쩌면 수년이 걸렸을지도 모르고, 그 과정에서 아주 많은 것을 잃었을지도 모르지.』

네메시스가 그동안 현자의 돌에서 잠만 잔 것 같았지만, 사실은 힘을 갈무리하느라 움직일 수 없었던 것이었다.

알에서도 많은 시간을 보냈지만, 그것으로도 많이 모자랐던 것이다.

하지만 그건 어쩔 수 없는 일이었다.

전생에 환룡일 때의 힘을 일부 갖고 있는 데다가, 오랫동안 공허에서 머물며 터득하게 된 속성력도 있었고, 또다시 연우가 부여한 4대 신수의 힘도 있었다.

이 많은 것들을 수용하려는 건 힘든 작업일 수밖에 없었으니까. 하지만 네메시스는 그동안 전생에서 이뤘던 위치까지 빨리 성장하기 위해 부단히 노력했다.

그리고 여기에 현자의 돌이 상당한 도움이 되었다.

현자의 돌은 단순히 포근한 보금자리가 아니었다.

힘이 밖으로 새어 나가지 않도록 보조 역할을 해 주고, 나아가 각 기운들이 하나로 녹아내릴 수 있도록 유도해 주는 역할까지 했다. 거기다 '격' 의 성장까지 이뤘으니.

그리고 그런데도 현자의 돌이 가진 기능이 무엇인지 전부 감이 잡히질 않을 정도였다.

네메시스는 앞으로도 계속 현자의 돌에 머무는 한, 발전이 멈출 거란 생각을 전혀 하지 않았다.

『그런 신묘한 돌을 대체 어디서 구한 거지?』

그리고 그런 물질을 여태 보지 못했던 네메시스로서는 자연스레 의문이 들 수밖에 없었다. 드래곤 하트가 아니고서야 이런 마력기관이 있을 수가 없었으니까.

하지만 연우는 쓰게만 웃을 뿐 제대로 된 대답은 하지 않았다.

네메시스의 성격 상, 현자의 돌의 탄생 계기를 듣고 난다면 스스로에게 환멸감을 느낄 테니까. 그리고 그건 니케도 마찬가지였다.

그래서 연우는 그동안 현자의 돌에 관련된 정보를 임의로 차단해 두고 있었다. 녀석들이 읽을 수 있는 범위가 표층 의식이 한계인 게 다행이었다.

"일단 확인부터 하자."

『그러지.』

네메시스는 머리를 들어 하늘을 바라봤다.

『원래 내가 갖고 있던 고유 스킬은 알고 있나?』

"어느 정도는."

네메시스가 '미리내' 라는 이름을 갖고 있을 때에 가졌던 고유 스킬은 크게 두 가지로 나눌 수 있었다.

"'환몽(幻夢)' 과 '용의 기둥' 이었지."

환룡이란 신수는 원래 뛰어난 마법 저항력을 갖고 있는 게 특징이었다.

그래서 외부 마법으로부터 충격을 무효화시킬 수도 있었지만, 반대로 말하자면 자신도 마법 계통 스킬을 쓰지 못하기 때문에 물리적 공격을 주로 삼았다.

미리내도 이런 특성에 기반을 두었다.

환몽은 넓은 지역에 걸쳐 마법의 위력을 대거 낮춰 주는 효과를 자랑했고, 용의 기둥은 인위적으로 돌풍을 일으켜 주변을 휩쓸고 다니는 특징을 갖고 있었다.

때문에 한때 탑 내에서는 '헤븐윙이 강림한 곳에는 마법사가 발을 붙일 곳이 없다' 는 말까지 나돌 정도였다.

오죽하면 '마법 학살자' 라는 칭호까지 얻었을까.

네메시스는 그런 과거를 아주 자랑스러워하는 듯했다.

『맞아. 그리고 이번에 갖게 된 것도 그 두 가지와 크게 다르지 않아. 조금 달라진 점이 있다면…… 아니, 직접 눈으로 보는 게 편하겠지.』

네미시스는 그 말과 함께 갑자기 눈을 감았다.

『꿈이…… 저문다.』

시동어를 입에 담는 순간.

화아악—

네메시스를 둘러싼 공간이 마치 먹물을 잔뜩 뿌린 것처럼 새카맣게 얼룩덜룩해졌다. 그리고 네미시스가 수채화처럼 흐려지더니 그대로 녹아들면서 사방으로 어둠이 줄기차게 퍼져 나갔다.

마치 20층 고행의 산에 찾아온 것처럼. 색채도, 소리도, 냄새도, 전부 어둠 속으로 녹아내렸다. 세상이 새카맣게 암전되고, 깊은 적막이 내려앉았다.

공허가 찾아왔다.

수 년 동안 공허 속을 거닐더니 그 힘을 품기라도 한 걸까.

이 속에 갇히게 되면 누구나 혼란을 겪을 수밖에 없을 것 같았다.

연우는 왠지 모르게 어두운 장막 뒤편에서 으쓱대고 있을 네메시스가 보이는 것 같았다.

그런 녀석을 두고, 연우가 고개를 들며 물었다.

“다 좋긴 한데. 시동어가 너무 중2병 같지 않나?”

연우는 왜 녀석이 네메시스란 이름을 그렇게 마음에 들어 했는지 알 것 같았다.

『중2병이라니! 그게 무슨 소리야! 스킬, 그 자체를 보라고! 그리고 공허라는 이미지를 확실히 구현하기 위해서는 그러한 틀을 묶을 만한 개념적 단어가 필요하고…….』

연우가 툭 던진 말에 네메시스는 버럭 소리를 지르면서 구구절절 변명을 늘어놨다.

‘설명충 버릇도 있나.’

연우는 더 크게 소리치는 네미시스의 짜증을 귓등으로 흘려들으면서, 눈앞에 떠오른 스킬 정보를 확인했다.

[꿈꾸는 미몽(迷夢)]

등급: AA+

숙련도: 0.0%

설명: 꿈은 환상 세계와 실제 세계가 뒤섞인 세계다. 일정 영역에 걸쳐 일정 시간 동안 그런 꿈을 구체화시켜, 적들을 그 속에 가둔다.

꿈속에 갇혀 있는 동안 그들은 길몽인지 악몽인지 모를 곳을 돌아다니며 수없이 방황하게 될 것이다.

* 황홀한 환몽

일정 영역에 걸쳐 인위적으로 공허를 내려 적들을 그 속에 가둔다. 공허 속에 갇힌 적들은 마치 꿈을 꾸는 듯한 착각에 빠져 '혼란' 상태와 '공포' 상태에 잠기게 되며, 두 수치가 일정 기준선을 넘을 경우, '공황' 상태에 잠겨 적아를 구분할 수 없게 된다.

그리고 적들이 혼란스러워하는 것에 비례해, 아군에 사기 진작과 체력 회복에 버프 효과를 준다.

* 두려운 악몽

꿈속 세계는 실제 세계의 법칙을 모두 뒤틀어 마법 및 주술적 효과를 크게 저하시킨다. 최대 20% 확률로 마법 및 주술적 계통의 스킬이 불발되며, 전개된 스킬에도 상당한 페널티가 적용된다.

단, 법칙을 고정시키는 '권능' 급에는 통용되지 않는다.

**인위적으로 공허를 내려 꿈속 세계를 소환하는 것이므로, 막대한 양의 마력이 소비된다. 마력의 감속도와 영역의 범위, 시간제한은 숙련도에 비례해 달라진다.

**스킬을 전개하는 동안, 네메시스(마룡)는 일절 무장이 해제된다. 만약 공허 속에 숨어 있는 본체를 찾아 카운터를 치게 될 시, 스킬이 자동적으로 파훼된다.

스킬을 확인한 연우의 눈이 살짝 커졌다.

환몽만 하더라도 수많은 마법사와 주술사들에게 악몽으로 다가왔었는데. 그보다 훨씬 효과가 더 좋은 스킬로 탄생한 것이다.

마법 및 주술 계통의 스킬에 막대한 영향을 끼치는 건 여전했다. 그리고 여기에 추가된 '황홀한 환몽'이라는 옵션은 여러모로 많은 도움이 될 것 같았다.

'영역 설정과도 잘 어울리겠어.'

용종의 권능, '영역 선포'와 함께 전개한다면 그 속에 갇힌 적으로서는 손발이 칭칭 감긴 것이나 마찬가지였으니까.

거기다 혼란과 공포 효과를 계속 투여해서 정신적 공격도 가중시킨다면, 효력은 더 크게 빛을 발하겠지.

연우에게는 날개를 달아 주는 것이나 마찬가지였다.

'거기다 공허를 불러서 꿈을 혼재시킨다고 했어. 그렇다

는 건, 이보다 더 상위 스킬을 열었을 때에는 심상 세계의 구현화도 가능하지 않을까?'

하이 랭커 중에서도 아주 극소수만이 터득할 수 있다는 '권능'은 법칙에 직접 간섭해서 그것을 제 입맛대로 뒤튼다. 그리고 상상 속에서 잡아 뒀던 이미지를 현실화시켜 막대한 힘을 행사한다.

연우는 '꿈'이라는 매개체를 쓴다는 점에서 훗날 자신도 그것이 가능하지 않을까 하는 생각이 들었다.

물론, 8단계의 용체 각성 중 6단계에만 다다라도 권능의 행사가 충분히 가능했지만.

'그래도 효율을 그만큼 증대한다면 효과도 더 커질 테니까.'

연우는 손으로 턱을 쓰다듬었다. 아직은 먼 훗날의 일이었지만, 머릿속에 정리해 둘 필요가 있는 영감이었다.

연우는 곧바로 다음 스킬을 확인했다.

[포악한 용오름]

등급: A

숙련도: 0.0%

설명: 바람이 되어 '강풍' 효과를 만들어 낼 수 있다. 강풍 효과에 노출된 적의 이동 속도는 10%가량

줄어든다. 또한, 막대한 크기의 소용돌이를 만들어 그 속에 갇힌 적들의 체력과 이동 속도를 주기적으로 깎아 낸다.

숙련도가 5%씩 늘어날 때마다 소환할 수 있는 용오름의 숫자도 1개씩 늘어나 최대 15개를 만들 수 있다.

이것도 마찬가지.

연우로서는 너무 반가운 스킬이었다.

'이것이라면 부가 망자 군단과 괴이 군단을 다루는 데 조금 더 집중할 수 있겠는데.'

그동안 영역을 선포하더라도, 연우는 주로 돌격대장 역할을 했기 때문에 사실상 언데드 군단을 지휘한 것은 부였다.

그래서 부는 피의 안개와 사령 소환, 그리고 사체 흡착을 번갈아 전개하느라 상당히 힘들어했었다. 비효율적인 면도 많았다.

하지만 포악한 용오름이 더해진다면 신경 쓸 부분이 적어진다. 최소한 권역을 휘젓고 다니는 건 네메시스가 도맡아 할 테니, 부는 괴이 군단과 언데드 군단을 통솔하는 데 집중하면 되었다. 필요할 때마다 마법을 부려도 될 테고.

그런 흡족한 마음이 전해진 건지, 어둠이 물로 씻은 듯이 사라지면서 네메시스가 나타났다.

녀석은 가슴을 한껏 앞으로 내밀면서 크게 거드름을 피워 댔다.

『이제야 이 몸의 위대함을 알겠나, 주인?』

"어. 중2병스러운 시동어를 외울 만해."

『그러니까, 그게 아니라고 몇 번을 말하……!』

연우는 다시 항변하는 네메시스를 무시하고, 니케를 돌아봤다.

"니케, 네 것도 보여 주겠어?"

『응응! 보면 어어엄청 놀랄걸?』

니케는 있는 힘껏 날개를 활짝 펼치면서 자신 있게 소리쳤다.

연우가 확인할 수 있는 스킬은 총 5개. 그중 눈에 띄는 고유 스킬은 2가지였다.

그중 하나는 성화.

전체적으로 연우의 것과 비슷했다. 사실 연우도 피닉스로부터 받은 것이니 틀은 같을 수밖에 없었다.

다만, 조금 다른 점이 있다면, 좀 더 다양한 변칙적인 효과가 있다는 점이었다.

'불꽃 우박' 과 '불의 바다'.

옵션으로 나타나 있는 두 가지는 이름 그대로 하늘에서부터 불길을 수없이 쏟아 내는 것이고, 땅에는 거친 불길을 일으켜 일대를 모조리 태우는 힘이었다.

다만, 두 가지 모두 효과는 좋은 반면에, 포악한 용오름에 맞먹을 정도로 마력을 잡아먹어서, 사용하는 데 주의를 기울여야 할 것 같았다.

아군도 같이 태울 수는 없는 노릇이니까.

분명 위력이 좋은 스킬이었지만 연우의 눈에 띄는 건 바로 이것이었다.

[화령(火靈)]

등급: D~S+

숙련도: 0.0%

설명: 피닉스는 불에서 태어나며 불에서 죽는다. 그렇기 때문에 세상의 모든 불길은 피닉스가 머물 수 있는 거처이며 영역이다. 덕분에 불 속을 자유롭게 드나들면서 여러 번의 '빙의'와 '재생'이 가능하다.

* 불의 재생(再生)

HP가 20% 아래로 하락할 시, 하루에 한 번, 불 속에 스며들어 몸을 한껏 치료할 수 있다. 재생을 시도하는 동안에는 다른 모든 스킬 효과가 중단된다.

* 불의 빙의(憑依)

불 속에 녹아 자신의 의지대로 다룰 수 있다. 화력이 거세면 거셀수록, 범위가 넓으면 넓을수록 제어 권한의 한계도 비례해서 커진다.

단, 적이 공격할 용도로 만든 불길에 한해서는 모든 제어가 불가능하며, 대신에 위력을 줄이거나 방향을 트는 등의 간섭 정도만 가능하다.

겉보기에는 역시 성화와 크게 다르지 않아 보일지도 몰랐다.

하지만 하나하나씩 세세하게 뜯어보면 그것과는 전혀 달랐다. 애초 이것은 연우를 위해 만들어진 스킬이나 다름없었으니까.

불 속에 마음대로 녹아들 수 있다는 것. 그리고 그것을 제 뜻대로 다룰 수 있다는 것. 이 특징을 이용해 만약 니케가 연우의 성화에 녹아들면 어떻게 될까?

'화력이 더 거세지겠지. 훨씬.'

연우는 이미 불을 다루는 데 있어 불편함을 느끼지 못했다. 아니, 손발을 다루는 것처럼 익숙하기까지 했다.

천익기공을 발동시키면 자연스레 나오는 것이 불의 날개였고, 오러를 뽑으면 검에 휘감기는 게 성화였다.

그런데 만약 여기에 니케가 깃들게 된다면.

현재 연우가 출력할 수 있는 화력의 한계를 한껏 뛰어넘게 될 것이다. 불의 날개, 오러, 성화. 전부 지금과는 차원이 달라지겠지.

니케와 손발이 잘 맞지 않을 걱정은 하지 않았다. 이미 녀석과 자신은 서로 대화를 나누지 않고, 눈빛만으로도 생각을 나눌 수 있을 정도였으니까.

"니케."

『응응!』

이번에도 마찬가지로, 니케는 연우가 별다른 말을 하지 않아도 뭘 원하는지를 깨닫고 크게 고개를 끄덕이면서 날개를 활짝 펼쳤다.

그리고는 곧장 수십 갈래의 불꽃으로 나뉘면서 연우에게로 깃들었다. 동시에 연우는 마력회로를 한껏 돌렸다.

화아악—

이제는 웬만한 열기는 눈 하나 깜빡하지 않을 정도이건만. 그런 연우조차도 놀랄 정도로 후끈한 열기가 체내에서 감돌더니 외부로 팽창되었다.

불길은 붉은색을 지나 푸른색으로, 그리고 푸른색에서 노란색으로 점차 물들었다.

파문처럼 퍼져 나간 불꽃은 주변에 있던 나무와 잡목을

모두 태웠다. 아니, 태우는 게 아니라 메말라 비틀어져 버리다가 바사삭 잘게 부서졌다

그나마 남아 있던 수분도 싹 증발하면서 땅은 금세 가물어 균열이 일어나고, 대기는 들끓으면서 아지랑이가 결계 안쪽 공간을 가득 메울 정도였다.

쿠쿠쿠—

그리고 팽창한 공기는 결계를 잔뜩 밀어냈으니. 그 속에 섞인 열기가 결계를 금방이라도 부술 것처럼 크게 흔들어 놨다.

단순히 힘을 방출한 것인데도 불구하고 엄청난 위력.

거기다 원래 세 쌍이었던 불의 날개도 네 쌍으로 늘어났다. 너무 많아진 게 아닌가 하는 생각이 들었지만, 그래도 넘쳐 나는 화력을 유지하기 위해서는 어쩔 수 없는 선택이었다.

연우는 거기서 그치지 않았다.

우선 방해가 되지 않는 선을 유지하기 위해 화력을 낮춘 다음, 불의 날개를 한껏 퍼덕이면서 하늘 위로 높이 날아올랐다.

쐐애액—

그동안 불의 날개를 이용한 비행 능력을 자주 써먹긴 했었지만, 그래도 비행 속도와 방향 급선회에 한계가 있을 수밖에 없었다.

하지만 이제는 그런 한계도 사라진 것 같았다.

연우는 대기의 흐름에 맞춰 날개의 움직임을 미세하게 조금씩 조절해 보면서 천천히 비행 능력을 터득하다가, 어느 정도 되었다 싶을 때쯤에는 한껏 속도를 더했다.

얼마나 빠른지, 대기가 찢어지는 소리가 연우의 귓가에도 울릴 정도였다.

'여기에 속보, 헤이스트, 블링크까지 더해진다면……!'

연우는 한꺼번에 모든 스킬과 마법을 동시에 발동시켰다. 저만치 멀리 잡은 목표점이 눈 깜짝할 새에 바로 눈앞에 나타나 있었다.

그리고.

콰아앙!

단검을 살짝만 흔들었는데도 불구하고, 거친 폭발이 일어나면서 결계를 비롯해 인근 구역에 있던 숲을 통째로 날려 버렸다.

콰콰콰—

* * *

'등급이 왜 이렇게 측정되었는지 이제야 알겠어.'

연우는 초토화된 숲을 보고 재빨리 자리를 빠져나왔다.

여전히 숲은 크고 작은 폭발을 번갈아 일으키고 있었다. 1차적으로 밀고 나간 자리 위로, 땅거죽이 뒤집히고 일어난 분진과 들끓는 대기가 뒤섞이고, 여기에 남아 있던 불씨가 더해지면서 2차, 3차 연쇄 폭발로 이어진 것이다.

결국 숲은 거의 형체를 잃은 상태였고, 아지랑이와 탄내가 진동하는 자리에는 불바다만 남아 버렸다.

더 큰 피해로 이어지기 전에 니케와 함께 재빨리 불길을 거둬들이긴 했지만, 현장까지 복구시킬 수 있는 건 아니었다.

이렇게 큰 소란을 벌였으니 확인을 위해서라도 곧 사람들이 몰려들 수밖에 없었다.

연우는 왜 화령의 등급이 하나로 고정되어 있지 않은지를 이제야 알 것 같았다.

사용하기에 따라서 얼마든지 다양하고 위력적인 공격이 가능했으니.

문제는 이마저도 연우가 낼 수 있는 최고의 힘이 아니란 점이었다.

만약 여기에 오러가 실렸다면?

불벼락도 같이 전개했다면?

여기에 더해 용혈 각성도 같이 깨웠다면?

「깨웠다면? 그게 뭐긴 뭐야. 아무리 봐도 미친 짓이지.」

「그만한 파괴력이라면 죽기 전의 저라고 해도, 충분히 위협을 느꼈을 것 같습니다.」

어느새 무기 점검을 끝낸 샤논과 한령이 저마다 한마디씩 감상평을 던졌다. 녀석들은 한없이 만족스러워 보였다.

연우가 한령에게 물었다.

"만약 전성기 때의 너와 만난다면?"

「그래도 여전히 위협적일 겁니다. 오러와 니케가 더해진 성화, 그리고 불벼락을 극한대로 압축시킨 폭발…… 아무리 당시의 저라 해도 정면에서 부딪친다면 최소한 팔다리 하나쯤은 내놓아야 할 테니까요.」

도무신이 인정할 정도의 위력. 거기까지는 만족스러웠다.

「하지만 부딪친다고 해서 두렵지는 않을 것 같습니다.」

"어째서?"

「절대 폭발에 휩쓸리지 않도록 단단히 주의할 겁니다. 아니면 시간을 주지 않겠지요.」

"역시."

연우는 동의한다는 듯이 고개를 끄덕였다.

한령의 말마따나 그런 기술을 전개할 틈을 내주지 않으면 그만이었으니까.

「게다가 적아를 가리지 않는다는 점도 너무 위험합니다. 지금의 폭발만 봐도 그렇습니다. 폭발력은 훌륭합니다만,

시전자가 제어할 수 없는 수준이라면 없는 것만도 못하다고 생각합니다.」

여기에도 연우는 고개를 끄덕였다. 확실히 그건 위험했다. 자신뿐만 아니라, 괴이 군단과 언데드 집단까지 한꺼번에 날아가 버린다면, 그때는 자폭밖에는 되지 않았다.

'그렇다면 폭발이 아니라 압축에다 중점을 두면 어떨까?'

그래서 연우는 관점을 다른 방향으로 돌렸다.

불길과 오러를 검에다 집중시킬 수 있다면. 물론, 검이 그만한 압박을 견딜 수 있을 정도로 뛰어난 내구도를 지니고 있어야겠지만, 비그리드라면 무리가 없을 것 같았다.

그렇다면 위력은 더 커지게 될 것이다.

아니, 위력만으로 끝나지 않는다. 극한에 다다른 열기와 폭발적인 오러. 이 두 가지가 뒤섞인 검을 제대로 받아 낼 수 있는 사람이 몇이나 될까.

실제로 이미 연우는 그와 비슷한 상황을 경험해 봤다.

선술, 절.

공간을 단절시킬 정도로 강했던 힘. 그때의 감각을 다시 경험해 보고 싶었다. 그리고 거기에 다른 것들도 더 많이 담아 보고 싶었다.

'아직도 연습해 볼 게 더 많이 남아 있구나.'

연우는 조금씩 구미가 당겼다.

하지만 지금 생각해 뒀던 개념들을 완벽하게 정리하고, 확실하게 제어할 수 있다는 판단이 들 때까지 연습을 하지 않으면 실전에서는 절대 써먹지 않을 생각이었다.

연우가 필요한 건 어디까지나 자신이 마음껏 다룰 수 있는 힘이었지, 무식하기만 한 폭발은 아니었으니까.

'그렇다면 이제 확인할 건, 정령뿐인가?'

연우는 어비스 터틀의 퀘스트를 클리어하면서 봤던 메시지를 잊지 않았다.

이제 정령술을 터득할 수 있다던 메시지.

이제는 '임시' 라는 단어가 사라진 스킬을 확인했다.

[푸른 정령의 가호]

등급: ???

숙련도: 18.2%

설명: 어비스 터틀은 자신과의 계약을 충실하게 수행해 준 계약자에게 고맙다는 답례로, 자신이 거닐고 있던 권속 중 하나를 선물했다.

푸른 정령은 깊은 심연에서 탄생한 존재로, 이렇다 할 자아는 갖추지 못했지만 주인을 보좌하며 다양한 역할을 할 수 있다.

기본적으로 신수들의 가호와 여러 스킬들의 속성이 혼선을 빚지 않게 하는 능력을 가지고 있으며, 때에 따라서는 '자아'를 부여해서 여러 스킬과 속성을 익히게 하여 다양한 방식으로 키울 수 있다.

정령의 성장 방향과 성격은 주인의 영향에 따라 천차만별로 달라질 것이다.

**이 스킬은 '고유'입니다. 어비스 터틀에게 인정을 받은 자만이 가질 수 있으며, 숙련도에 따른 성장이 가능합니다.

**아직 '자아'를 갖지 못했습니다. 자아를 생성해야만 빠른 성장이 가능하니, 우선 자아를 설정해 주십시오.

**'정령술'에 대한 이해도가 깊을수록 정령의 성장 속도도 빨라지게 됩니다.

사실 그동안 연우는 어비스 터틀로부터 푸른 정령을 선물 받긴 했지만, 체내에만 두고 있을 뿐 따로 소환하는 건 불가능했다.

하지만 퀘스트를 완료하고 추가 보상을 받으면서 드디어 사용할 수 있게 되었는데.

딱 보니 푸른 정령은 연우가 알고 있는 정령과는 여러모로 개념이 다른 것 같았다.

정령은 자연 속 물질에서 태어나는 존재라, 보통 시전자의 속성력에 따라 능력 유무가 크게 갈리는 편이라 다루기가 까다로운 편에 속했다.

다만, 가지고 있는 힘에 따라 하급부터 최상급, 그리고 '왕'의 단계까지 계급이 나눠져 있기 때문에 한 번 방향이 잡히면 성장시키는 맛이 쏠쏠했다.

대개 유명한 정령은 불의 하급 정령 카사, 바람의 하급 정령 실프를 꼽을 수가 있었다.

녀석들은 그 자체만으로도 미약하지만 자아를 갖고 있었고, 속성에 강하게 얽매이다 보니 성장 방향도 대략적으로 정해져 있었다.

카사는 샐러맨더로, 샐러맨더는 샐리스트가 되는 식이었다.

하지만 푸른 정령은 조금 다른 것 같았다.

애초 자아가 없었고, 속성도 '무(無)'였다.

아예 백지에서 시작한 셈이니, 여기에 어떤 속성을 부여할지, 어떤 방식으로 성장시킬지는 오롯이 연우의 몫이었다.

어쩌면 일반 정령보다 훨씬 뛰어난 잠재력을 지니게 할 수 있을지도 모르지만, 반대로 말하자면 조금이라도 실수를 하는 경우에는 엉망이 될 가능성도 컸다.

'잘 되었다고 해야 할지, 어렵게 되었다고 해야 할지.'

연우는 자신의 손바닥 위에서 둥둥 떠다니기만 하는 푸른색 물체를 보면서 쓰게 웃었다.

겉보기에는 민들레 홀씨처럼 보이는데.

이런 걸 어떻게 성장시켜야 할지 조금 어렵게 다가왔다.

그래도 그동안 4대 신수의 가호가 서로 충돌하지 않도록 역할을 제대로 했으니. 확실히 잠재 능력은 절대 적은 게 아니었다.

'정령술을 깊게 공부할수록 더 잘 키울 수 있다지만. 그래도 룬 마법처럼 크게 시간을 들일 여유 시간이 없어.'

당장 72선술과 제천류, 그리고 음검만 파고드는 데에도 상당히 바쁘다. 언젠가 마법과 정령술도 깊게 공부할 생각이긴 했지만, 그래도 우선순위에서 검술에 밀릴 수밖에 없었다.

'결국 그 방법밖엔 없나.'

연우는 문득 떠오르는 생각이 있었다.

'인격 부여.'

푸른 정령에 완성된 인격을 심어 자연스레 혼자서 성장

할 수 있도록 유도한다면 어떨까. 물론, 이때 부여할 인격은 뛰어난 객체여야만 했다.

다행히 연우는 푸른 정령에 심을 만한 인격이 아주 많았다.

컬렉션에 든 망령만 해도 천 마리가 넘어가고, 그중에서 높은 격을 가진 녀석도 더러 있었다.

'햅번과 솔 루나만 해도 뛰어나고.'

하지만 연우는 고개를 저었다.

햅번은 우르드의 사도였다.

지고종이라는 영혼은 아까웠지만, 우르드에 대한 충성도가 너무 높았다. 그런 사람을 옆에 두고 있어 봤자 방해밖에 되지 않는다.

솔 루나도 마찬가지.

뱀파이어란 종족 특성에, 검귀라 불릴 정도로 뛰어난 검술 실력을 지녀 괜찮은 후보군이긴 했지만.

'너무 야비해.'

가까이 두고 싶은 대상은 아니었다.

결국 남은 사람은 한 명.

'레베카가 딱 좋긴 한데.'

케르눈노스의 사도이자 뛰어난 판단력과 똑바른 정신을 가진 그녀라면. 충분히 가지고 싶을 만큼 매력적이었다.

문제는 자존심이 강한 만큼, 과연 그녀가 선불리 남의 밑에 들어가려 할까 싶다는 점이었다.

영혼이 연우에게 없다는 것도 문제였다.

'영혼이 없는 건 문제가 안 돼. 대체할 방법이 있으니까. 하지만 케르눈노스라는 신의 적의를 사야 한다는 게 마음에 걸려.'

레베카를 가질 수 있을지는 일단 부딪쳐 봐야 안다.

하지만 케르눈노스의 적의를 사는 건 필연적으로 따라오는 결과였다.

연우는 과연 '확신' 할 수도 없는 일을 두고 신과 대립할 만큼 이번 일이 가치가 있을까 깊이 고민을 해 봤지만.

'어차피 우르드와는 척을 졌고, 네메시스 신과 니케 신 쪽과는 묘한 공생 관계가 되어 버렸어. 이미 신들과 어떻게든 엮일 수밖에 없다면…… 일단 한번 해 보자.'

연우는 생각을 정리하고 부를 소환했다.

부는 연우를 보자마자 고개를 숙였다. 이미 녀석은 연우가 뭘 하려는지 알고 있었다. 연우가 하려는 일이 얼마나 위험한지 잘 알고 있었지만, 말리지 않았다. 부에게 신은 연우뿐이었다.

"시작하자."

「예.」

연우는 인트레니안을 열어 미후왕의 궁전에서 수습해 왔던 레베카의 시신을 꺼냈다.

부가 검은 구슬을 높이 들면서 알 수 없는 말을 중얼거렸다. 그러자 레베카의 시체를 따라 서서히 검은 빛이 떠올랐다.

츠츠츠—

[케르눈노스가 당신이 하려는 일을 깨닫고 크게 분노합니다.]

[악마들이 당신을 보며 기꺼워합니다. 악마 중 누군가가 당신에 대해 뭔가를 선언합니다.]

[악마들의 선호도가 올랐습니다. 용감한 당신에게 찬사가 이어집니다.]

[악 속성이 15만큼 상승했습니다.]

[악 속성이 20만큼 상승했습니다.]

['중립'이었던 성향이 악 성향 쪽으로 70%가 넘어 '악'으로 바뀌게 됩니다.]

[성향에 따라 다양한 여러 이익과 페널티가 따를 수 있습니다. 주의하십시오.]

……

레베카의 시체가 빠른 속도로 수복되었다. 터져 나갔던 살 조각과 뼛조각이 원래대로 돌아오고, 근육과 혈관이 다시 이어졌다.

창백했던 얼굴에는 붉은 안색까지 돌아와 마치 살아 있는 사람이 잠에 빠진 것처럼 보였다.

연우는 자신을 둘러싼 공기가 무거워졌다는 느낌을 받았다. 눅눅하면서도 음험한 공기. 살의도 섞여 있었다. 케르눈노스의 의지가 전달되는 것이겠지.

하지만 그래 봤자 신과 악마는 98층을 통과하지 못한다.

어차피 원한을 사게 된 것, 끝까지 가 볼 생각이었다. 그를 달래기 위한 공양이나 행사는 뒤에 해도 늦지 않았다.

연우는 컬렉션에 있던 망령들을 대거 갈아 흑기로 전환, 레베카의 사체에다 불어 넣었다.

흑기가 투여될수록, 레베카의 사체가 위아래로 크게 요동쳤다. 마치 금방이라도 일어나려는 사람처럼.

「일어. 나라.」

그리고 부의 명령에 따라 사체가 일어나기 시작했다. 아니, 사체에 어려 있던 '다른 것'이 일어났다.

흑기에 단단히 응고된 레베카의 환영이었다.

「여긴…… 어디지?」

레베카의 환영은 잠시 멍하니 앉아 있다가, 조금씩 이지가 돌아왔는지 좀 더 또렷해진 눈으로 주변을 둘러봤다.

"여긴 탑 외 지역입니다, 레베카."

「카인……? 네가 왜? 아니, 그보다 탑 외 지역이라니, 그게 무슨 말이야?」

레베카의 환영은 많은 것이 혼란스러워 보였다. 그녀의 시간은 여전히 미후왕의 궁전에서 거대 석상들과 싸우고 있을 때로 고정되어 있었다.

그러다 눈을 뜨니 장소와 환경이 싹 바뀌었다. 수 년 동안 그녀를 속박하던 다섯 번째 산의 제어도 사라지고 없었다.

혼란스럽지 않다면 이상했다. 게다가 죽음에서 갓 깨어난 후유증도 그녀의 냉정한 이지와 판단력을 흐려 놓았다.

「칸과 빅토리아는 어디로 갔지? 미후왕은? 그리고……!」

그러다 레베카 환영의 목소리가 갑자기 뚝 끊겼다.

그리고 착 가라앉은 눈빛으로 연우를 노려봤다.

「너. 내게 무슨 짓을 했구나.」

토막 났던 기억들이 하나둘씩 돌아왔다. 그녀의 패시브 스킬이었던 신지도 돌아오면서 정신이 맑아졌다.

그러면서 한편으로 그런 생각이 들었다. 분명 자신은 죽었다. 시간이 이만큼 지났으니 영혼도 자동적으로 케르눈노스의 품으로 돌아갔을 텐데. 어째서 자신은 여기에 있을 수 있는 걸까?

생각은 꼬리에 꼬리를 물고, 여러 가능성을 떠올렸다. 그리고 자신을 따라 풍기는 죽음의 기운에서 방법을 생각해 냈다.

그녀의 안색이 다시 창백하게 변했다.

연우는 묵묵히 고개를 끄덕였다.

"지금 생각하고 계시는 게 맞을 겁니다."

「미쳤어! 어떻게 내 백(魄)을 깨울 생각을……!」

사람의 영혼은 크게 두 개로 분류할 수 있었다.

혼과 백.

이중 혼은 진짜 영혼으로서 죽게 되면 저승으로 흘러 들어가며 윤회전생을 하게 되어 있었다.

반면에 백은 달랐다.

백은 죽은 육체에 남은 사념으로, 정신적 작용이 남긴 흔적이었다. 연우가 미후왕의 궁전에서 만났던 미후왕의 사념이 바로 여기에 해당했다.

흔히 육체가 썩으면서 백도 같이 흩어지기 마련이지만. 연우는 아예 레베카의 시체를 거둬 백을 묶어 두고, 그것에다 의지를 불어 넣어 일어나게 한 것이다.

[사령 소환]

등급: BBB+

숙련도: 21.5%

설명: 시체와 영혼을 매개체로 삼아 저승에 있는 소환수를 꺼내 부릴 수 있다. 때에 따라서는 언데드를 만드는 것도 가능하다.

부의 고유 스킬, 사령 소환.

원래대로라면 소환수를 부리거나 언데드 제조에 특화되어 있었지만.

연우는 스킬의 방향을 크게 틀었다. 천 마리에 가까운 망령을 제물로 삼아 사념체(思念體)를 거의 완벽에 가깝게 추출해 낼 수 있었던 것이다.

[죽은 시체에서 백(사념)을 추출하는 법을 터득했습니다.]

[축하합니다! 죽음을 사역하는 새로운 방법을 찾아냈습니다. 어둠의 힘을 지배할 수 있는 영역이 훨씬 넓어지게 됩니다.]

[누구도 쉽게 이루지 못할 업적을 이뤄 냈습니다. 추가 공적치가 제공됩니다.]

[공적치를 5,000만큼 획득했습니다.]

[추가 공적치를 3,000만큼 획득했습니다.]

[추출한 백(사념)을 종속시켜 권속으로 만드세요.
더 많은 추가 보상이 이뤄질 것입니다.]

연우는 망막에 떠오르는 메시지를 보면서 눈을 반짝였다. 눈가를 따라 탐욕이 번들거렸다.

'그래도 확실히 사도는 다르긴 달라. 보통 깨어난 백은 자아를 분간 못하고 날뛰기 마련인데. 레베카는 이성이 또렷해.'

아마 일반 생명체와는 가진 격이 다르기 때문일 것이다.

「대체 날…… 어떻게 할 생각이지?」

"당신의 힘을 빌리고 싶습니다."

「지금 그걸 말이라고 해?」

레베카는 살의 짙은 눈으로 연우를 노려봤다. 신으로 가는 길을 걷는 자에게 있어, 영혼도 아닌 일개 사념체로 깨어나게 한 것은 욕보이는 짓밖에 되지 않는다.

비록 영혼은 신의 곁으로 돌아갔다지만, 한낱 껍데기밖에 되지 않는 몸으로 살고 싶지는 않을 테니까.

하지만.

"뭐가 잘못되었습니까?"

연우는 도리어 아무런 문제가 없다는 반응을 보였다.

「뭐?」

"전 계약을 맺자고 제안하는 겁니다. 죽은 것보다야 산 게 낫지 않겠습니까? 그리고 분명 못다 이룬 미련도 한두 가지 남아 있을 테고요. 이루도록 도와주죠. 대신에 그 대가로 당신은 제 일을 도와주면 되는 겁니다."

「이건 살아도 산 게 아닌……!」

"하지만 감정과 이성, 기억은 전부 남아 있지 않나요? 사고도 할 수 있다면 살아 있는 것과 다를 게 없다고 생각합니다만. 아니면 환생이라고 해 둡시다. 그래도 될 것 같으니까요."

「…….」

레베카는 이를 악물었다. 구구절절 틀린 말은 아니었다. 영혼보다 훨씬 격이 떨어지는 사념체라고 해도, '레베카'라는 자아가 사라진 건 아니었으니까.

무엇보다.

남은 미련을 풀 수 있게 해 주겠다는 말이 유독 귀에 거슬렸다.

미련이라.

미련. 살면서 그런 게 없을 리가 없었다.

아니, 애초 그런 미련을 버리고자 신에 귀의해서 수도승으로 살았고, 여러 해의 암자 생활을 거쳐 사도까지 될 수 있었다. 하지만 그렇게 강해지게 된 뒤에도 미련은 여전히 족쇄처럼 달라붙어 발목에서 떨어지질 않았다.

어린 시절, 먼발치에서 봤던 어떤 짐승. 그것은 성스럽다는 느낌을 풍기고 있었지만, 반대로 '두렵다'는 생각을 들게 만드는 존재였다. 마을을 짓밟았고, 가족들을 잡아먹었던 녀석이었으니까.

사실 지금 생각해 보면 어떤 생김새였는지 기억도 나지 않았다. 하지만 레베카는 어떻게든 녀석을 만나 보자는 생각 하나로 여태까지 버텼다.

여자의 몸으로는 안 된다며 모두가 혀를 찰 때, 혼자서 오로지 눈대중으로만 검술을 익히고, 궁술을 배웠다. 그리고 경험으로 사냥 기술을 차츰차츰 익혀 나가 마침내 사도까지 될 수 있었다.

그래도 그녀는 아직 힘이 부족하다고 생각했다. 당시의 녀석이 내뿜던 힘은 아직도 머릿속에 단단히 각인되어 있었으니까.

트라우마 때문에 기억이 과장되었을 수도 있었지만, 그래도 레베카는 더 큰 힘을 원했다. 그래서 이 던전으로 왔고, 드디어 뭔가를 할 수 있을까 싶었는데.

이런 몸이 될 줄은. 아직 녀석의 정체가 무엇인지도 알아내지 못했는데.

레베카는 두 눈을 질끈 감았다. 갖가지 생각이 머릿속에서 회오리쳤다.

수도승의 신분으로서 이런 선택을 하면 안 된다는 건 알고 있었다.

신을 욕보이는 짓이고, 스스로의 명예를 떨어뜨리는 짓이니까.

하지만 연우의 말마따나 새로운 기회를 잡고 싶다는 생각도 있었다. 살고 싶다는 마음은 수도승이라고 해도 쉽게 떨쳐 낼 수 없는 가장 순수한 욕망이었다.

결국 레베카는 한참 동안 말을 잇지 못했다. 이렇다 할 답을 내리기 어려울 수밖에 없었다.

"여전히 마음에 들지 않으신다면, 다시 의식을 거두겠습니다."

연우는 레베카를 강제로 종속시킬 생각이 없었다. 그냥 사귀나 괴이었다면 모를까, 단순한 정보집합체에 불과한 사념체를 억누르다가는 틀이 망가질 수 있었다.

신의 분노를 사기만 하고 별다른 소득은 없게 되겠지만, 그렇다고 성과가 없는 건 아니었다.

사념체를 추출하는 법을 알았으니, 앞으로 그녀와 비슷

한 사람들을 골라 사용하면 그만이었다. 물론, 사념이 짙게 남아 있는 죽은 지 얼마 되지 않은 사체에 한정되겠지만.

결국 레베카는 연우의 마지막 선언에 인상을 와락 찌푸리면서 씹어 삼키듯이 으르렁거렸다.

「넌 개새끼야.」

연우는 태연한 눈빛으로 대답했다.

"알고 있습니다. 하지만 전 얻고 싶은 건 반드시 얻어야 하는 주의라서요."

「좋아. 널 따르겠어.」

연우의 눈빛이 달라졌다.

「대신에 조건이 있어.」

"말씀하십시오."

「내 행동과 의사에 자율권을 줄 것.」

"이미 느끼고 계시지 않습니까?"

연우의 뒤편으로 그림자가 쭉 늘어나면서 샤논과 한령이 나타났다.

「흐흐. 확실히 우리 주인이 좀 막무가내에 개새끼이긴 하지.」

「주군. 레베카를 들이는 건 괜찮습니다만, 그래도 주종 간의 예는 확실하게 지켜야 한다고 생각합니다.」

연우는 뒤에 두 사람을 힐끔 보며 레베카에게 물었다.

“이 둘의 의사에 자율권이 없어 보입니까?”

「이빨 늑대, 도무신…….」

「오. 붉은 신목이 날 알고 있어? 그건 좀 영광인데.」

샤논이 경쾌하게 웃음을 터뜨렸다. 세미 랭커이긴 해도, 그는 뛰어난 검술 실력 때문에 랭커들 사이에서도 제법 이름이 알려져 있는 편이었다.

레베카는 이미 저 둘이 연우와 함께한다는 것을 알고 깊게 침음을 흘렸다.

도무신까지 있다는 건, 자신이 의탁을 해도 명예가 손상될 정도는 아니란 뜻이었다. 별것 아닐 수 있었지만, 그녀에게는 예민한 문제였다.

「좋아. 무슨 말인지. 하지만 내가 말하는 건 그 정도가 아니야.」

“그럼요?”

「이들은 그래도 계속 그림자 속에 있잖아? 하지만 난 그 정도를 넘어 아예 밖에서 자율적으로 돌아다니고 싶다는 거야.」

연우가 살짝 미간을 좁혔다.

「물론, 너와의 연결 고리 때문에 멀리 떨어지지는 못하겠지만. 그래도 최소한 내 발로 걷고, 내 눈으로 세상을 지켜보고 싶어.」

어쩌면 그것이 그녀가 가진 마지막 자존심인지도 몰랐다. 자유롭게 다니는 것.

「그러니 새로운 육체를 만들어 줘.」

“저는 신이 아닙니다만.”

「그런 진짜 육체까지 바라는 건 아니야. 호문클루스. 그 정도라도 좋아.」

연우는 고개를 끄덕였다. 호문클루스는 연금술의 총아라 불릴 정도로 뛰어난 인공 생명체. 섣불리 장담할 수는 없었다.

‘하지만 언젠가는 그 정도로 깊게 지식을 쌓긴 해야 해. 현자의 돌도, 회중시계도, 최소한 그 정도의 지식은 필요할 테니까.’

더구나 레베카도 자신의 요구가 어렵다는 것을 잘 알고 있었다. 그래서 언제까지라는 조건은 달지 않았다.

“알겠습니다. 대신에 그 전까지 정령으로 지내시는 건 어떻습니까?”

「정령?」

연우는 오른손을 활짝 펴서 푸른 정령을 꺼냈다.

“신수 어비스 터틀이 부리던 권속입니다. 보다시피 따로 자아도 없으니 그대로 융합만 하면 될 겁니다. 그리고.”

연우는 이번에는 왼손을 펼쳤다. 새하얀 백색 망령과 어두운 흑색 망령이 동시에 나타났다.

"이 두 가지도 같이 드리겠습니다. 완전히는 아니더라도 신력을 어느 정도 회복할 수 있을 겁니다."

레베카의 눈이 커졌다. 햅번의 영혼과 솔 루나의 영혼.

지고종 하이 엘프와 진혈(眞血)에 가깝다는 솔 루나. 두 개의 영혼을 흡수한다면, 잃어버린 격도 빠르게 되찾을 수 있겠지.

뒤에서 샤논이 아깝다는 듯이 투덜거렸지만, 한령은 그의 옆구리를 세게 치면서 조용히 하라고 일갈했다.

사실 두 사람은 이미 헤노바의 '수작'과 '걸작'을 손에 넣은 것만 해도 충분히 만족해하고 있었다.

「……좋아. 하겠어. 이제 어떻게 하면 되지?」

레베카가 단호한 눈빛으로 고개를 끄덕였다.

연우가 싱긋 웃으면서 푸른 정령을 그녀의 앞으로 움직였다.

"그냥 삼키십시오. 그 뒤는 제가 알아서 하겠습니다."

레베카는 조금 못 미더워하는 표정이 되었지만, 어차피 죽은 몸으로 또 죽어 봤자 무슨 차이가 있겠냐는 생각에 푸른 정령을 잡아 입에 털어 넣었다.

화아아—

레베카의 사념체가 확 흐려지면서 푸른 물결이 되었다. 그 순간, 부가 설치했던 마법진이 발동되었다.

사실 레베카와 푸른 정령을 결합시키는 건 크게 어려운 작업이 아니었다.

사념체에 있는 레베카라는 정보를 푸른 정력에다 이식시키기만 하면 되는 것이었으니까. '자아 부여' 라는 특성은 그만큼 손쉬웠다.

그리고.

[푸른 정령에 백(사념)을 덧씌우는 데 성공했습니다. 자아가 형성되어 하급 푸른 정령으로 거듭납니다.]

[하급 푸른 정령이 당신에게 충성을 맹세했습니다. 앞으로 그녀는 정령에 속박되어 당신의 칼이자 방패가 될 것입니다.]

[하급 푸른 정령의 이름을 지정하시겠습니까?]

"레베카."

[하급 푸른 정령의 이름이 '레베카' 로 지정되었습니다.]

[충성도가 15만큼 올랐습니다.]

[지배력이 5만큼 올랐습니다.]

[레베카(하급 푸른 정령)의 사념체가 가진 높은 '격'을 현재 만들어진 육체가 감당하지 못합니다. 능력치가 새롭게 재조정됩니다.]

……

푸른색의 투명한 무늬로 다시 태어난 레베카는 자신의 새로운 육체가 신기한지 이리저리 훑어보기 바빴다.

그러다 그나마 남아 있는 격도 떨어지려는 것을 깨닫고, 빠른 수복을 위해 햅번과 솔 루나의 영혼으로 손을 뻗었다.

푸른 영혼을 삼켰을 때처럼, 이번에도 두 망령을 입에다 한꺼번에 털어 넣었다.

[레베카(하급 푸른 정령)가 햅번(우르드의 사도)의 영혼을 탐닉했습니다.]

[능력치가 재조정됩니다.]

['레베카'가 하급에서 중급으로 진화하였습니다.]

……

[레베카(중급 푸른 정령)가 솔 루나(뱀파이어)의 영혼을 흡수했습니다.]

[격이 상승합니다.]

[능력치가 재조정됩니다.]

[등급이 중급에서 상급으로 진화하였습니다.]

열었던 레베카의 존재감은 계속 뚜렷해지면서 어느새 데스 나이트에 못지않게 강렬해졌다.

흐트러질 수 있던 사념체의 정보도 전부 수용되어, 투명했던 육체도 어느 정도 색을 띠기 시작했다.

[추출한 백(사념)을 종속시키는 데 성공했습니다. 죽음을 사역하는 방법에 더 큰 한 발자국을 내디뎠습니다. 추가 보상이 주어집니다.]

[추가 보상으로 스킬 '심연의 정령술'이 생성되었습니다.]

[심연의 정령술]

등급: A—

숙련도: 2.1%

설명: 여러 갈래로 나눠지는 속성 정령술 중에 가장 희귀한 성질을 자랑하는 정령술이다. 터득하기 위해서는 더 다양한 기술을 익힐 필요가 있다. 숙련도가 높아질수록 정령에 실리는 힘도 높아진다.

연우는 스킬과 연결 고리를 통해 레베카가 품고 있던 갖가지 생각들을 일부 전해 받을 수 있었다.

그 속에는 레베카의 오랜 미련도 담겨 있었다. 레베카를 다시 살게 한 미련. 계약대로 이제 이것을 해결할 수 있도록 자신이 도와줘야만 했다.

그리고 그때.

[우르드가 크게 분노합니다.]

[케르눈노스가 허탈한 얼굴에 가만히 당신을 지켜봅니다.]

[우르드가 케르눈노스에게 무언가를 이야기합니다. 케르눈노스는 그것을 거절합니다.]

[케르눈노스가 고요한 시선으로 당신을 지켜봅니다. 그리고 이번 사안에 대해 아무 의사도 표시하지 않기로 결정합니다.]

[악마들이 누군가의 안건 발의에 따라 당신에 대한 어떤 논의를 나누기 시작합니다.]

'업적 때문인가?'

신과 악마들은 98층이라는 틀에 갇혀 절대 아래층에 간섭을 하지 못한다.

어떤 의사를 표시하고 싶다면 시스템을 이용해 메시지를 보내는 편이었고, 어떤 행동을 하고 싶다면 자신들의 영향력이 쉽게 닿을 수 있는 성역을 빌리는 편이었다. 아니면, 사도의 힘을 빌리는 경우도 있었다.

하지만 사도를 사용한다고 해도 의사 개입에는 한계가 있었다. 가령, 우르드가 연우에 대해 원한을 품고 있어도, 그와 관련된 과거사를 함부로 흘릴 수 없는 것과 같은 일이었다. 플레이어의 '업적'에 방해가 되는 일은 절대 할 수 없었다.

그리고 이번 일도 마찬가지인 것 같았다.

연우는 검은 팔찌를 중심으로 죽음을 사역하는 방법에 대해서 하나둘씩 업적을 개척하고 있는 중이었고, 이것은 강렬한 시스템의 보호로 이뤄졌다.

아마도 케르눈노스도 그것을 알기 때문에 별다른 제지를 못한 것 같았다.

다만, 그렇다고 해도 가벼운 저주 정도는 내릴 수 있을 텐데 그런 것도 없다. 또한, 반발도 생각보다 적었다.

'아무리 사념체라도 자신의 사도이긴 사도이니까.'

사도는 단순한 신의 전령 같은 것이 아니었다. 신의 뜻을 집행하는 대행자이고, 신의 피와 영혼을 물려받는 아바타

(Avatar, 화신)였다.

당연히 사도에 대한 관심도 지대할 수밖에 없으니. 앞으로 좀 더 상황을 지켜보기로 한 것 같았다.

그리고 레베카는 달라진 자신의 몸이 영 적응이 되질 않는지, 반투명한 몸을 이리저리 살펴보기 바빴다. 그러다 조금씩 팔다리를 점검하면서 달라진 몸을 확인하기 시작했다.

연우는 그 모습을 가만히 지켜보다가, 또 다른 메시지를 응시했다.

얼마 전부터 계속 눈에 밟히던 '어떤 악마'의 지속적인 관심. 어떤 안건을 발의한다는데 대체 뭘 하려는 걸까?

신경을 쓰지 않으려 해도 신경을 쓰지 않을 수가 없었다.

* * *

레베카가 가장 먼저 시도한 것은 구체화였다.

정령보다는 육체를 갖고 싶었던 그녀로서는 당연한 행동이었지만. 문제는 아직까지 심연의 정령술의 숙련도가 너무 낮아 한계가 있었다.

『어쩔 수 없지. 하지만 되도록 빨리 스킬 숙련도를 올려줬으면 좋겠어.』

"걱정 마. 계속 이렇게 소환을 해 두는 것만으로도 숙련도는 조금씩 오르고 있으니까. 그리고 틈틈이 정령술도 공부할 테니."

권속으로 뒀기 때문에, 연우는 더 이상 그녀에게 존대를 하지 않았다.

갑작스러운 태도 변환이어서 기분이 나쁠 법도 하건만. 레베카는 별반 신경 쓰지 않는 눈치였다. 그녀는 겉보기 예의보다 진심이 더 중요하다고 믿는 주의였다.

그리고 한 가지 뜻하지 않았던 보상이 있었다면, 레베카의 몸 한쪽에서 신력의 씨앗이 생겨났다는 점이었다. 케르눈노스가 거둬 가지 않았던 것이다.

비록 현생 때의 힘에 비하면 아주 보잘것없는 수준이었지만, 케르눈노스가 아직 뜻을 거두지 않았다는 사실이 너무나 감사했다.

여차하면 언제든지 다시 힘을 빌려줄 수 있다는 뜻이었으니까.

그렇게 모든 정리가 끝난 뒤.

연우는 다시 헤노바를 돕기 시작했다.

헤노바는 갑자기 연우를 따라온 레베카를 보고 살짝 놀란 눈치였지만, 곧 정령이란 사실을 깨닫고 그냥 무시해 버렸다. 연우에 대해서 이래저래 따지기 시작하면 골치만 아파진다는 것을 진작 알고 있었기 때문이다.

게다가 레베카는 여러모로 도움이 되기도 했다.

사냥을 다니다 보면 주로 솔로 플레이를 해야 하기 때문에 자급자족을 해야 하는 경우가 많았다. 그러니 당연히 야금술에도 깊은 조예가 있었고, 소량이라도 신력을 품고 있으니 주물에 축복을 내리는 정도는 가능했다.

거기다 연우는 헤노바를 도우면서 수시로 성화를 피웠다. 헤노바도 허락한 일이었다.

고열과 고온, 그리고 연우의 정념이 고스란히 묻어날 수 있는 아주 확실한 방법이기 때문이었다.

땅, 땅, 따아앙—

그렇게 보름에 가까운 시간이 흐르고.

[아티팩트 '헤노바의 마장갑주(魔裝甲冑)'가 완성되었습니다.]

[아티팩트 '헤노바의 마장장화(魔裝長靴)'가 완성되었습니다.]

[아티팩트 '헤노바의 마장수갑(魔裝手甲)'이 완성되었습니다.]

……

[마장 세트가 탄생하였습니다.]

[드워프 헤노바를 도와 '걸작'을 완성하는 데 큰 조력을 해 주었습니다. 여러 갑옷 속에는 당신의 피와 땀, 눈물, 그리고 정념이 가득 어리게 되었습니다.]

[마장 세트와의 감응도가 +20만큼 깊어지게 됩니다.]

[야금술에 대한 깊은 학식을 갖게 되었습니다. 잠겨 있던 용의 지식 중 일부가 해제됩니다.]

['용마안'의 스킬 숙련도가 올랐습니다. 65.2%]

[더 많은 지식을 쌓아 당신만의 야금술 체계를 정립하도록 하세요.]

연우는 하얀 귀신의 얼굴을 임시로 착용한 채, 새롭게 탄생한 마장 세트를 바라봤다. 그중에는 기존에 있던 것을 고친 것도 있었고, 새롭게 만든 것도 있었다.

그래서 빨리 확인하고 싶어 손을 뻗으려는데.

"어허. 어딜 벌써?"

헤노바가 재빨리 곰방대를 내리쳐 연우의 손을 제지했다.

"왜 그러십니까?"

"왜 그러긴 뭘 왜 그래? 아직 뜸도 덜 들였는데 날름 밥을 먹으려 그러지."

연우의 눈이 살짝 커졌다.

"아직 덜 끝났다니요?"

헤노바는 곰방대를 입에 물면서 익살맞게 씩 웃었다.

"잠시만 기다려 봐."

"……?"

연우는 헤노바가 뭘 하려는지 이해가 되질 않아 멀뚱한 눈빛으로 쳐다봤다.

그때, 헤노바가 품에서 손바닥만 한 크기의 유리병을 꺼냈다. 붉은 루비색으로 반짝이는 이상한 액체가 담겨 있었다.

그 순간, 연우의 눈빛이 달라졌다. 눈꺼풀이 살짝 파르르 떨렸다.

"후후. 뭔지 알아보는 것 같구나. 그래도 썩은 동태 눈깔이 아니어서 다행이야. 하긴 너도 사람이라면 나를 그렇게 괴롭히며 야금술을 익혔는데, 그 정도 눈은 있어야지."

"정말 '헬의 눈물'이 맞습니까?"

"맞다. 아주 오래전에 구한 놈이지. 여태 어디다 쓸까 고민했었는데. 어차피 쓸 데도 없고. 이번에 특별히 네 녀석 물건들에 써 주마. 네놈이 줬던 포인트들, 이걸 구매하는 데 썼다고 생각해라."

"……."

헬의 눈물은 용종보다도 훨씬 오래전에 사멸했던 종족, 거인족의 공주였던 '헬'의 마지막 남은 유산이었다.

헬은 지옥의 어머니라는 별칭이 있을 정도로 뛰어난 권능을 지녔던 자. 그래서 숱한 악마들로부터 적의를 샀고, 신들로부터도 경계를 받아야만 했다.

그런 그녀가 흘린 눈물은 지옥의 유황불이 되었다는 전설이 있을 정도로 특별했다.

여러 재료들 중에서, 신의 물질을 제외하면 가장 높은 등급을 차지하는 물건이었다.

"네놈의 속성을 보니 어둠 관련 계통이나 불 쪽이 가장 뛰어난 것 같아서 꺼낸 것이다. 그리고 그것을 가지고……."

헤노바는 '네놈도 사람이라면 이제 날 존경하는 투는 가져야겠지'라는 자신만만한 태도로 설명을 쭉 늘어놨다.

하지만 헤노바를 보는 내내 연우의 눈꺼풀은 여전히 경련이 멈추질 않았다.

헬의 눈물이 아주 좋은 재료라는 것은 알았다. 하지만 당장 연우에게 중요한 건 그런 게 아니었다.

'저게 왜 아직도…….'

헬의 눈물.

그건 원래 동생이 헤노바에게 선물했던 물건이었다.

탑에 왔을 때 가장 놀랐던 사실 중에 한 가지는, 이들에게 생일이라는 개념이 없다는 점이었다.

자신들이 태어난 날을 기억하는 관습은 있었다. 하지만 그런 날도 여러 날 중에 하나에 불과할 뿐. 서로 생일을 축하하고 기념하는 문화가 전혀 없었던 것이다.

나는 그게 조금 안타까웠다.

그래도 1년 중에 한 번밖에 없는 날인데. 역시 탑의 세계는 너무 삭막하기만 하구나, 하는 생각이 들었다.

난 그게 싫었다. 그래서 나 혼자라도 어떻게든 멤버들의 생일은 지켜 주고 싶었다.

그러고 보니 헤노바의 생일이 얼마 남지 않은 걸로 알고 있는데. 뭘 해 주면 좋아하려나?

흐흐. 우리 엄마는 죽어라 말 안 듣는 형보다는 내가 훨씬 더 좋은 선물이라고 하시긴 했는데.

동생은 헤노바의 생일 선물로 뭘 챙겨 주면 좋을까 한참 동안 고민하다가, 결국 어렵게 구한 헬의 눈물을 주기로 결심했다.

헤노바가 대장장이이니, 이왕에 선물할 것이라면 좋은

재료가 좋지 않겠냐는 생각에서였다.

헤노바는 뭘 쓸데없는 걸 다 챙기려 하냐는 눈빛으로 동생을 타박했지만, 뒤로 돌아설 때에는 묘한 표정을 짓던 것을 동생은 놓치지 않았다.

그리고 시간이 흐르면서, 동생도 당연히 헤노바가 헬의 눈물을 쓴 줄로만 알고 잊었었는데.

그게 아직도 남아 있었다고?

게다가 유리병을 보니 뚜껑을 연 흔적도 아예 없었다. 그동안 한 번도 쓰지 않고 고이 챙겨 두고 있었다는 뜻이었다.

헤노바는 연우가 무슨 말을 하기도 전에 뚜껑을 가볍게 열었다.

공기가 들어가는 소리와 함께 여태 헬의 눈물을 봉인하고 있던 마법이 해제되면서 내용물이 붉은 연기가 되어 유리병 밖으로 흘러나왔다.

붉은 연기는 마장 세트 위를 뱅글뱅글 맴돌다가, 천천히 아래로 가라앉으면서 여러 아티팩트 안쪽으로 깊게 스며들었다.

그리고.

화아악—

붉은 빛무리가 터지더니 마장철면과 마장대검을 제외한 다른 갑옷 부위들이 하나로 합쳐지면서 검은색 흉갑만 덩그러니 남았다.

잘 있던 아티팩트들이 갑자기 다 사라지고 하나만 남은 것 같았지만.

"흐흐. 한 번 확인해 봐라."

헤노바는 곰방대를 피워 대면서 우쭐대고 있었다. 자신만만하게 턱짓으로 흉갑을 가리켰다.

연우는 최대한 떨리는 눈빛을 들키지 않으려 살짝 고개를 숙이면서 흉갑 쪽으로 손을 가져갔다.

[축하합니다! 헤노바를 도와 '명작'을 완성하는 데 성공했습니다. 뛰어난 작품은 예술을 사랑하는 여러 신으로부터 탄성을 부르고, 여러 악마들로부터 질투를 사기 마련입니다.]

[누구도 쉽게 이루지 못할 업적을 달성했습니다. 추가 공적치와 추가 보상이 제공됩니다.]

[공적치를 10,000만큼 획득했습니다.]

[추가 공적치를 15,000만큼 획득했습니다.]

[추가 보상으로 야금술에 대한 이해도가 훨씬 깊어져 '심미안'을 얻게 되었습니다.]

['심미안'이 '용마안'에 결합되어 '용마안'의 스킬 숙련도가 상승했습니다. 69.8%]

연우는 흉갑을 확인했다.

[헤노바의 마장(魔障)]

분류: ???

등급: S~??? (명작)

설명: 헤노바가 전력을 다해 탄생시킨 마장 세트가 하나로 합쳐진 형태. 마장 세트는 원래 한 사람의 특정 정보를 토대로 만들어진 만큼 뛰어난 보조 역할을 하도록 설계되어 있었으나, '헬의 눈물'까지 머금게 되면서 뛰어난 잠재력까지 가지게 되었다.

착용 시, 사용자의 인식에 따라 자유로운 형태 변환이 가능하다. 자동 수복 기능이 있어 웬만한 손상에도 자동 복구가 가능하며, 무게도 가벼워 기동성에 큰 도움이 되어 준다.

* 헬의 눈물

지옥의 어머니였던 헬의 정화가 담겼다. 어둠과 악 속성, 그리고 불 속성에 큰 영향을 끼친다. 속성력의 변화는 사용자의 숙련도에 따라 달라진다.

* 용마안 (보조)

위대한 용종이 남긴 눈의 시야를 확 트이게 만든다. 세상으로의 접촉을 원활하도록 만든다.

* 초감각 (보조)

감각의 영역을……

……

**이 아티팩트는 '유니크'입니다. 탑에서도 오로지 단 한 개밖에 존재하지 않으며, 주인에게 완전히 귀속됩니다. 타인으로의 거래나 양도가 불가능합니다.

** '명작'의 영향으로 인해 영성이 생성되었습니다. 사용자의 사용도와 숙련도에 따라 각종 스킬과 속성에 미치는 영향이 비례해 달라집니다. 추가되는 스킬이 있을 시, 거기에 호응해 새로운 옵션을 창출합니다. 불과 어둠을 쬘수록 영성의 힘도 강해집니다.

** '명작'의 영향으로 착용 시에 머리가 맑아지는 효과를 가져다줍니다. 여러 신과 악마들의 찬탄과 질투를 부릅니다.

"……!"

흉갑을 쥐고 있는 연우의 손에 힘이 바짝 들어갔다.

맞춤 장비는 원래 플레이어의 성향에 따라 만들어지기 때문에 보조 효과는 당연한 것이었지만.

이렇게 스킬 하나하나에 일일이 영향을 미치는 건, 연우로서도 처음 보는 것이었다. 거기다 불과 어둠 속성에 특화된 것도 연우를 위해 특별 제작되었다는 것을 말해 주었다.

이런 게 가능하려면, 그만큼 플레이어에 대한 철저한 분석과 예측을 필요로 한다. 절대 하루 이틀 만에 가능한 일이 아니었다.

아무리 연우가 자신의 정보 창을 내줬다지만. 이렇게 세세하게 분석해서 거기에 맞는 효과를 만들어 내려면 그만큼 관심과 신경, 그리고 시간을 투자해야만 했다.

"입어 봐."

연우는 흉갑을 착용했다. 단단하지만 마치 고무줄 같은 느낌. 쭉 늘어나다 몸에 착실하게 달라붙었다.

순간, 갑옷과 자신 사이에 뭔가가 연결된 것 같은 느낌을 받았다.

연우는 설명 창에 있던 내용대로 막연하게 생각하고 있던 이미지를 떠올렸다. 아무리 경갑옷이라도 갑옷은 움직이는 데 조금 불편하기 마련이다. 맵시가 있는 검은 천 옷을 생각하자, 거기에 따라 흉갑이 생각에 맞춰 똑같이 변했다.

이리저리 움직여 봐도 마치 아무것도 걸치지 않은 것처럼 부드럽고 자연스러웠다. 그리고 옵션 효과가 발동되면서 열기가 돌아 몸이 저절로 따뜻해졌다.

"어떠냐?"

헤노바는 만족스럽게 웃으면서 물었다.

여기에.

"……편합니다."

연우는 그렇게 대답했다.

마치 어머니와 아버지의 품처럼.

차마 담지 못한 그 말이 입가에서 계속 머물렀다.

〈다음 권에 계속〉

DREAMBOOKS★

DREAMBOOKS★

DREAMBOOKS